鉄路の美学

鉄路の美学

名作が描く鉄道のある風景

原口隆行

国書刊行会

目次

＊本書は、季刊誌『旅と鉄道』（鉄道ジャーナル社）に昭和五十三〜六十年にかけて三十一回にわたり連載された「文学の中の駅」（十一回からは「鉄路の美学　文学と鉄道」と改題）より、十七回分の記事を、加筆・訂正の上、一冊にまとめたものである。これ以外の十四回の連載分は、平成六、八年に、同じく『旅と鉄道』に発表された二つの記事とあわせて、別に『文学の中の駅　名作が語る〝もうひとつの鉄道史〟』（小社刊）としてまとめた。

＊本書には、文中に「現在の〜」「今年の〜」などの表記があるが、これらはいずれも雑誌連載当時の時期を示すものである。現在の状況とはそぐわない箇所もあるが、あえてそのままとした。このため、雑誌連載時から現在に至る状況の変化と推移、また現況を考察した解題を、雑誌連載の初出を示した後、新たに各編末に付した。

井伏鱒二の『集金旅行』

ユーモアと人間の真実のなかに

東海道本線
東京駅
山陽本線
尾道駅
岩国駅
下関駅
福塩線
万能倉駅
岩徳線
西岩国駅

『集金旅行』そのくだり

東京・荻窪で、望岳荘というアパートを経営していた主人が、急性肺炎でぽっくり死んでしまった。それより前、女房は、このアパートで「三番さん」と呼ばれていた三号室の男と駆け落ちしてしまい、すでにいなかった。あとには、小学校一年の男の子がポツンととり残された。それと、敷地の地主で、香蘭堂という文房具店の主人が用立てたままになっているというおカネ……。

ある日、新聞記者の「五番さん」と、美人だが中年独身婦人の「七番さん」が、男の子を連れて「私」のところにやってきた。引取人が出てくるまでのこの子の身の振りかたについて相談したいというのである。「私」は、亡くなったアパートの主人から将棋を手ほどきしてもらったことがあり、それ以来の仲だったから、だまっているわけにもいかない。

結局、ことのゆきがかり上、かつてこのアパートにいて部屋代を踏みたおして逃げ出した連中を訪ねて回収しようということになり、「私」がその役を引き受けることになった。ちょうど旅行に出たいと思っていた矢先でもあったので、旅費も自弁ということにした。

ところが、「七番さん」が自分も行くといいだした。行く先の一つ、岩国には昔の悪い恋人がいて、そいつから慰藉《いしゃ》料を巻きあげるというのである。

「七番さん」にただならぬ気持ちを抱いている「五番さん」は、やめるようすすめるが彼女は聞き入れない。岩国どころか、方々にそういうのがいるから、このさい、ひとまとめにしてこようというわけである。

こうして、奇妙な目的を持った一組の男女が、旅に出ることになった。


文学に、独特のユーモアを吹き込んで新境地を開いた井伏鱒二が、昭和十年（一九三五）に発表した『集金旅行』の、導入部分のあらすじである。

この作品は、当初、昭和十年（一九三五）五月に『集金旅行第一日』、七月に『続集金旅行』（いずれも『文藝春秋』）、八月『尾道』（『文芸』）、翌十一年（一九三六）九月『福山から加茂村まで』（『新潮』）という形で発表され、昭和十二年（一九三七）四月、『集金旅行』と題されて版画荘から出版されたものである。

いわば紀行小説といってもいいようなこの小説は、発表されたときから人気を呼び、その後、しばしば映画やテレビにもなった。

このタイトルからしてユーモラスな小説は、作者の軽妙な筆致によって随所に品のいい笑いをさしはさみながら、次々と場所を移動させて進行していく。読者も、あたかも「私」や「七番さん」、いや彼女は旅に出てからは「コマツさん」となるのだが、この二人と一緒に旅をしているような気分になってしまうほど、楽しい小説である。

人間の真実を浮き彫りにした小説

この『集金旅行』は、もちろんフィクションである。そもそも集金旅行という旅行自体が現実性の薄いもので、これはたぶん作者の造語だろう。「集金」という行為は、ごく日常的なもの、狭い範囲のものので、「旅行」というほどの大げさな行為をともなうものではない。この対極に近い位置にある二つの言葉が組み合わさったところから、巧まざるユーモアが生み出されているわけである。

作者はこの作品の執筆の経緯を、のちにこう説明している。

　空想で、旅行をして見ようと思い、全国をやる積りだったが、筋書きがないので、あそこまでで切ってしまった。

しかし、いくら空想とはいっても現実に存在する場所を舞台にする以上、嘘は書けない。そんなことから、旅行先は作者の旧知の場所が選ばれた。その土地で使われる言葉なども、たとえば博多などについては、作家仲間の伊馬春部の母親に見てもらうというほどに、風俗や風土描写にも気を配っている。

登場人物にしたところで、全部が全部、作者の頭の中で作り出されたものではない。モデルはだれとはっきりしないまでも、必ず作者がそれまでに接触したり、出会ったりした人のキャラクターが投影されているはずである。

それは、ときには一人の人が一人のモデルにされることもあるだろうし、複数の人が組み合わせられて一人の人間にされたこともあったかもしれない。それどころか、井伏鱒二は、この作品の中で自分自身をもモデルにとりこんでいるのである。それが、必ずしも作中で狂言まわしの役を受け持つ「私」だというわけではない。この中にも確かに作家の分身を感じとることはできるが、作者はもっと自分を突き放し、客観的に眺めたうえで、まったく別の人物として登場させている。それも作家の郷里で最後に引っ張り出すという念の入れようである。

こう眺めてくると、この『集金旅行』は、必ずしもフィクションとばかりはいいきれないかもしれない。ストーリーそのものは、もうまぎれもなくフィクションだが、嘘というわけではない。集金先でさまざまなタイプの人間を描き出すことで、人間の真実を浮き彫りにしようとした、ということがいえないだろうか。

この小説は、どういう読みかたもできる小説である。単なるユーモア小説として読んでも、一向にさしつかえない。井伏鱒二にはこういうタイプの作品が多い。しかし、どうせ読むなら、ストーリーの奥にかくされた作家のそういう眼を、あれこれ想像しながら読むほうが、よっぽど味わいが深いだろうと思うのである。

旅行の名人であった井伏鱒二

井伏鱒二という人は、旅行の好きな作家である。若いうちから、実によく旅行をした。『集金旅行』と前後して発表された随筆に、『雞肋集《けいろく》』という自伝があるが、そのなかで次のように書いている。このころ、作者は三十代の後半である。

私は木曾に旅行して以来、旅行好きになった。徹頭徹尾、旅行が好きになった。その翌年の夏休みには山陰道から隠岐の島に旅行した。その翌年の夏休みには日向に旅行した。その翌年の夏休みには近江、伊賀、志摩に旅行した。木曾に旅行した惰力によるものである。

この、木曾への旅行は大正七年（一九一八）夏のこと。井伏鱒二はちょうど二十《はたち》の青春で、早稲田大学予科の二年生であった。

『雞肋集』には、こうも書かれている。


しかし私は手もとが不如意である関係から、アメリカに行くとか巴里に行くとかそういう豪快な旅行をしたいとは思わない。せめて四日か五日の予定で近県の田舎町や山の麓のようなところに行って来る。そういう好みをもって旅行に出る。或いは山の宿に泊って来る。高い山を見てもべつに登ってみようというのではない。宿屋で終日ぼんやりしていることもある。たまたま山の宿で囲炉裡の煙りが目にしみるようなことでもあると、そんなことにも私は独りで悦に入っている。

井伏鱒二を生涯師と仰ぎ、敬愛してやまなかった太宰治は、戦後、『井伏鱒二選集』が企画されたさいその選に携わり、第四巻の後記で次のように書いている。


ここで、具体的に井伏さんの旅行のしかたを紹介しよう。

第一に、井伏さんは釣道具を肩にかついで旅行なされる。井伏さんが本心から釣が好きということについては、私にもいささか疑念があるのだが、旅行に釣竿をかついで出掛けるということは、それは釣の名人というよりは、旅行の名人といった方が、適切なのではなかろうかと考えて居る。

（中略）

重ねて言う。井伏さんは旅の名人である。目立たない旅をする。旅の服装も、お粗末である。

（中略）

井伏さんと旅行。このテーマについては、私はもっともっと書きたく、誘惑せられる。

次々と思い出が蘇える。井伏さんは時々おっしゃる。

「人間は、一緒に旅行をすると、その旅の道連れの本性がよくわかる。」

旅は、徒然の姿に似て居ながら、人間の決戦場かも知れない。

井伏鱒二が旅の名人ということと、旅は人間の決戦場という、太宰の指摘は重要だ。人間だれしも旅行は好きだが、そのことと旅行がうまいとか下手ということは関係ない。『集金旅行』は、こうした作者の旅行観、旅行態度に裏打ちされて書かれた小説である。

空想旅行だからやむをえないところもある

集金旅行の出発は、大安の日と決まった。

行先は、岩国を皮切りに、福岡、尾道、岡山、神戸、岐阜といったところである。

十一日の午後三時、七番さんと私は特急で東京を発ち、明くる日の夜明けに広島で乗りかえ午前八時ごろ岩国の町に着くことができた。しかし東京駅で汽車が出るのを待っているとき、七番さんは彼女の名前を七番さんと呼んでもらっては旅さきで人ぎきが悪いから、コマツさんといって呼んでくれと註文した。駅まで見送りに来てくれた五番さんは、今度からは彼もコマツさんということにしてもいいかしらと言いながら、手をさしのべて彼女に握手をもとめた。そして彼女の手を約三分間以上も握ったりさすったりした。（後略）

午後三時に東京駅を出る特急というのは、当時の看板列車の〈富士〉である。一等・二等・三等の座席車と寝台車、それに洋食の食堂車と展望車を連結していた。列車番号は1。『集金旅行』では、先に引用した部分に続いて、「五番さん」が「コマツさん」の手を「握ったりさすったり」しているうちに、外国製の香水が渡されていたことが彼女の口から話され、そういうシーンを見せつけたから、夕食は「コマツさん」のおごりということになる。

（前略）それは当然そうであってしかるべきで、こんなきっかけでもなければ長い道中おたがいに辛《しん》気《き》くさい顔を突きあわしていなくてはならないだろう。私は彼女といっしょに食堂車に行って存分にビールをのみ、食卓の上に持ち出された料理は手のとどく限り取寄せて食べ、そして足りなくなるともう一つ持って来いと註文した。汽車が名古屋を通りすぎたころ私は食堂車を出て寝台に這いあがりぐっすり眠った。

ここで具体的にどういう料理を食べたのかが書いてあれば、当時の食堂車の状況もよりはっきりわかったのだが、そんなことはドラマの本筋とはあまり関係ないから省略されてしまった。空想旅行だからやむをえない。

昭和九年（一九三四）十二月号の時刻表によると、夕食代は一円五十銭である。東京と神戸を結んでいた〈燕〉と、この〈富士〉だけがいちばん高かった。ちなみに朝食は七十五銭、昼食は一円二十銭と一円五十銭だった。

定食時間は、「朝食ハ自六〇〇至八〇〇昼食ハ自一一〇〇至一〇〇〇夕食ハ自五〇〇至七〇〇但シ列車ニヨリ多少ノ相違ガアリマス」とある。〈富士〉が「名古屋を通りすぎ」るのは、夜八時半前後だから、実際にはもう閉まっていたことと思われる。

「岩国の町」にかくされた複雑な鉄道事情

ともかく「私」と「コマツさん」は、翌朝、広島に降り立って、そこで乗り換えて岩国の町に着いた。

私たちが岩国の町に着いたとき、この街並から受けた最初の印象はどことなくひんやりとした町じゃないかという感じであった。大通りを通り抜けて行くと向うにこんもりと木の繁った岡が見え、岡の手前には河瀬の音を立てている大川に算盤橋《そろばんばし》が架《かか》っていた。この橋は樹木の茂った山を背景に朝の太陽を浴びてどっしりとした押出しに見えた。

前に引いた部分もそうだが、「岩国の町」となっていて、「岩国の駅」とはなっていない。どうでもいいようなものだが、この地方の鉄道の歴史を繙《ひもと》いてみると、この小説の書かれた前後にかなり複雑な動きがあり、そのことが作者の頭の中に多少ひっかかりをつくって、こういう記述になったように思われる。まあ、そこまで考えるのは考えすぎかもわからないが、一種のゲームのつもりで楽しんでみよう。

昭和九年（一九三四）といえば、東海道筋で丹那トンネルが開通し、十二月一日からそれまでの国府津から御殿場を経由していた本線が熱海経由となり、時間とエネルギーが大幅に軽減されたことで知られる年である。そのかげになって、あまり目立たないが、実は山陽筋でもこの日はちょっとした変動があった。

それは、岩国（当時は麻里布といった）から周防高森を経由して櫛ヶ浜にいたる岩徳線が全通し、それまでの柳井経由の山陽本線がこちらを通ることになったことである。海側のほうは柳井線と改称された。これは、その後、昭和十九年（一九四四）十月十日までのちょうど十年続き、十一日からはふたたび交替し、今日におよんでいる。話が前後するが、こうした動きに合わせて、岩国駅は明治三十年（一八九七）九月二十五日に開業後、昭和四年（一九二九）二月三日に麻里布と名前を変え、昭和十七年（一九四二）四月一日にまた岩国と変わっている。

なぜ、こんなことが行なわれたか？

それは、現在の岩国駅の位置がもともと岩国の町ではなかったことによる。山口県玖珂郡麻里布村大字室木というのが正式の地名であった。たまたま隣りの岩国のほうが規模も大きく、通りがよかったので岩国駅とつけられたのだろうといわれている。ところが岩徳線の建設が始まり、ほんらいの岩国の町中に駅ができた。そこが岩国駅と名付けられた。そのとき、麻里布となったのである。そして、柳井線がふたたび山陽本線に復帰する二年半ほど前から、岩国にもどされた。その際、それまでの岩国は西岩国となる。昭和十五年（一九四〇）に合併により麻里布町も岩国市ということになり、鉄道の要衝とい

❶

❷

❸

❶戦災・焼失と紆余曲折を経た現在の岩国駅舎
❷明治30年開業の岩国駅は麻里布に建てられた
❸昭和初期の洋風建築を今に伝える西岩国駅舎

うこともあって、名実ともに市の中心部になっていたからだろう。

岩国から西岩国に変わった恩恵

『集金旅行』が書かれたころは、現在の岩国は麻里布であり、西岩国が岩国であった。

ところで、〈富士〉はこのどちらにも停車しない。それで「私」と「コマツさん」は広島で乗り換えた。宮島（現宮島口）でもよかったが、ともかく広島で乗り換えた。広島着五時三十九分である。

乗り換え列車は、その一時間後の六時三十四分発403列車というのがある。麻里布着七時三十五分。

しかし、この列車は柳井線経由の徳山ゆきだから、岩国は通らない。岩国を通る本線の列車は、広島を七時三十分に出る101列車までない。これだと麻里布着八時三十五分、岩国着は八時四十六分である。

さて、そこで先に引用した部分を思い出してもらいたい。「午前八時ごろ岩国の町に着く」とある。その後の情景描写は、どう見ても岩国（つまり今の西岩国）である。ここに八時四十六分に着いたのでは「午前八時ごろ」という表現は不自然だ。しかし、汽車だとそれ以前には着けない。

こう考えたら、どうだろう。この二人は、やっぱり403列車で広島を発った。そして、麻里布（岩国ではない！）に七時三十五分に着いた。そして、クルマか人力車で算盤橋、つまりあの有名な錦帯橋へ向かった、と。これだと、時間のことも、「岩国の町」のことも、すべて納得がいく。

まあ、作者が聞いたら馬鹿々々しくて吹き出してしまうかもわからないが、どうもレールファンというのは貧乏症なもので、ついついいろいろ推測してみたくなってしまった。

ともかく、「私」は橋のたもとの宿でひと休みしたあと、大きな土蔵のある家を訪ねて、首尾よく集金することができた。一方、「コマツさん」はこの宿で昔のなじみと会い、こちらも集金に成功する。

しかし、この地で名士で人格者でとおっているこの男は、言葉つきとは裏腹のしたたか者であった。

現在の岩国駅で、物部昭通首席助役と面談し、前述したようなこの地方の鉄道の歩みを知ることができた。

岩国駅は、昭和二十年（一九四五）の八月十四日、つまり終戦の一日前に大空襲を受けて跡形もなく消えてしまったそうである。さらには、その翌月に建った仮駅舎が、今度は火災で焼失してしまった。ようやく駅舎としての体裁を整えたのは昭和二十三年（一九四八）十二月二十七日のことだった。それが今の駅である。

四十一代柳井和夫駅長以下百四十名ほどの職員を擁し、一日平均乗客約九五〇〇人、収入約五百万円というのが現況とのことだった。

西岩国、つまりかつての岩国駅は、今は完全に岩徳線というローカル線の一駅。昭和五十七年（一九八二）三月十日より民間委託駅となり、今ここを守るのは駅務長の光井さん、吉元さんといった三名の国鉄ＯＢの人たち。

利用客は学生が多く、一日七百人ほどが乗るという。収入は約二十万円。

そんなことより、この駅は、昭和五十四年（一九七九）四月五日、開駅五十年を迎えたさい、明治初期からの洋風駅舎の面影を伝えるモダンな駅として、広島鉄道管理局指定の永久保存駅となったことの意味が大きい。つまり、この駅は、岩国のすぐ隣りにありながら戦禍をこうむらなかったため、開業当時の姿をそのまま今に伝えているのである。

岩国の町を発つとき、私はこの町のことを決してひんやりした感じの町だとは思わなくなっていた。コマツさんは本線の汽車に乗り込むまで、岩国の町にはもう二度と行けない気持だと言っていたが、汽車が小さい駅を二つ通りすぎると、あの町の名物をなぜ買わなかったのか残念だと言いだした。
(後略)

二人もまた、この瀟洒な雰囲気の駅から、本線の列車に乗ったことだろう。

それでも下関は山口第一の都市にある駅である

「私」と「コマツさん」は、九州の福岡へと向かう。

下関駅に下車すると、プラットフォームのさきにすぐ夜の海がつづき、そこには黒い小型の汽船が一艘《そう》、煙をはいて船体の向きを変えようとしているところであった。私もコマツさんもベンチにぐったり腰をかけ汽船の煙や夜空など見ていると、すぐ目の前の積荷のかげから揉《も》み手をしながら半纏《はんてん》を着た若い衆が現われた。

「みなさま、お疲れさんでございましょう。で、今晩のところは、手前どもへご一泊なさいましてはいかがでございます。お風呂場にはシャワーもついております。お部屋はダブルベッドのものもございます」

まさかダブルベッドなんかと反発しつつ、結局はこの客引きの言葉にのっかって、その日は福岡に行かず、下関に泊まることになる。「コマツさん」が、「生きてさえすりゃ大もの」という男から集金していくといいだしたのである。

得たりとばかりに客引は、コマツさんの手提鞄《てさげかばん》と私のトランクを携げて歩きだした。その後から私たちが手持ち無沙汰《ぶさた》について行くと、ホテルというのは駅前の広場を横ぎって大通りから横町にまがる曲りかどのところにあった。（後略）

この当時の下関駅は、ターミナルであった。どんな目的を持った客も、ここでは必ず下車しなくてはならなかったのである。あの特急〈富士〉ですらも、ここが終点だった。なぜなら、関門トンネルの開通は昭和十七年（一九四二）十一月十五日まで待たなくてはならなかったからである。九州へは船で渡っていた。

宿に入ると、「コマツさん」はさっそく「大もの」と電話で連絡をとる。慰藉料に五百円ほしいというと、この男は二千円でどうだといった。なるほど、大ものである。その上、知人の独身の産婦人科医と見合いして結婚しろ、お金はこの男に福岡まで持って行かせるとまでいった。「コマツさん」はカンカンに立腹してしまう。

下関駅で、総括助役の藤田昭さんとお会いした。この駅についての生字引みたいな人である。

下関駅の開業は、明治三十四年（一九〇一）五月二十七日のことで、当然この日は山陽本線、いや、当時は山陽鉄道といった、その全通した日でもあった。最初は馬関《ばかん》といい、三十五年（一九〇二）六月一日から下関と改称した。

九州を結ぶ関門連絡船、それに大陸とをつなぐ関釜連絡船の発着駅として殷賑《いんしん》をきわめたという。昭和十二年（一九三七）には、一日に八万人もの人が乗り降りしたという。その年には、特別一等駅になった。

❹

❺

❻

その下関駅は、今の下関駅ではない。一キロほどはなれた位置にあった。今は貨物本部がおかれているが、その初代駅舎ももうない。写真によると大きくて堂々とした駅である。駅はないが、その前の山陽ホテルや旅館だった建物がその昔を伝えている。国鉄が経営し、高位高官しか泊まれなかった山陽ホテルはいま、貨物事務所である。周囲もすっかり変わったが、かすかながらこのあたりが往時もっとも賑わったであろうことは容易にわかった。もっとも、藤田助役の案内がなければとても無理だったにちがいない。

現在の駅は二代目だが、これも立派なものだった。昭和十七年（一九四二）の関門トンネル開通時に誕生した。貴賓室だの、一等待合室だのを備えた豪華さで、食堂も二百人が坐れたという。大陸への玄関だったからだ。戦後、船が廃止になってから客足が落ち、新幹線がここを避けたため、今はさらに落ち込み、それでも乗降客は三万人、収入は六百五十万とか。二十四代村本義昭駅長以下三百六十九人。

❹連絡船で賑わったころの下関駅舎
❺山口県第一の都市の玄関口・下関駅
❻民間に委託されてしまった万能倉駅

やはり、山口県第一の都市にある駅である。

医者につきまとわれての集金旅行

福岡入りをした二人は、「大もの」のよこした産婦人科医に閉口しつつも、集金に出かける。ここには阿万克三といういちばん高額の滞納者と、この男と逐電《ちくでん》したアパートの主人の女房がいた。落ちぶれた家を守る兄のもとでわびしく暮らしていて、とても取り立てられそうもない。そこへ、兄が血相変えてやってきて三百円を叩きつけるように渡し、さっさと帰れという。別々に行動した二人が宿に帰り話を合わせてみると、この兄が「コマツさん」の昔の恋人で、その窮状を見るに見かねて三百円おいてきたという。つまり、「コマツさん」のお金が「私」のほうへ移動しただけという結果になったのである。件《くだん》の産婦人科医は、同じ宿で夕飯をともにしながらこんな話をする。

（前略）馬関《ばかん》海峡の海底に隧道《ずいどう》が敷設《ふせつ》されると下関の市民は生活できなくなるというのである。なぜかというに東京駅を出発した汽車は、今までとちがい下関から引返さなくなるからである。市会はこの隧道敷設案に反対をとなえ、おおいに運動をこころみているが成績は芳《かんば》しくない。（後略）

「生活できなくなる」かどうかはともかく、下関の位置が相対的に低下したことだけは、先に見たように間違いない。

二人は、この医者につきまとわれつつ、今度は尾道へと引き返す。福岡での集金は、結局不調だった。

私とコマツさんが尾道駅で下車すると、医者は私たちの後をつけねらい、彼も汽車から降りて来た。

そして私たちが一とまず休憩するつもりで駅前の花乃屋という旅館に立ち寄ると、彼はあくまでも後をつけ、私たちの案内された隣の部屋にやって来た。（後略）

この医者が、お湯に行ったすきに二人はここを飛び出し、人力車に飛び乗って別の旅館へ移動し、ようやくほっとする。

あとで「私」が花乃屋へ電話したら、医者は芸者を総揚げにし、どんちゃん騒ぎの最中で、電話にはついに出なかった。

尾道市外の山波村に集金に行くが、岡野小太郎という医学生は手元不如意らしく、はっきりせず、あきらめざるをえない。「コマツ」さんは、ここでも昔の恋人に電話をする。

尾道から福山へクルマで移動する途中海岸で不審訊問を受けたりして、旅行もだんだん面倒くさいものになってくる。

そして、いよいよこの小説は大団円に向かって、舞台が福山から五里ほど北にある広島県深安《ふかやす》郡加茂村大字粟根《あわね》というところに移るのである。

作中人物のなかの井伏鱒二

ここには、鶴屋幽蔵という文学青年が逃げ帰っている。

今度は「コマツさん」も応援を買ってでる。その帰りに、新市町というところにいる津村順十郎、ツム順という男をおどかすという。

私たちは食事をすませると旅館を出た。福山から加茂村というところに行く路順は、府中行の両備軽便鉄道で万能倉《まなぐら》という駅に降り、そこから自動車で行くのが便利だと旅館の番頭はそう言って説明した。両備軽便鉄道は山が目近く見える平地を行く単線鉄道である。私たちは番頭に教わったとおり万能倉駅で下車したが自動車屋らしいものは見つからなかった。人力車に乗った。駅の前には田圃《たんぼ》を背景にして道の両側に農家とも商家とも区別のつきかねる家がならんでいた。この駅から加茂村大字粟根まで二里弱の道程だという。（後略）

こうして鶴屋幽蔵の家に着いたらおり悪《あ》しく葬式の最中で、二人は会葬者と間違われてしまう。幽蔵の祖父が一昨日亡くなったのだった。幽蔵の体面を考えて二人はその兄に挨拶をし、お焼香をし、あげくには食事を出され、幽蔵からは一銭も取れずに退出する。幽蔵という男は、「でっぷり太って眼鏡をかけ頭髪をもじゃもじゃ」させた男で、「私」はともかく請求書だけは渡してきた。

この、鶴屋幽蔵こそが、井伏鱒二その人である。

作者は一時期、ペンネームで鶴屋幽蔵を名のったことがあり、事実、作品中に描写してある幽蔵の風貌といい、作家志望でいくつか短編を発表したことがあるという記述といい、そのまま作者を現わしている。この葬式のシーンも、実際の祖父の葬式の模様を写したものという。

しかも、この加茂村粟根は、まさしく井伏鱒二の生まれ故郷であった。井伏家は、「中ノ土居」という屋号を持ち、「ナカンデェ」と呼ばれてきた、土地の名家である。井伏鱒二は、本名の満寿二からもわかるように、ここの次男として生まれた。

作者は、『集金旅行』の最後に、自分をやや自嘲気味に郷里の家兄のもとで居候生活を送っているという、さえない形で登場させたのである。

それだけ、この作品に愛着と重みをおいていたということだろう。

ここにいたって、ついに「私」は不要の人間となる。ラストで、津村順十郎のところへ出かけた「コマツさん」が、新市町の宿で待つ「私」のところになかなかもどらず、あげくに津村家の一番番頭の訪問を受け、「コマツさん」からの手紙を受け取る羽目となる。そこには、当分ここで女中代わりになって働くことにした。荷物は番頭に渡してくれ、津村順十郎は現在、男の未亡人ですといったことが書いてあった。

「私」が、「ひどいことをしあがるなあ」と再三再四つぶやかざるをえないところで、この小説は終わりをつげる。この「私」もまた、井伏鱒二の別の一面をもった人物であった。


福塩南線なんてとてもなじめなかった？


というわけで、福山から先のシーンは特別の関心を持って書かれた、といっていい。

そこで、両備軽便鉄道であるが、これが現在の国鉄福塩線であることはいうまでもない。ところが不可思議なことに、この鉄道は、この部分が発表された昭和十一年（一九三六）九月には、もう国鉄に買収されて福塩南線となっていたのである。昭和八年（一九三三）九月一日のことだから、これはおかしい。

作者は、知らなかったのだろうか？

そうかも知れない。しかし、知っていたと考えるほうが自然だろう。では、なぜ？

井伏鱒二にとって、福塩南線などと、とってつけたような名前はなじめなかったからにちがいない。なにか、別の鉄道のように感じられたのではなかろうか。

ここで、福塩線の歴史をふり返ってみよう。

開業は、大正三年（一九一四）七月二十一日。福山―府中町（現府中）間を七百六十二ミリゲージで結んだ。もちろん、蒸気機関車で運転した。このとき、井伏鱒二は福山中学の二年生だった。『雞肋集』に、こう書かれている。

（前略）ところが福山から私の村の近くまで、両備鉄道という軽便鉄道が通じるようになったのを幸いに、私は汽車通学するという名目で寄宿舎を出た。そして沿線の横尾という町の近くにあった旧縁の親戚に寄寓して、私はそこから汽車で通学した。（後略）


大正十五年（一九二六）六月二十六日、両備鉄道と改称。昭和二年（一九二七）電化完成。思ったより電化が早いのに驚かされる。

買収後は、昭和十年（一九三五）十二月十四日に改軌、そして、昭和十三年（一九三八）七月二十八日に塩町まで全通し、福塩線となり、今日にいたっている。

そして、井伏鱒二になじみの深い、万能倉駅――。

福山からここまでのあいだはかなり開け、家もたてこんだが、まだのどかな田園風景をとどめている。そして、この駅も周囲もそう変わることなく、淡々と時をすごしてきた。

しかし、駅にかぎっていえば、大きな変化がある時を期して、二つ起こった。それは、昨昭和五十七年（一九八二）十月二十五日に、駅舎が改造されたことと、民間に委託されたことである。

西岩国同様、国鉄ＯＢの楢崎さん、松井さんという人たちが四人で交替勤務についている。駅舎は、すっかりお化粧なおしをしたうえ、以前の出入口や待合室が事務室になり、事務室だった部分が玄関と待合室になった。左右入れ替わったわけである。郵便ポストや公衆電話だけは動かなかったから、利用者はほんの少し歩かなくてはならない。ホームには跨線橋も設けられた。しかし、全体の雰囲気は変わっていないと、楢崎史郎一さんはいう。ここを一日一二〇〇人ほどが渡る。

楢崎さんの思い出話に、軽便時代の蒸気機関車のことを、その煙突の形から「らっきょう」と呼んだとか。電気機関車は「でんでん虫」。でんでん虫に代わってから、らっきょうは府中駅の片隅に放置してあった、と。今はスマートな105系電車が発着している。

井伏鱒二は、八十歳をとうに越えた今も、『集金旅行』の発端となった荻窪に居を構えて元気に執筆活動を続けている。日本の文壇の最長老の一人である。

（『旅と鉄道』No.47〈'83春の号〉）

……………………

『集金旅行』が発表された昭和十年（一九三五）から十二年（一九三七）にかけては、明治初期に開業した日本の鉄道が一つの頂点を極めた時代であった。昭和六年（一九三一）九月に勃発した満洲事変以降、世情はすでに不穏の度を加えてはいたものの、まだ人々の気持ちにはゆとりがあった。

話は少しそれるが、私の手元に『鉄道旅行案内』というケース入りでクロスカバー（それも日本画風の絵入り）の豪華本がある。B6判で六百ページにもなろうかという大冊で、発行したのは鉄道省、発行日は昭和十一年三月三十一日である。内容は、当時開通していた国鉄の路線のすべてについて、要所々々に路線図が折り込みで挿入され、駅ごとに見どころが詳しく解説されている。そして、その間に人工着色とモノクロによる名所旧跡などの写真、それに原色版による浮世絵などがふんだんに盛り込まれている。ガイドブックにしては贅沢な本である。これはもう、紛れもなくその七、八年前に起きた昭和恐慌で旅客減＝収入減に泣いた鉄道省が起死回生を図って盛んに旅行熱を煽ったその一つの〝証拠物件〟といってもいいものであろう。

『集金旅行』は、そうした時代の産物である。良き時代の芳香を漂わせた戦前最後の文学作品といってもいいものかもしれない。というのは、この直後に日中戦争が勃発、時代は一転して暗転、鉄道も否応なくその渦中に巻き込まれてゆくことになるからである。鉄道省は今度は、兵員と軍需物資の輸送を最優先させるために国民の旅行熱を必死になって下げなくてはならなくなった。

『集金旅行』で「私」と「コマツさん」が乗る東京—下関間一・二等特急〈富士〉は、当時の国鉄の看板列車で、三等特急の〈櫻〉とともに昭和四年（一九二九）九月十五日にこの愛称がつけられた。特急に愛称がつけられたのはこれが最初のことだが、これもなんとか鉄道の利用者を増やそうという鉄道省

❼

❽

❼現在は地元の交流施設として利用されている
西岩国駅
一時無人化されたが
民間に委託されてからは再び有人駅になった
❽放火によって全焼してしまった
下関駅の最後の姿
平成17年10月14日に撮影した
この日は奇しくも鉄道記念日だった
趣のある駅舎が
心ない所業で焼失してしまったのが残念

が生み出した知恵で、愛称は広く国民から募ったものだった。この二列車は、下関で関釜連絡船に接続、釜山《ぷさん》からは朝鮮半島を北上して満洲に入り、シベリアを経てヨーロッパへと至る大陸横断鉄道の一翼を担う列車でもあった。

さて、本編を発表してから二十三年の歳月が流れたが、登場する東海道・山陽本線、岩徳線、福塩線といった路線に基本的には変化はない。すでにこの時代には東海道・山陽新幹線も全通していたし、岩徳線、福塩線も電化されていた。ただ、いうまでもないことだが、この間に列車のスピードは著しく向上したし、車両も更新された。また、ある意味では珍しいことだが、駅にもそれほどの変化はみられない。岩国駅も当時の駅舎がいまだに健在だし、すでに保存されることが決まっていた、錦帯橋をイメージしたという西岩国駅もそのままである。この駅は、平成四年（一九九二）十二月一日に無人化されてしまったが、平成十六年（二〇〇四）七月に交流施設「ふれあい交流館」として利用されるようになり、民間委託駅になった。改造されたばかりだった福塩線の万能倉《まなぐら》駅は変化した。なんと、駅舎の右半分が解体されて半分の大きさになってしまったのである。それよりなにより、一番大きく変動したのは、当時の下関駅であろう。まだ記憶に新しいところだが、今年（二〇〇六）一月八日未明、放火によって全焼してしまったのである。本編でも述べたように、この駅は二代目で、『集金旅行』時代にはなかった駅だが、三角屋根が印象的な駅舎だっただけに惜しまれる。

井伏鱒二は、本編執筆当時八十五歳と高齢だったが矍鑠《かくしゃく》としており、以後も執筆活動を続けたが、十年後の平成五年（一九九三）七月十日、九十五歳で死去した。

放浪の女流作家　林芙美子

風琴と魚の町・尾道はいま

山陽本線
尾道駅

車窓から見た海ぞいの街・尾道

人間にとって、故郷というのはいったいなんだろう？

ふと、そんなことを思った。すると、途端に故郷という言葉の意味がわからなくなってしまった。そこで、『広辞苑』を引いてみる。こきょう＝生まれた土地。ふるさと。郷里。生まれた土地、はわかる。しかし、あとの二つはわからない。そこで、ふるさと。①古く物事のあった土地。古跡。旧都。②自分が生まれた土地。郷里。こきょう。③かつて住んだことのある土地。また、なじみ深い土地。郷里は、①むらざと。郷邑。②ふるさと。③故郷。となっている。

これで大体わかってきた。つまり、故郷とは、自分が生まれた土地というのが第一義だが、そればかりではなく、かつて住んだことのある土地のこともいうらしい。

話が最初から大きく横道にそれてしまったが、じつは私がのっけから長々とふるさと談義をしたのには、それなりの理由がある。

林芙美子という、明治三十六年（一九〇三）十二月三十一日生まれの、故郷を持たない（と自ら断言する）女流作家のことが気になりだし、その連想から故郷というものもまた気になったからである。もっとも彼女は女性らしく、故郷のことを〝古里〟と書くのだが、これにはわけがあると私は推察している。そのことについては後述しよう。

林芙美子は、出世作となった『放浪記』第一部の序章ともいうべき、「放浪記以前」の冒頭の部分にこう書いている。

私は北九州の或る小学校で、こんな歌を習った事があった。

更けゆく秋の夜　旅の空の
侘《わび》しき思いに　一人なやむ
恋いしや古里　なつかし父母

私は宿命的に放浪者である。私は古里を持たない。父は四国の伊予の人間で、太物《ふともの》の行商人であった。母は九州の桜島の温泉宿の娘である。母は他国者と一緒になったと云うので、鹿児島を追放されて父と落ちつき場所を求めたところは、山口県の下関と云う処《ところ》であった。私が生れたのはその下関の町である。――故郷に入れられなかった両親を持つ私は、したがって旅が古里であった。それ故、宿命的に旅人《たびびと》である私は、この恋いしや古里の歌を、随分侘しい気持ちで習ったものであった。（後略）

八つの時に若松でこの父と別れた母子は、母キクの再婚相手沢井喜三郎に連れ添う形で九州一円を転々と渡り歩くことになる。芙美子の両親の職業は行商。沢井はキクより二十歳の年下だった。

そんな組み合わせの親子三人が、汽車に乗って九州を出た。そして、車窓から見た海ぞいのとある街に、ふと関心をそそられ、思わず降り立った。

尾道《おのみち》——瀬戸内海沿岸の、古くから商業港として栄えてきたこの港町は、その瞬間から、林芙美子にとって初めてふるさと意識の持てる、文学好きだった少女の郷愁をのちにいっぱいに詰め込むことになる街となった。

尾道の七年は芙美子の乙女時代の故郷

林芙美子が尾道に住みつくことになったのは、大正五年（一九一六）のこと。芙美子が十二歳の時である。それまでは前述したように九州を転々とし、『思い出の記』によれば、小学校だけでも十二度もかわっている。編集者としてはじめて林芙美子に接し、のちに作家となった和田芳恵は、このうちのい

❶

❷

❶弁当代稼ぎに降り立った尾道は
芙美子の乙女時代を築いた
駅舎背後の千光寺山が印象的である
❷第二尋常小学校（現土堂小学校）

くつかは通学したかどうかすら疑わしいと述べている。まさに、生まれながらの放浪者である。

尾道では、第二尋常小学校というのに入った。この学校は今も土堂小学校として健在で、建物は変わったが、場所は芙美子当時のままに尾道駅近くの山側にある。

それ以前は、鹿児島市の山下尋常小学校というのに在籍していたらしい。これは行商の関係でなく、落ち着いた環境で勉強させようという母キクの願いで祖母に芙美子を託したからである。しかし、ここでは女中がわりに使われて学校どころではなかった。

「放浪記以前」に、母キクの出身地が「九州の桜島の温泉宿」とあったが、実はこれが今も有名な古里《ふるさと》温泉のことで、「私は古里を持たない」と、あえて古里と書くことで、あまりいい思い出のない、土地名としての古里をも一緒に捨ててしまいたかったのかもしれない。

余談はともかく、第二尋常小学校の五年に首尾よく転入できた芙美子は、大正七年（一九一八）三月にここを卒業し、四月には市立の高等女学校に入学した。行商人の子が女学校に入るというのは当時としては珍しいことだが、これは向学心に燃える芙美子の強い希望によるもので、帆布工場の夜勤などのアルバイトをしながら苦学してここを大正十一年（一九二二）三月に卒業した。この学校は、芙美子在学中の大正十年（一九二一）に、市立から広島県立に移管され、現在は県立尾道東高校と校名が変わり、男女共学となった。

芙美子は、この女学校時代、相当の文学少女で、秋沼陽子というペンネームで詩を地元の新聞に発表したりしていた。秋沼陽子というのは小学校の恩師である小林正雄という人がつけてくれたらしい。この小林先生は、芙美子という名の命名者でもある。ちなみに、林芙美子の本名は林フミコである。

尾道での文学仲間の一人に、岡野軍一という因島の出身で明治大学の学生がいた。これがいわば芙美子の初恋の人で、芙美子は女学校を出ると同時に岡野を頼って東京へ出てしまった。だから、林芙美子が尾道に住んだのは大正五年（一九一六）から十一年（一九二二）までのあしかけ七年ということになる。

しかし、この七年は、芙美子にとっても尾道にとっても、大事な七年となった。尾道はまさに、多感だった乙女時代を象徴する、林芙美子の故郷である。そしてその尾道はいま、彼女を限りなく大切に扱っている。

弁当代かせぎに降り立ったはずが……

父は風琴《ふうきん》を鳴らすことが上手《じょうず》であった。

音楽に対する私の記憶は、この父の風琴から始まる。

私たちは長い間、汽車に揺《ゆ》られて退屈していた。母は、私がバナナを食《は》んでいるそばで経文《きょうもん》を誦《じゅ》しながら、泪《なみだ》していた。「あなたに身を託したばかりに、私はこのように苦労しなければならない。」と、あるいはそう話しかけていたのかもしれない。父は、白い風呂敷包《ふろしきづつ》みの中の風琴を、ときどき尻で押しながら、粉ばかりになった刻《きざ》み煙草《たばこ》を吸っていた。

自伝的短編小説『風琴と魚の町』の書き出しの部分は、こう汽車の中からはじまる。風琴というのは、今ではもう全く見かけないが、アコーディオンを小型にしたような楽器だそうである。行商のための道具として、養父は使っていたのだろう。

芙美子にとっては、毎度おなじみの、いつもと変わることのない汽車の旅である。『思い出の記』にこういう描写がある。

腹すこし痛み出でしを
しのびつつ
長路の汽車にのむ煙草かな

啄木の歌にこんなのがありますが、わたしは義父を想い出すたびに、この歌をおもいだします。義父は三年前に亡くなりましたけれども、この義父との記憶は、何時も汽車に乗っているような思い出ばかりです。（中略）

わたしはこの義父たちと、随分色々な旅をしました。汽車の三等室、汽船の三等室、こんな雰囲気ばかりの生活でした。（後略）

こんなふうだったから、この汽車旅も、少女の芙美子にとってはごく日常的な生活の一コマにすぎなかった。『風琴と魚の町』は次のように続く。

蜿蜒《えんえん》とした汀《なぎさ》を汽車は這《は》っている。動かない海と、屹立《きつりつ》した雲の景色は十四歳の私の眼《め》に壁のように照り輝いて写った。その春の海を囲んで、たくさん、日の丸の旗をかかげた町があった。目蓋《まぶた》をとじていた父は、朱《あか》い日の丸の旗を見ると、せわしく立ちあがって汽車の窓から首を出した。

「この町は、祭でもあるらしい、降りてみんかやのう。」

母も経文を合財袋《がっさいぶくろ》にしまいながら、立ちあがった。

「ほんとに、きれいな町じゃ、まだ陽《ひ》が高いけに、降りて弁当の代でも稼《かせ》ぎまっせ。」

で、私たち三人は、おのおの荷物を肩に背負って、日の丸の旗のヒラヒラした海辺の町へ降りた。駅の前には、白く芽立《めだ》った大きな柳の木があった。柳の木の向うに、煤《すす》で汚れた旅館が二三軒並んでいた。町の上には大きい綿雲が飛んで、看板《かんばん》に魚の絵が多かった。

こうして親子三人は、魚の町、つまり尾道に降り立った。これが、林芙美子と尾道との最初の出会いである。もしも、養父がたくさんの日の丸を見なかったら多分このことはなかったにちがいない。

しかし、そうはいっても、文中にもあるとおり、弁当代程度の稼ぎをするつもりで降りたのであって、住みつく気など全くなかった。つまり、この段階では、まだ三人にとっては尾道は、それまでに足跡を記してきた他の多くの町や村と同様一過性のものでしかなかった。にもかかわらず、それから七年も住むことになったのは、尾道がそれだけいろいろな意味で住みやすい要素を持っていたからで、だとすれば、林芙美子と尾道の結びつきは、たんに偶然だったというのでなく、必然だったのかもしれない。

旅こそが故郷であり人生そのものだった

ところで、林芙美子といえば『放浪記』、『放浪記』といえば林芙美子、といわれるほどに、この二者はわかちがたく結びついている。事実、『放浪記』は、芙美子の出世作であると同時に、代表作の一つでもある。

しかし、この多才な女流作家には、昭和二十六年（一九五一）六月二十九日、まだ四十八歳の若さで急逝するまでの間に、『牡蠣《かき》』『稲妻』『晩菊』『浮雲』といった優れた長短の客観小説が多数あり、先に引いた『風琴と魚の町』もまた、初期を代表する名作の一つである。

ただ、『放浪記』がただ一つだけ、これらの作品群と異なっているのは、女流作家林芙美子が誕生するきっかけとなった作品だということだ。

『放浪記』は、昭和三年（一九二八）十月から『女人芸術』という雑誌に連載されたころから好評で、同五年（一九三〇）七月、当時の大手出版社だった改造社の新鋭文学叢書の一冊として刊行されるやたちまちベストセラーとなった。

日記体で綴られた、ある若い底辺女性の、東京都内で次々と居を移し、職を変えて必死に生き抜く、凄絶で赤裸々な青春のあり様が多くの読者の強い共感を呼んだからである。

これまで、私はただたんに『放浪記』と書いてきたが、これは正確にいうなら『放浪記』第一部である。女流作家長谷川時雨が出していた『女人芸術』に発表したときの題は『秋が来たんだ』で、その副題が『放浪記』だった。時雨の夫で、流行作家の三上於菟吉がつけてくれたという。この作品の好評により、昭和五年（一九三〇）十一月、同じ改造社より『続放浪記』を刊行、これがのちの『放浪記』第二部である。『放浪記』第三部が発表されたのは、なんと戦後の昭和二十二年（一九四七）のことである。

『放浪記』は、日記体の形をとっているが、三作とも時空を自由に飛び越えて編まれており、必ずしも時系列に沿ったものではない。また書かれたことは、多少の誇張や修正もあるだろう。その意味ではこれは創作である。その原本になったのは、粗末な雑記帳六冊に綴られた、大正十一年（一九二二）の上京から、何度かの男性遍歴ののち、終生の伴侶となった画家の手塚緑敏と結ばれた大正十五年（一九二六）までの五年間の日記である。この原本は、林芙美子は大切に保管していたけれども、夫の緑敏にすら見せなかった。没後も見つかっておらず、芙美子自身によって処分されたものと思われている。

この『放浪記』を読むと、林芙美子が真実の生き方を求めていかに切実に煩悶《はんもん》したかということが、ひしひしと伝わってくる。しかし、一方ではまた、芙美子自身が放浪を好きだったのではないかと思えるような記述も多い。放浪といって悪ければ、旅である。

実際、林芙美子はよく旅をした。その先は国内だけでなく、海外にまでおよんだ。『放浪記』がヒットしたときも、その印税でさっそく、中国、満洲へと足を延ばしている。

小さいころ、否応《いやおう》なく旅に明け暮れた彼女にとっては、旅こそが故郷であり、人生そのものだったとでもいうのだろうか。

いつの日か尾道は帰省の場となり郷愁の対象となってゆく

女学校を出るとすぐに、岡野軍一を頼って上京した芙美子だったが、どうやら頼ったのは岡野のほうだったらしい。さっそく、風呂屋の番台をやったり、派出婦、女中、女工などをしながら岡野の生活を支えている。

ほどなく、両親も上京。これで尾道との縁は一度は切れることになる。

生活の苦労はあったにしても、このまま順調にいけば、あるいは尾道との縁はこれっきりだったかもしれない。

翌大正十二年（一九二三）、芙美子十九歳の春は、恋の破綻《はたん》という悲劇で幕が開くことになってしまったのである。岡野が郷里因島の造船所に職を得て、また芙美子との結婚に身内の反対もあって、さっさと帰郷してしまったからである。それから、九月一日に発生した関東大震災。これで両親と別れ別れになった芙美子は酒屋の船に便乗して大阪へ出、そこから尾道へと向かう。両親のいるアテなぞなかったが、やっぱり尾道は頼れる土地だったのだろう。このときは、結局両親とは四国で再会、また尾道に住みつくことになった。

因島にいる元の恋人を訪ねたのは、多分この翌年の一月のことだろう。『放浪記』第二部に、そのときとからめて尾道のことをしみじみと書いたシーンがある。

「二三日したら、わしも商売に行くけん、お前も一度行って会うて見るとええ。」

そろばんを入れていたお養父さんはこう言ってくれたりした。尾道《おのみち》の家は、二階が六畳二間、階下は帆布と煙草を売るとしより夫婦が住んでいる。

「随分この家も古いのね。」

「あんたが生れた頃、この家は建ったんですよ。十四五年も前にゃア、まだこの道は海だったが、埋立して海がずっと向うへ行きやんした。」

明治三十七年生れのこの煤《すす》けた浜辺の家の二階に部屋借りをして、私達親子三人の放浪者は気安さを感じている。

「汽車から見て、この尾道はとても美しかったもんのう。」

しかし、一度都会暮らしを経験し、またこのころはすでに明確に文学者になることを目指していた林芙美子にしてみれば尾道という地方都市は、もう住むところではなくなっていた。大正十三年（一九二四）には、ふたたび単身で上京することになったのである。

（一月×日）

「お前は考えが少しフラフラしていかん！」

お養父さんは、東京行きの信玄袋をこしらえている私の後から言った。

「でもなお父さん、こんなところへおっても仕様のない事じゃし、いずれわし達も東京へ行くんだから、早くやっても、同じことじゃがな。」

「わし達と一緒に行くのならじゃが、一人ではあぶないけんのう。」

「それに、お前は無方針で何でもやらかすから。」

御もっとも様でございます。方針なんて真面目くさくたてるだけでも信じられないじゃありませんか。方針なんてたてようもない今の私の気持ちである。大工のお上さんがバナナを買ってくれた。

「汽車の中で弁当代りにたべなさいよ。」停車場の黒いさくに凭《もた》れて母は涙をふいていた。ああいいお養父さん！　いいお母さん！　私はすばらしい成金になる空想をした。（後略）

いつまでも私の心から消えないお母さん、私は東京で何かにありついたらお母さんに電報でも打ってよろこばせてやりたいと思った。――段々陽のさしそめて来る港町をつっきって汽車は山波《さんぱ》の磯べづたいに走っている。私の思い出から、たんぽぽの綿毛のように色々なものが海の上に飛んで行った。海の上には別れた人の大きな姿が虹《にじ》のように浮んでいた。

以後、尾道は林芙美子にとっては帰省の場であり、郷愁の対象となっていくのである。それにしても女ひとり、気丈夫なことである。

汽車賃にも窮したなかでの構想

尾道へ着いたのが夜。

むっと道のほてりが裾の中へはいって来る。とんかん、とんかん鉄を打つ音がしている。汐臭い匂いがする。

少しもなつかしくはないくせに、なつかしい空気を吸う。土堂の通りは知ったひとの顔ばかりなので、暗い線路添いを歩く。星がきらきら光っている。虫が四囲いちめん鳴きたてている。鉄道草の白い花がぼおっと線路添いに咲いている。神武天皇さんの社務所の裏で、小学校の高い石の段々を見上げる。右側は高い木橋。この高架橋を渡って、私ははだしで学校へ行った事を思い出す。線路添いの細い路地に出ると「ばんよりはいりゃせんかア」と魚屋が、平べったいたらいを頭に乗せて呼売りして歩いている。夜釣りの魚を晩選《ばんよ》りと云って漁師町から女衆が売りに来るのだ。


大正も末期の、十五年（一九二六）の夏に尾道に帰ったときの描写である。このころ芙美子は、詩人の野村吉哉との同棲を解き、女給をしながら平林たい子と一緒に暮らしていた。そのたい子が結婚したため、尾道へ帰ったのである。ここに引いたのは、第三部から。

岡山の、養父の実家にいるとばかり思っていた両親が尾道に戻っていたため、その後を追った。岡山から尾道までの汽車賃すら、芙美子は所持しておらず、養父の姉の家でも冷たい眼で見られ、なかなかお金のことがいいだせず、やっとの思いで二円五十銭借金して汽車に乗ったのであった。

当時の尾道の夏の風物や情景が、惻々《そくそく》と伝わってくる美しい文章である。


（八月×日）

愛する者よ。なんじらこの一事を忘るな。主の御前には一日は千年のごとく、千日は一日のごとし。壁に張りつけてある古い新聞紙にこんな宗教欄がある。愛する者よ。か、汚穢《おえ》にまみれ、いっこうにぱっとしない人生、搗《つ》き砕かれた心が、いま、この天井の低い部屋の中で眼をさます。一晩中、そうして朝も、休みなく汽車が走っている。魚の町と云う小説を書きたくなる。階下の親爺《おやじ》さんと義父は連れだって出たまま今朝も戻っては来ない。

朝日が北の壁ぎわにまで射し込んで暑い。線路の堤にいちめんの松葉ぼたんの花ざかり。煎りつくように蟬が鳴きたてている。

（中略）

障子を閉めて、はだかで、チェホフの退屈な話を読む。あまり暑いので、梯子《はしご》段の板張りに寝転んで本を読む。風琴《ふうきん》と魚の町、ふっとこんな尾道の物語りを書いてみたくなる。

『風琴と魚の町』は、こうして構想され、そして執筆された。発表されたのは、『改造』の昭和六年（一九三一）四月号で、すでに、『放浪記』『続放浪記』によって文名があがってからのことである。しかし、林芙美子は『文学的自叙伝』の中で、「大人の童話のようなもの」としながらも、はっきりと処女作と明言している。自信作だったのだろう。

尾道の借家は、駅周辺を中心に何度も変わったが、このときは山側の持光寺の石段の下だった。母校第二尋常小学校の側である。

『放浪記』にかくされた尾道行の謎

（八月×日）

海が見えた。海が見える。五年振りに見る、尾道の海はなつかしい。汽車が尾道の海へさしかかると、煤《すす》けた小さい町の屋根が提灯《ちょうちん》のように拡がって来る。赤い千光寺の塔が見える、山は爽かな若葉だ。緑色の海向うにドックの赤い船が、帆柱を空に突きさしている。私は涙があふれていた。

尾道に寄せる、林芙美子の限りない慕情がよく伝えられた部分だとして、なにかにつけて引用される文章である。『放浪記』第二部の中ほどに登場する。

先にも書いたように、『放浪記』は創作であり、日記の形はとっていても、時間が自由に飛び交っているから、その意味では何の問題もないが、事実関係に則してみると、この文章にはひとつだけ疑問がある。

前後関係から推して、この部分は昭和二年（一九二七）夏の旅行と解釈してほぼ間違いない。だとすると、「五年振り」というのがおかしいのだ。芙美子は、大正十一年（一九二二）の上京以来、翌十二年（一九二三）の震災後、それから十五年（一九二六）の夏と少なくとも二度は戻っているのだ。だから、正確には「一年振り」でなくてはならない。しかし、これではなつかしさが強調できないので、あえて「五年振り」としたのではなかろうか。

貧しい私達親子三人が、東京行の夜汽車に乗った時は、町はずれに大きい火事があったけれど……。「ねえ、お母さん！　私達の東京行きに火が燃えるのは、きっといい事がありますよ。」しょぼしょぼして隠れるようにしている母達を、私はこう言って慰めたものだけれど……だが、あれから、あしけ六年になる。私はうらぶれた体で、再び旅の古里である尾道へ逆もどりしているのだ。気の弱い両親をかかえた私は、当もなく、あの雑音のはげしい東京を放浪していたのだけれど、ああ今は旅の古里である尾道の海辺だ。海添いの遊女屋の行燈《あんどん》が、椿《つばき》のように白く点点と見えている。見覚えのある屋根、見覚えのある倉庫、かつて自分の住居であった海辺の朽ちた昔の家が、五年前の平和な姿のままだ。何もかも懐しい姿である。少女の頃に吸った空気、泳いだ海、恋をした山の寺、何もかも、逆もどりしているような気がしてならない。

尾道を去る時の私は肩上げもあったのだけれど、今の私の姿は、銀杏返《いちようがえ》し、何度も水をくぐった疲れた単衣《ひとえ》、別にこんな姿で行きたい家もないけれど、とにかくもう汽車は尾道にはいり、肥料臭い匂いがしている。


少し長い引用になったが、ここでもなつかしさが、しきりに強調されている。しかし、仔細に読むとここにもおかしな個所がある。

まず、冒頭の親子三人が東京ゆきの夜汽車に乗るシーン。あのときはたしか、芙美子ひとりが上京し、両親がやって来たのはそれから半年後のはずだったが……。

それから、「旅の古里である尾道へ逆もどりしている」という部分。確かに逆もどりには違いないが、このころ、尾道にはもう林芙美子の帰るべき家は、どこにもなかったのである。

このときの尾道行は実は、帰省ではなかった。なぜなら、このころ両親は四国の高松に住んでいたからである。前年の十二月に、手塚緑敏と結婚し、その緑敏を両親に引き合わせるべく、先行してひとり尾道へと入ったのである。では、なぜ高松、いやせめて岡山で緑敏と落ち合わなかったのだろう。やはり、尾道がなつかしかったからだろうか。それも確かにあったに相違ない。しかし、理由はもうひとつほかにあった。

それは、因島で結婚して平和な家庭を築いていた初恋の人岡野軍一を不意に訪ねることだった。このとき、芙美子は夫の緑敏を、親類を訪ねると偽って同道させている。このときの、手塚緑敏と岡野軍一の対面は、さぞ奇妙なものだったろう。このようなことをした芙美子の真意は、ついにわからない。なぜなら、『放浪記』では、このときのことは、いっさい書かれていないからである。因島へ岡野を訪ねたことは書いてあるけれど、それはあくまで手塚と一緒でなく、芙美子ひとりという設定になっているからである。

もはや尾道は林芙美子を抜きにして語れない

初夏の一日、林芙美子の尾道へと赴いた。新幹線で岡山へ。そこから乗り換えて、尾道は今はもう東京からわずか六時間の道程《みちのり》である。林芙美子が往来していたころは、ざっと二十時間もの長道中であった。

市の社会教育課で稲本係長と会い、いろいろと話をうかがう。

尾道は、県下では広島に次いで二番目に市制をしいた町だという。明治三十一年（一八九八）のことである。山が瀬戸内海に迫り、海岸を縫うように縦に長く伸びた街、それが尾道だ。国道二号線が走り、それに並行して山側の少し小高いところを山陽本線が通っている。尾道という地名は、山の尾の路ということからつけられたという。

山側に由緒あるお寺が多く、海には当然のことながら港がある。すぐ目の前に向島があり、このために天然の良港をなしている。古くから貿易で栄えた。

林芙美子が住んでいたころは、世帯数が六一八二戸、人口が二万六四六六人だった。大正九年（一九二〇）の記録である。現在は、三万三〇二七戸で十万三七〇六人。広島県で四番目の都市である。新幹線が福山の次は三原を停車駅としたこともあって、その後の発展は遅い。誘致はしたが、福山から近いということではずされた。山が海に迫っているという地理上のハンデもあったことだろう。

しかし、そのお蔭で、今でも昔の風情をよくとどめた街である。風光明媚の地とあって、昔から文人墨客がよく訪れたが、今でも年間百五十万もの人がこの街にやってくるという。もっとも、このうちのかなりの数が、林芙美子をお目当てにしているはずである。

実際、林芙美子が、『放浪記』や『風琴と魚の町』が、尾道を知らしめるのにはたした功績は、はかりしれぬほど大きい。近代文学者では、志賀直哉も一時期、千光寺の傍《かたわら》に住んで、名作『暗夜行路』をものしたが、林芙美子ほどの貢献はしていない。今年、尾道市が作った観光ポスターは、『放浪記』の林芙美子だった。初版本と、本を読む和服姿の林芙美子の写真をあしらった、セピア調のこのポスターをご覧になった方は多いと思う。そしてまた、駅のスタンプも『放浪記』の林芙美子である。もはや尾道は、林芙美子を抜きにしては語れないようである。

風琴の音はせずとも「魚の町」は今なお健在

その尾道駅――

駅長の坂本雪齋さんにお会いする。古風な名前だが、まだ四十八歳とお若い。私がこれまでにお会いした中でも一番若い駅長さんだ。笠岡の出身で、国鉄入りは昭和二十七年（一九五二）とか。助役時代を含めて尾道駅は三度目、それだけにこの街に対する愛着も深い。今年の三月に赴任、開業以来四十五代目である。

尾道駅の開業は、明治二十四年（一八九一）十一月三日のこと。山陽鉄道が福山からここまで延伸したのがこの日だった。広島まで鉄道が通じるのは、明治二十七年（一八九四）六月十日のことである。

山陽鉄道が、神戸から下関までを全通させるのが、明治三十四年（一九〇一）五月二十七日のことだが、五年後の三十九年（一九〇六）十二月一日には、例の国有化による買収で山陽本線となった。尾道駅もこの段階で国鉄駅に改組した。

このころはもちろん単線だったが、このあたりが複線化されたのは、ちょうど林芙美子が東京へ去っ

❸喫茶店「芙美子」のうら手には
彼女が住んでいた家が今も残っている

た一年後の大正十二年（一九二三）四月十、十一日であった。電化は、ぐっと遅く昭和三十六年（一九六一）九月六日のこと。開業以来七十年が経過していた。

残念ながら、尾道駅には過去の記録が全く残っていない。わかっているのは、現駅舎が昭和十七年（一九四二）の二月に建て替えられた二代目ということぐらいである。一日の乗降客は約二万人、うち定期が半分を占める。収入は約六百三十万円。ピークが八月と三月というのがいかにも観光地の駅らしい。ご多分にもれずクルマに押されてはいるが、思ったよりは落ちていない。観光客の四十六パーセントがこの駅の利用者というから立派である。地理的にクルマでは来にくいせいもあるだろうと、坂本駅長は分析している。

駅長の案内で、駅近くの「芙美子」という喫茶店の中に保存してある、林芙美子がかつて住んでいた家に行ってみる。大正六年（一九一七）に移り住み、翌年九月に転居したと説明にあった。ちっぽけな二階建ての家である。

坂本駅長はまた、私をお昼にまで誘ってくれた。ここでご馳走になった料理のうち、クルマエビの刺身は特に美味。風琴の音はもう聞けないが、尾道は今も、まぎれもなく「魚の町」である。

尾道には、古寺めぐりというコースがある。それほどにお寺が多いのだが、それに付属した形で「文学のこみち」というルートがある。山頂に近く千光寺は今も、尾道を象徴するように赤いお堂を見せているが、文学のこみちはこの千光寺公園の一角にある。尾道ゆかりの文人や学者らの石碑が、全部で二十五も配されているが、中で一等地を占めるのが林芙美子のそれである。志賀直哉の碑の近く、眼下に市街と尾道水道を見下ろす位置にどっしりと据えられている。

碑面に刻されているのは、例の「海が見えた。海が見える。……」の『放浪記』の一節。書いたのは、小学校の恩師小林正雄である。

尾道には今ひとつ、林芙美子の碑がある。母校尾道東高校の、校門を入ってすぐ右手のところ。「巷に来れば　憩ひあり　人間みな吾を　慰さめて　煩悩滅除を　歌ふなり」と彫り込んである。

尾道は、今では立派に林芙美子の古里だ。

（『旅と鉄道』No.44〈'82夏の号〉）

……………………

尾道は、古来、文人墨客が多く訪れた町として知られる。近代に入ってからも、志賀直哉、中村憲吉といった作家や歌人が一時期住まいした。

林芙美子もその一人だが、志賀直哉や中村憲吉とちがって、芙美子にとって尾道は「訪れた」のではなくて、尾道で「育った」、つまり、出身地なのである。といって、芙美子は尾道で生まれたというわけではない。このあたりのことは本編で詳述した。

ところで、尾道にたくさんの文化人が足跡を記したのには理由がある。それは、天然の良港に恵まれて対明貿易で栄え、北前船も寄港して活況を呈したことから豪商が輩出、競って神社や寺院を建立しては寄進したからである。瀬戸内海の明媚な風光、穏やかな気候も相まって、単なる漁港とはちがった文化的な風土がすでに中世の昔から醸成されていたのである。

「魚の町」尾道は、観光の町、文学の町でもある。この二つの面で貢献している林芙美子は、本編執筆当時もそうだったが、今でも尾道にとって大切なシンボルである。当時すでに、千光寺公園の「文学のこみち」は整備されており、ここの一番いい場所に『放浪記』の「海が見えた。海が見える。……」の一節を刻んだ石碑は建てられていたが、その後昭和五十九年（一九八四）七月、尾道駅のすぐ近くにも、

❹

❺

❹本編執筆の２年後に
尾道駅の近くに建てられた林芙美子の像
山陽本線をバックに
芙美子が駅に降り立った様子が彫られている
❺駅前はきれいに整備されたが
尾道駅は20余年前と変わらない
後方には文学のこみちなどがある
千光寺公園が控え
前には尾道水道が走る

旅行カバンと傘を携えて尾道に降り立った、腰をかがめた姿の芙美子の石像を添えた碑が建てられた。これにも、「海が見えた。海が見える。五年振りに見る、尾道の海はなつかしい」が刻まれている。

昭和五十七年（一九八二）年の初夏に訪れた時にもあった喫茶店「芙美子」は今もあり、ここの奥に残されていた住居は、「芙美子の部屋」として復元され、芙美子が暮らしていた当時の様子を偲ばせてくれる。林芙美子が卒業した尾道第二尋常小学校は、その後土堂小学校と改名したが、この学校が次代の教育を見据えた研究開発校として今はその名を全国に轟かせていることは周知のとおりである。なお、文学にゆかりの町を喧伝するべく、平成十一年（一九九九）三月には文学記念室、志賀直哉旧居、中村憲吉旧居、文学公園を一つのゾーンとする「おのみち文学の館」がオープンした。

尾道はまた、映画の町としても知られる。この地出身の大林宣彦監督が、昭和五十七年（一九八二）の『転校生』を皮切りに、『さびしんぼう』（昭和六十年）、『ふたり』（平成三年）、『あした』（平成七年）といった、この地を舞台にした秀作を発表したことで有名になったが、それよりはるか前、昭和二十八年（一九五三）に小津安二郎監督が撮った『東京物語』を思い浮かべる人も多いことだろう。平成十二年（二〇〇〇）四月には「おのみち映画資料館」がオープンした。

昭和十七年（一九四二）二月に建てられたという尾道駅の二代目駅舎は今も健在。取材時の昭和五十七年当時とほとんど変わらない姿で立つ。また、この前後の山陽本線の状況にもほとんど変化はない。

本編執筆当時約十万三〇〇〇人だった尾道の人口は、その後九万八〇〇〇人ほどと減少したが、昨平成十七年（二〇〇五）三月に御調町、向島町と、今年十八年（二〇〇六）一月に因島市、瀬戸田町と合併、新しい尾道市に生まれ変わって人口も約十五万人になった。

なお、取材の際、私は岡山で山陽新幹線を降り、山陽本線で尾道に向かったが、その後昭和六十三年（一九八八）三月十三日に市街からかなり離れた山側に山陽新幹線の新尾道駅が誕生した。

島崎藤村の『山陰土産』

山陰行に汽車旅の原点を見た

東海道本線
大阪駅
福知山線
藍本駅
山陰本線
福知山駅
城崎駅
香住駅
岩美駅
鳥取駅
湖山駅
倉吉駅
伯耆大山駅
松江駅
出雲市駅
益田駅
山口線
津和野駅

昭和二年　暗い世相の中での山陰行

昭和二年（一九二七）七月、文豪島崎藤村が、山陰地方への旅に出た。当時画学生だった次男の鶏二が同行した。

師走も押しつまった前年の十二月二十五日に在位十五年の大正天皇が崩御され、現天皇の御代が実質的にスタートしたばかりという歴史の転換点、それが昭和二年という年である。

だが、この年はたんにそれだけで位置づけられるほど単純な年ではない。三月に入ってから銀行の休業、倒産があいつぐようになり、これが後に金融恐慌と呼ばれることになるのだが、このころから日本は混乱と低迷の時代へと入って行く。

藤村の山陰行は七月八日に大阪を発《た》って以来、津和野を十九日に去るまで十二日間におよんだが、五日後の二十四日には自身の文学上の行き詰まりと暗い世相を悲観して芥川龍之介が自殺した。この日は、小諸の懐古園で藤村の「千曲川旅情の歌」の歌碑が建立され、除幕式が行なわれた日でもあったから、二人の文学者が際立った明暗を描きわけた日ということになる。

藤村の山陰行はいわばこうした暗い時代背景の中で行なわれたわけだが、『山陰土産』と題された紀行文には、これらを織り込んで深刻ぶったりしたところはまったくない。純粋に旅そのものを楽しみ、自由を謳歌しているのである。

なぜだろう。

理由はいくつも考えられる。このころ藤村はもう五十五歳、辛酸を舐《な》めつくした前半生の苦悩を脱却して文学者としての地位もがっちりと固まり、ようやく家庭生活も安定を得ていたことが最大の要因であろう。当時の平均寿命を思えば、もう老大家の域に入っていたわけである。

いまひとつは、初めて山陰地方を訪れたということ。交通事情のよくない当時にあっては、山陰はやはり東京に住む身には遠かったわけだ。初体験というものはいくつになってもその人に新鮮な感動を与えるものである。

そして、この紀行が『大阪朝日新聞』という有力なマスコミによって企画されたことも忘れてはなるまい。藤村は行く先々で大歓待を受け、投宿した旅館もまた超一流、こうくればたとえ世の中がどうあれ、一時的に大名気分にひたったとしても無理はあるまい。

身内が同行者についたという点もまた大いに心強かったことだろう。

『山陰土産』そのものは、藤村には珍しく調子の軽いものだし、紀行文作家でもないから藤村の作品中での比重は高くない。しかし藤村はこの旅のあと昭和三年（一九二八）四月から大作『夜明け前』の準備に入り、長い年月をかけて完結させる。そしてこれがほとんど藤村文学の集大成ともなったから、この山陰行がいかに藤村にいい意味での栄養剤となったかを想像することはたやすいことである。

こうした点を踏まえて、われわれもまた今回は、気楽な旅立ちをすることとしよう。行先はもちろん、山陰地方！

福知山線で山陰入り……

朝曇りのした空もまだすずしいうちに、大阪の宿を発《た》ったのは、七月の八日であった。夏帽子一つ、洋傘一本、東京を出る前の日に「出来《でき》」で間に合わせて来た編あげの靴も草鞋をはいた思いで、身軽な旅となった。

『山陰土産』はこうした書き出しではじまる。すぐ続けて、

こんなに無雑作に、山陰行の旅に上ることの出来たのはうれしい。もっとも、今度は私一人の旅でもない。東京からは次男の鶏二をも伴って来た。手荷物も少なく、とは願うものの、出来ることなら山陰道の果《はて》までも行って見たいと思い立っていたので、着更えのワイシャツ、ズボン下、寝衣《ねまき》など無くてかなわぬ物の外に、二三の案内記をも携えてゆくことにした。私達は夏服のチョッキも脱いで、手提かばんの中に納めてしまった。鶏二は美術書生らしい絵具箱を汽車のなかまで持ち込んで、いい折と気にいった景色とでもあったら、一二枚の習作を試みて来たいという下心であった。画布なぞは旅の煩いになるぞ、そうは思っても、それまで捨ててゆけとはさすがに私もいえなかった。こうして私達二人は連れ立って出かけた。汽車で新淀川を渡るころには最早なんとなく旅の気分が浮んで来た。

旅の起点が大阪で、だから福知山線経由で山陰に入るというのが、この紀行文の特色である。東から入る場合、京都から山陰本線でというのが普通だから、これはすこしおかしい。このことから依頼が『大阪朝日新聞』で、事実この紀行文は、次男鶏二のスケッチを添えて七月三十日から九月十八日まで

同紙に連載されたから、旅に出る前に大阪でいろいろ打ち合わせがなされたであろうことが想像される。今、手もとにこの当時の時刻表がないので列車番号がわからないが、大正十四年（一九二五）四月のそれによると、大阪十時五分発の701列車というのがあり、昭和五年（一九三〇）にはそれが十時十八分発401列車となる。たぶんこのどちらかに乗ったのだろう。

福知山線は、文学の中ではあまり登場することのない、関西圏では地味な線である。だが『大阪朝日新聞』と藤村のおかげで、昭和初期の姿がともかくも活写されることになった。

この線の前身は阪鶴鉄道といい、池田から宝塚までが明治三十年（一八九七）十二月二十七日に開通したのがその嚆矢《こうし》である。その後じりじりと路線を延伸し、福知山まで全通するのが明治三十七年（一九〇四）十一月三日、三年後の明治四十年（一九〇七）八月一日に国有化されてから、福知山線となった。

新興住宅の波にのまれた塚口―宝塚間

この福知山線が、ついさきごろ、関西圏の数ある路線の中で珍しく脚光を浴びた。それまでずっと単線で未電化のままだったのが、昭和五十六年（一九八一）四月一日を期して、塚口―宝塚間を複線にしたうえで電化されたのである。おまけに塚口と伊丹の間に、猪名寺という、名前は古風だが新駅までもが登場した。ここをさっそうと走るのは黄色（首都圏でいうと総武線）の通勤形103系電車である。

つまりはこの区間が、大阪・神戸方面のベッドタウン化したことによる措置だが、しかしここは問題が多い。関西の国鉄と私鉄の競合はつとに名高いが、ここもまたその例外でなく、宝塚と大阪（梅田）の間を阪急の宝塚線が結んでいて真向から対立しているからである。しかも値上げに次ぐ値上げで、乗車料は国鉄が三百二十円（四月二十日からはまた上がってしまった）、阪急がなんとその半分の百六十円！　値上げ後もたとえば大阪―宝塚間三一五〇円という割引の普通回数券を発売するなどあれこれサービスが考えられているようだが、はたしてどれだけの効果が期待できようか。阪急はこのほかにも、宝塚と神戸方面を結ぶ今津線という、国鉄にはないもうひとつの足も持っていて、この面でも優位に立っている。

大阪近郊の平坦な地勢は、甲《かぶと》、武庫《むこ》、六甲の山々を望むあたりまで延びて行っている。耕地はよく耕されていて、ぶどう畠、甘藷の畠なぞを除いては、そこいらは一面の青田だ。まだ梅雨期のことで、眼にいるものは皆涼しく、そして憂鬱であった。伊丹から池田までゆくと、花を造った多くの畠を見る。街路樹のベッドかと見えて、篠懸《すずかけ》の苗木が植えてあり、その間には紫陽花《あじさい》なぞがさき乱れていた。さすがにその辺までは大阪のような大きな都会を中心に控えた村々の続きらしくも思われた。

こうしたスケッチを読む限り、もうすでにこのころから大阪のベッドタウン化する要素を多分に有していたことがうかがい知れるが、しかしまだまだのどかな風情に恵まれた農村地帯である。

今のこの区間にこうした雰囲気はもうまったくといってよいほど、ない。あるのは、大都市の近郊ならどこにでもある公私入り乱れての開発の波に巻き込まれて、まとまりのないアンバランスなたたずまいを見せる新興の住宅群である。

そして宝塚――ここはもういうまでもなく、少女歌劇をはじめいろいろの遊戯施設を持つ一大行楽温泉街で、いつもはなやいだ雰囲気に包まれている。

武庫川、藍本《あいもと》駅に昔日の思い出があった

大阪から汽車で、一時間半ばかり乗ってゆくうちに、はや私達はかなりの山間に分け入る思いをした。同車した乗客のなかには、石のあらわれた渓流を窓の外に指さして見せて、それが武庫川であると私達に教えてくれる人もある。これからトンネル一つ過ぎると丹波の国であるとか、ここはまだ摂津の中であるとか、そんなことを語り合うのも汽車の旅らしかった。

福知山線が旅人に、ようやく旅情を味わわせてくれるようになるのは、昔も今も宝塚をすぎてからである。次駅生瀬《なまぜ》を出てしばらくすると武庫川が線路の右手につきしたがうようになり川幅は狭いながらも岩を嚙《か》む渓流が情趣たっぷりに乗客の眼に飛び込んでくる。そしてしばらくは鉄橋を渡り、トンネルを抜け、あたかも小学唱歌「汽車」の風情そのままに武庫川も右に左に位置を変えつつ、つきあってくれるのだ。

私が乗ったのは四月の中旬で、残念ながら藤村と同じ時期ではなかったが、それでもまだ散り残った桜並木が突如出現したり、周囲の山にひときわ鮮やかに彩《いろど》りを添えているのが望まれたりして情緒をさらにいや増してくれた。福知山線随一の景観である。しかも嬉しいことに、このあたり、藤村が乗った当時の面影をいっぱいに残してくれていたのだ。変わったといえば、ときおり現われる民家にいくらか新しい造りがあるのと、私の乗った列車が蒸気機関車でなくディーゼル機関車によって引っぱられていたことぐらいのものだったろう。

正午過ぐるころに、藍本というひなびた停車場を通って丹波の国に入った。まだ私達は半分大阪の宿にいる気がしてあの関西風の格子戸や暗くはあるが清潔な座敷からいくらも離れて来ていないような心地もしていたのに、眼に見るものは全くそれらとかけはなれた緑の世界であった。ところどころにさいた姫百合の花も周囲の単調を破っていた。古市の駅を通り過ぎたところには、どっちを向いて見ても滴るような濃い緑ばかり。宛《あた》かも青い木の葉を食う虫の血が緑色であるように、私達の総身の血潮までその濃い緑に変るかと疑われるばかりだ。思い比べると、大阪の宿で見て来た庭の草木の色はなかった。（後略）

ぶらっと、藍本の駅に降り立ってみた。藤村は降りなかったが、「ひなびた停車場」の風情がそのまま残っているのを見てとったとき、私はもう降りる準備にかかっていたのである。

列車が去った後、ポツンと一人ホームに取り残されてみて、駅といい周囲といい、五十余年前と今とで大した変化を遂げていないことをたちどころに実感した。駅で変わったとすれば、ホームが多少延長されたことと、跨線橋が新設されたことぐらいのものだろう。

八十二年の風雪に耐えて建つ藍本駅舎

早速、駅長の塩見五郎さんにお目にかかる。この三月、東舞鶴の助役からこちらに赴任したばかりという五十三歳の駅長さんである。記録がすべて失われていて、正確な代はわからないが、昭和十年（一九三五）からだと二十四代目とのこと。しかし、この駅の歴史はもっと古い。明治三十二年（一八九九）三月二十五日に開業というから、阪鶴鉄道当時からすでにあったわけである。

思ったとおり、木造の小さな駅舎は部分的に手が入れられた以外、まったくその当時のままだった。『山陰土産』をすでに読んでおられた塩見駅長の調査で、いつのころか建て替わったという事実はないとのことである。八十二年の風雪に耐えて、くすんだ駅舎は今なおそこにある。やはりすごいことだと思う。

現在は、神戸市、宝塚市と境を接する三田市《さんだ》の藍本というのが正式の住所だが合併以前は相野町、さらにその前は藍村といった。けっこう賑わった宿場だったらしい。

今は、駅勢圏たかだか二百五十戸、一〇三六人、一日平均の乗車客はたったの百十二人である。駅を出てすぐに街道、この両側に何十戸かの家がひっそりとたたずんでいる。ほとんどが兼業農家だそうである。

駅には塩見駅長以下、職員が八名いて交替勤務についているものの、客扱いは昭和四十八年（一九七三）四月、跨線橋完成と同時に停止した。

駅前に桜の木があり、おりしも満開。そのことからもこの山あいの村が寒い土地柄だと知れたが、この木のそばに三角柱の碑が一基立っている。そこには「古民謡　丹波出るときゃ涙で出たが藍の日出阪唄でこす」と書かれていた。

国鉄は、福知山線の電化をたんに宝塚までではなく全線にわたってほどこし、大阪から山陰への旅客誘致を推進する意向を持っている。いつの日か完成するとしたら、そのときがまた藍本駅がほんの少し装いを変えるときだろう。

そこには忘れさられた汽車旅の情緒があった

島崎藤村の旅は、つねに苦悩の旅であった。国内の小旅行、大旅行にしろ、フランスへの旅立ちにしろ、それは何らかの哀痛に包まれたもので、むしろ藤村は旅というものを求道の手段と考えていたフシがある。

それが、最初に書いたようなわけで今回の旅は、旅そのものを楽しむというところに力点がおかれた。このことは、次のような文章からわれわれは感得することができるのである。

何を見、何を拾おうとして、私は鶏二と一緒にこの山陰行の旅に上って来たのであるか。はじめて見る山陰道、関東を見た眼で見比べたらばと思う関西の地方、その未知の国々がこれからゆく先に私達を待っていた。しかし、そんなに深く入って見るつもりで、私はこの旅に上って来たものではない。むしろ多くの旅人と同じように、浅く浮びあがることを楽しみにして、東京の家を出て来たものである。その意味からいっても、重なり重なる山岳の輪廓を車窓の外に望みながら、篠山まで来た、丹波大山まで来た、とゆく先の停車場で駅々の名を読み、更に次の駅まで何マイルと記してあるのを知り、時には修学旅行の途中かと見えるような日に焼けた女学生の群が、車窓に近くゆき過ぐるのを眺めることすら、私はそれを楽しみにした。

藤村が、「浅く浮びあがることを楽しみにして」山陰への旅に出てくれたおかげで、後世のわれわれは、当時の風俗・習慣や土地柄などといったものをまるでそこにいるように、眼前に彷彿《ほうふつ》することができるのである。

一例をあげるなら、旅の徒然に「ゆく先の停車場で駅々の名を読」むこと。列車のスピードアップがはかられ、乗り心地も格段に向上した現在の旅を思うとき、こんなに素朴でのどかな汽車旅の情緒があったことすら、われわれは忘れてしまいそうになってしまう。「途中の喪失」が、「情感の喪失」につながらないためにも、われわれはこうした先人の紀行文に接して、ときには汽車旅の原点をなぞってみるよう心がけるべきだろう。

私はもうひとつ、「次の駅まで何マイルと記してある」という記述に関心を持った。周知のようにイギリスの援助でスタートした日本の鉄道だから、考えてみれば「キロ」でなく「マイル」のほうがそのころは当然だったのだと、改めて感慨にふけった。メートル法が日本で採用されたのはそれでも比較的古く、明治十八年（一八八五）のことだが、国鉄が実施に踏み切ったのは何と昭和五年（一九三〇）の四月一日からである。


更に山地深く進んだ。

「父さん柏原《かいばら》というところへ来たよ。」

「柏原と書いて、（かいばら）か。読めないなあ。」

私も鶏二も首をひねった。土地不案内な私達は、ゆく先で読みにくい地名に逢った。石生と書いて、（いそう）と読ましてあるのも、むずかしい。その辺は生活に骨の折れそうな山村でもある。私達はやせた桑の畠などを見て通り過ぎた。黒井という駅あたりから、福知山迄は殆んど単調な山の上の旅で、長く続いた道を歩いて見たら、かなり退屈するだろうと思われるところだ。もう一里来た、もう二里来たといった時分の昔の人の徒歩や馬上の旅も思いやられる。

悪戦苦闘の汽車旅

京都から福知山を経て城崎《きのさき》の間を往来した昔は、男の脚で四日、女の脚ならば五日路といったものであると聞く、大阪からするものは更にそれ以上に日数を費したであろう。私達の乗ってゆく汽車が遠く山陰道方面の海岸へ向けてかなりの高地を越えつつあることは、山から切り出す材木や炭の俵などが鄙びた停車場の構内に積み重ねてあるのを見ただけでも、それを知ることが出来る。おそらくあの上方辺の人達が「しんど、しんど」といいながら山また山を越したろう昔を思うと、一息に暗い穴の中を通り過ぎてゆく今日の汽車旅は比較にもなるまいが、それでも私達はかなり暑苦しい思いで幾つかのトンネルを迎えたり送ったりした。車中の人達は、と見ると窓のガラス戸を閉めたり開けたりするのに忙がしいものがある。襲いくる煙のうず巻く中で、巻煙草の火を光らせるものがある。ハンケチに顔をおおうて横になるものがある。石炭のすすにまみれて、うっかり自分等の髪にもさわられないくらいであった。幾たびとなく私は黒ずみ汗ばんだ手を洗いに行って、また自分の席へ戻って来た。鶏二などは次第にこの汽車旅にうんで、ただうとうとと眠りつづけて行った。鉄道の従業員が京都方面へ乗換の人は用意せよと告げにくるころになって、漸く私の相棒も眼を覚ました。

❶

❷

❸

❶部分的には手を入れられているが
まったく当時のままの姿で残っている藍本駅舎
82年の重みが木造の小さな駅舎から感じられた
❷列車は福知山へと向かう
蒸気とディーゼルとの違いこそあれ
汽車旅の原点に違いはない
❸昭和29年に建て替えられてしまった福知山駅
かすかながら構内にその面影が残っている

後世のわれわれからみると、まさに悪戦苦闘の汽車旅だが、それでも藤村はさらにその昔の、徒歩で山越えをしたころをしのんで自らを慰めているのである。

さてようやく、福知山線の終点福知山に着いた。ここからはいよいよ山陰線へと乗り入れるのである。

福知山は北丹鉄道乗換の地とあって、大阪からも鉄道線路の落ち合う山の上の港のようなところである。そこには兵営もある。ちょっと松本あたりを思いださせる。午後の二時近い頃に私達はその駅に掲げてある福知山趾、大江山、鬼の岩窟などとした名所案内の文字を読んだ。果物の好きな鶏二は、呼び声も高く売りにくる夏蜜柑を買い求めなどした。僅かの停車時間もあったから私は汽車から降りて、長い歩廊《プラットホーム》をあちこちと歩いて見、生糸と織物の産地と聞く福知山の市街を停車場から一目見るだけに満足してまた動いてゆく車中の人となった。

大正十四年（一九二五）当時走っていた701列車だと、福知山着は午後一時五十二分、六分停車して五十八分発車。何とこの列車は山陰線に乗り入れて、出雲今市着翌朝十一時九分、始発から終着まで二十五時間という、超ロングランの各駅停車列車である。

福知山駅の〝長い歩廊〟

さて、その福知山駅――

首席助役の京田正男さんにお会いした。京田さんはいろいろと資料を準備して私を待っていてくれた。

京田さんの話、資料を総合すると、福知山駅の開業は明治三十二年（一八九九）七月十五日である。山陰線の開通以前、阪鶴鉄道の駅としてスタートした。しかし、このときの駅は福知山南口といって現在の位置より約一キロ南側にあったそうである。その後、明治三十七年（一九〇四）十一月三日、舞鶴線が開通するにおよんで今の位置に駅が出来た。藤村が降り立ったころは、だからもちろん今の駅はもうすでにできていたわけである。

福知山が、今も昔も鉄道の要衝であることには変わりがない。そのせいか、駅舎は早くも昭和二十九年（一九五四）に現在のそれに建て替えられている。もちろん多少規模も拡大されたが、構内の面影はかすかながら昔をとどめているそうだ。藤村の書いた「長い歩廊《プラットホーム》」はさらに継ぎたされたが、京田首席の話では当時でも二百メートルくらいはあったのではないかとのことである。

このころの駅長は、太田達有という人で七代目、現駅長は坂根謙三という人でもう三十四代目になる。この駅には現在、坂根駅長以下二百十五名の職員が働き、一日一万一〇〇〇人の乗降客をさばいている。収入は貨物も合わせて一日平均で約三百六十万円。

山陰らしい特色のある眺めが次第に私達の前に展開するようになった。何となく地味も変って来て、ところどころに土の色も赤くあらわれたのが眼につく。滴るばかりの緑に包まれた崖も、野菜のつくってある畑も赤い。この緑と赤の調子も好い。関東地方の農家を見慣れた眼には、特色のある草屋根の形と線とを見つけるのもめずらしい。

上夜久野の駅を過ぎて、但馬の国に入った。摂津から丹波、丹波から丹後という風に、私達は三つの国のうちを通り過ぎて、但馬の和田山についた。そこは播但線の交叉点にもあたる。案内記によると、和田山はもと播磨ざかいの生野《いくの》から出石《いずし》、豊岡方面へ出る街道中の一小駅にとどまっていたが、汽車が開通してからだんだん開けて、今では立派な市街になりつつあるという。汽車はそのあたりから丸山川の流れに添うて、傾斜の多い地勢を次第に下って行った。養父という駅を過ぎて、変った地名の多いにも驚く。

ここで藤村はひとつ、小さな勘ちがいをしている。「丹波から丹後」と書いたが、実際には丹後の国は通っていないのである。丹後地方は、同じ京都府内ではあっても、もっと北のほうにあたる。この誤りを指摘してくれたのは、藍本の塩見駅長であった。

松葉ガニと温泉の街城崎

さてやっと、というか、いよいよ汽車は豊岡へと入って行く。

豊岡まで乗って行って、新築の家屋にまじった、バラック風の建物、トタンぶきの屋根なぞ多く見た時は、私達もハッと思った。過ぐる年の新聞紙上の記事で読み、網板《あみばん》の挿画でも見た城崎地方の震災直後の惨状が、その時私の胸に浮んだ。

「御覧、たしかにこの辺は震災の跡だよ。」と私は連れにいって見せて、当時の災害が豊岡の町あたりまでもおよんだことを知った。

玄武洞の駅まで行くと、城崎も近かった。越えて来た山々も、遠くうしろになって、豊岡川の水はゆるく眼の前を流れていた。湖水を望むような岸のほとりには、青々とした水草の茂《しげ》みが多く、河には小舟をさえ見るようになった。間もなく私達は震災後の建物らしい停車場に着いて、眼に触れるもの皆新規まき直しであるような温泉地の町の中に自分等を見つけた。そこが城崎《きのさき》であった。

701列車だと、城崎着は午後の四時七分、大阪からたっぷり六時間を乗り通して、藤村父子はやっとこの名高い温泉地の格式の高い〝油《ゆ》とうや〟という旅館に投宿したのである。これまで車窓や車内、駅といったあたりの描写が多かったのは乗りっ放しだったためである。

ここに出てくる「城崎地方の震災」というのは、大正十四年（一九二五）五月二十三日に発生した大地震のことで、のちに北丹大震災と名付けられ、多くの死者と大被害をもたらした。藤村が訪ねたおりはほぼ二年が経過していたが、まだ復興途上にあったわけである。駅舎は震災からちょうど一年後の大正十五年（一九二六）五月二十一日に全面的に改築された。湯の街城崎を象徴させるにふさわしくじつに瀟洒な造りで、今なお当時のままの姿である。城崎駅は、温泉街から少しはずれた位置にあり、もうほとんど河口に近いせいかゆったりと鷹揚に流れる円山川にぴったりとそっている。

ここには、三月に赴任したばかりの二十八代駅長村田一男さんが待っていてくれた。その前の任地が天橋立駅で、ここが駅長初体験だったそうだ。

「おかげさまで、観光地の駅長を二つ体験できます」とそのめぐりあわせを喜ぶ五十四歳の駅長さんである。

この駅には、京都、大阪方面から入る観光客が一日平均一七〇〇人乗降し、百二十万円の収入をもたらすが、ご多分にもれず、クルマに押されて減りぎみで新駅長も頭の痛いことであろう。職員は全部で三十二名である。

客がいちばん多いのは、意外にもほかが冬枯れをかこつ二月だそうで、松葉ガニという味覚を持つ温泉というセールスポイントが、このへんからもうかがえて面白い。

ゆとうやは油筒屋!?

村田さんの案内で、円山川に注ぎ込む大谿《おおたに》川の両側に並ぶ旅館街を歩いてみた。オフシーズンのこととて、ほとんど客の姿はなかったが、小雨に煙ってしっぽりと息づく湯の街の風情はなかなかのものである。ここには、大都市近郊によくあるけばけばしい温泉地のたたずまいはまったくない。観光協会、旅館組合、町の人々、それに町そのものが一丸となってそうした俗塵の入り込むのを防いでいるのである。豊岡市に編入されるのを嫌っていまだに町としての孤高を保っているあたり、立派としかいいようがない。

ここには、藤村だけでなく、それ以前にも以後も、多くの文人墨客が訪れたがそれもまたこうした町の精神と無関係ではないだろう。『山陰土産』以前、すでに大正時代に志賀直哉は交通事故の養生のためここに滞在し、名作『城の崎にて』を著している。その志賀直哉の泊まったのは三木屋という老舗であったが、藤村父子は油とうや（現ゆとうや）に泊まった。ここもまた三木屋と並ぶ格式を誇る旅館で、嬉しいことに今もなお昔の面影を伝えて健在である。

❹

❺

❻

❹城崎駅舎　湯の街にふさわしい瀟洒な建物だ
❺駅のすぐ向こうに円山川が流れている
❻今なお昔の面影を伝えて建つ“ゆとうや”

〃ゆとうや〃という屋号の意味がわからなくて、村田駅長と二人で、番頭さんに尋ねてみたら、一枚のコピーを渡しながら、

「元禄元年に油屋の次子が井筒屋の娘と結婚し旅館を興こしたのがそもそもで、屋号は油屋の〃油〃と井筒屋の〃筒〃を合わせたものです」とのことであった。

藤村はここに一泊しただけでなく、ここの若主人というのがじつに世話好きでたんに城崎やその周辺だけでなく、香住《かすみ》町にある大乗寺（応挙寺）、さらにはもう鳥取に近い岩井温泉までも案内してもらったり送ってもらったりと、この若主人にすっかり世話になってしまう。

若主人といっても、五十年以上も前のことだから今はもちろんもうかなりの年配だが、残念ながら七、八年前に七十歳近くで亡くなられたとのことであった。

今の当主は西村六左衛門という人である。名前から察せられる通り、世襲名である。この人が、『山陰土産』に出てくる若主人の子息であることはいうまでもない。今年六十一歳、藤村が泊まったときは小学校の二年生だったという。

残念ながら、当主の西村さんにはお会いできなかった。なぜなら、この人は公務についていたからである。そう、この人は城崎温泉が俗化するのを矢面に立って防ぎ、訪れる人に心地よい休息を約束してくれる町の頂点に立つ人、つまり城崎の町長さんだったのである。世話好きな性格は、どうやら先代譲りらしい。

城崎には泊まらなかったが、藤村同様、私もまた好印象を抱いて城崎をあとにした。終始説明役を引き受け、案内に立ってくれた村田駅長の、眼鏡の奥に光るやさしい眼差しもまた忘れがたいもののひとつとなった。

車中の人となり、村田さんが差し入れてくれた駅弁をおいしくほおばりながら「明日から値上げで、

本当に申しわけないことです」という村田さんの言葉を、私はしきりにもてあそんでいた。そう、この日はまさに値上げ前夜の、四月十九日だったのだ。

応挙寺と海水浴場の香住駅にも鉄道の地盤沈下は押し寄せていた

油とうやの若主人という、世話好きの案内人を得たことで藤村父子の城崎滞在はぐっと楽しいものになった。その若主人は、城崎だけでなく、海岸にある香住まで案内してくれるという。ここには大乗寺という有名なお寺がある。密英上人という住職に若いころ世話になったお礼に、京都からたくさんの弟子を連れてここへやって来た円山応挙が壁、襖、屏風などに絵を描いたということから今では応挙寺として知られているお寺である。藤村はこのお寺に強い関心を抱いた。

香住の停車場に着いて見ると、村の自動車が二台までもそこに客を待っていた。訪ねる人もかなりあると見えて、乗合の客の多くは大乗寺行の人達だ。思いがけなく私達はその村で伊藤君という好い案内者を得たが、ちょうど私達が香住に着いたのは午後の二時頃の暑いさかりで、あいさつするにも、自動車を頼もうにも、自分等の手から扇子をはなせないくらいであった。そこにも、ここにも、立ちながら使う扇子の白く動くのが見えた。

自動車は容易に出なかった。そこには、一人でも多く客を拾って行こうとするような運転手があり、無理にもまた乗せろといって割り込もうとする客もあった。のん気で、ゆったりしたところは、どこの田舎の停車場前もそう変りがない。何となく私達まで気ものびのびとして来た。急ぐ旅でもない、そう思うようになった。（後略）

狭い車内に閉じ込められて汗だくになりながら大乗寺を訪ねた藤村は、当時辺地といわれた山陰にあって広く関東にまでは知られていなかったこの名刹にすっかり圧倒されてしまう。事前に予備知識がほとんどなかったため、余計に感動が増幅されたのだろう。

香住駅が開業したのは、明治四十四年（一九一一）十月二十五日のこと。西と東から伸びてきた山陰線だが、東側はこの日、城崎と香住の間が開通した。今でこそ香住駅には特急の一部と急行の全部が停まるが、藤村が降り立った昭和五年（一九三〇）当時はかくものどかな駅だったのである。

今の駅舎は二代目。老朽化したため昭和三十四年（一九五九）四月一日に改築された。シーズン中は海水浴客で賑わいを見せるという。だが、客そのものは年々減り気味で、やはり鉄道の地盤沈下は否定すべくもない。一日平均の乗客一六六五人、収入は九十一万円余。西隆雄駅長以下三十一名の職員が働いている。

大乗寺には今も年に八万八〇〇〇人もの人が訪れるというが、果たしてこのうち何パーセントが鉄道の客だろう。

香住町にはタクシー会社が二社あるがそれが藤村の乗った「村の自動車」の子孫にあたるのかどうか、定かなところはわからない。

基本的には開業当時のままの岩美駅だがその雰囲気は全く失われていた

香住に別れを告げて、次に藤村が向かったのが鳥取県の岩井温泉である。

城崎の油とうやの若主人はその日一日私達の好い案内者であった。岩井まで一緒に、とこの人が言ってくれるのを強いて私達も辞退しかねた。ここまで案内して来たものだ、案内ついでに、岩井まで見送ろうではないかと、若主人はいって、また一緒に汽車に乗った。香住から五つ目の駅に岩美の停車場があって、そこまで乗ってゆくと但馬の国を離れる。県も鳥取と改まる。岩美から岩井の村までは平坦な道で、自動車に換えてからの乗心地も好かった。

香住から岩美にかけての車窓描写は全くない。この間には、鎧と餘部駅の間に高さ四十一・五メートルという日本一を誇る余部の陸橋があるのだが、どうやら油とうやの若主人はこれを説明するのを省略してしまったらしい。

陸橋を渡り終えてすぐの所にある餘部駅は昭和三十四年（一九五九）四月十六日の開設だから当時はまだない。諸寄、東浜両駅も後で出来た。藤村は岩美駅を「香住から五つ目の駅」と書いたが、現在だと八つ目になるわけだ。

❼

❽

❼香住駅舎　現在は２代目である
❽岩美駅舎は当時のままだが周辺は変わった

さて、藤村一行は岩美に着いてから自動車で岩井に入ったが、この行程は山側に四キロほどである。当時ここには岩井町営の軌道があり、岩美駅と岩井温泉を結んでいたのだが、『山陰土産』ではなぜか黙殺されてしまった。記録では、大正十一年（一九二二）一月に営業を開始し、昭和十八年（一九四三）一月に廃止されている。

藤村父子はここの明石屋という温泉宿に一泊、一日の汗を流したあと翌日、駅をはさんで反対側、つまり海側へ出る。山陰の松島とも呼ばれる風光明媚な浦富《うらどめ》海岸である。ここの町長をしていた栗村という人の熱心なすすめによるもので、この地一帯の名勝を発動機船でまわったり、海岸の旅館で食事をしたりして七月十日一日を過ごしたのである。

岩美駅は明治四十三年（一九一〇）六月十日、山陰西線が鳥取からここまで通じたのにともない開業した。現在のそれは部分的に改築されたが、基本的には開業当時のままである。

だが、隣りの大岩の出身で、昭和十九年（一九四四）に国鉄に入り、昭和三十一年（一九五六）からずっとここに勤務している河本重美さんの話だと、もう昔の雰囲気は全くないという。

この駅もまた、海水浴の季節にはささやかな賑わいを見せるが、一年を通してみると一日平均の乗降客は二二八二人、旅客収入二十四万九〇四〇円といった規模の小駅である。二十九代の林豊駅長以下八名の職員で維持されている。

藤村とは逆に、私は浦富海岸にある民宿に泊まった。岩美駅の河本さんが紹介してくれた宿である。名物のカニをはじめ食卓いっぱいに広げられた海の幸が、季節はずれでたった一人の客だった私を心から歓迎してくれた。宿の人の心づくしだったことはいうまでもない。

鳥取駅の貴重な資料

藤村の旅はさらに西へと延びる。といっても次に足を留めたのは県都鳥取だから、たかだか二十キロほど移動しただけだが。山陰の心臓部に入って来て、やはり見るべき場所が多くなったのだろう。藤村父子は、ここの由緒ある旅館小銭屋に二泊する。

（前略）この山陰の旅に来て見て、一円均一の自動車が行く先に私達を待ってるにはまず驚かされる。あれの流行して来たのは東京あたりでもまだ昨日のことのようにしか思われないのに、今日はもうこんな勢で山陰地方にまでゆきわたった。人力車の時代は既に過ぎて、全国的な自動車の流行がそれに変りつつある。こんな余事までも考えながら、前の日に一台の自動車で鳥取の停車場前から乗って来た私達はその車に旅の手荷物を積み、浦富からずっと一緒の岡田君とも同乗で、山陰道でも屈指な都会の町の中へはじめて来て見る思いをした。（後略）

「一円均一の自動車」というのは円タクのことで、大正十三年（一九二四）大阪で誕生、東京に出現したのは大正十五年（一九二六）のことという。それから一年後の昭和二年（一九二七）にはもう山陰にも広まっていたわけだ。

昭和五十三年（一九七八）十一月四日に高架になって改築された鳥取駅の駅長室で、赴任早々の三十四代松本昭則駅長、山本誠一首席助役、西山英一旅行センター所長にお会いした。ちょうど料金改訂初日で三氏とも準備のためほとんど寝られなかったというときを襲ってしまったが、気持ちよく応対していただいた。

ここで私は、実に貴重な資料に出会うことが出来たのである。職員の一人がたまたま持っていたのを山本さんが見せてくれたのだが、鳥取の過去がふんだんに写真で綴られた、市の教育福祉委員会が三年

❾

❿

⓫

❾現在の鳥取駅舎
❿明治41年建築の初代駅舎
⓫昭和12年建築の第２代駅舎

前に発行した「写真でつづる市民のくらし」という小冊子である。

藤村が泊まった当時の小銭屋が出ている。前述した駅前の乗合自動車も出ている。そして何より嬉しいことに、開業当日、つまり明治四十一年（一九〇八）四月五日の鳥取駅の写真もあった。田んぼの真ん中に出来たこの初代駅舎はしかし、昭和十二年（一九三七）に二代目にとって代わられた。その二代目の写真もある。

そして今は三代目、すっかり面目を一新して山陰本線では松江と並んでモダンな駅ビルに変身した。やはり都会地ほど変貌は激しい。

職員総数百二十名、一日の乗降客二万人、収入は六百万円というのが、今の鳥取駅の素顔である。

伝説に培われた地　駅名にも旅のロマンがあるのでは……

鳥取に二泊した間に藤村はゆっくり疲れをとり、城址をはじめ町中、それに砂丘をめぐったあと、ふたたび車中の人となる。旅はさらに続く。

鳥取の停車場を離れてから、また私は鶏二と二人ぎりの汽車の旅となった。私達は今、山陰道の海岸に沿うて、伝説の多い地方を旅しつつある。その考えはひとりでに私の胸に浮んで来た。湖山の池も近いと聞くと、私は鳥取の方で聞いて来た湖山の長者の伝説を自分の胸にくり返して見て、おとぎ話の世界にでも心を誘われるような思いをした。（中略）この伝説の世界が、眼に見る湖山の池であるのだから面白い。島二つほどある静かな湖水だ。私達がそれを望んで通り過ぎようとしたころは、にわかな夕立が湖水の上へも来、汽車の窓の外へもきた。

この湖山池に伝わる長者伝説は有名だから省略するが、鳥取の次駅湖山を過ぎてしばらくの場所にある。車窓左手に、今も伝説の面影を留めて静かにたたずんでいる。おそらく藤村が眺めたころとほとんど変わってはいないだろう。

しかし、周辺は変わった。特に鳥取市の郊外にあたる湖山駅の辺りは、工場地帯でもあり、住宅地帯でもありで、その発展ぶりは著しい。それまで湖山村といったのが昭和二十八年（一九五三）に鳥取市に編入されてから開発にはずみがついたという。ここには国鉄の貨物基地も置かれ、その収入が一日八十万円。これに対し駅の旅客収入は十九万円、乗降客が二八〇〇人というからまさに貨物でもっているような駅である。松本安晴駅長以下五十名、うち旅客関係は九人という数字もまたそのことを裏書きしてくれる。

こう書くと湖山駅はいかにもモダンで瀟洒に思われるかもしれないが、ところがこれが何と明治四十年（一九〇七）四月二十八日開設されたままの姿だという。そのことを一番喜んでいるのは、この駅にずっと勤め、今もこの地に住む古老村田栄治さんだそうである。

もっと古い伝説を、伝説というよりも古い神話の残った地方を、松林と砂山の多い因幡の海岸に見つけることも出来た。旅の心は白兎の停車場に至って驚く。私達は出雲地方までゆかないうちに、ずっと大昔からの言伝えが、こんなところにも残っているのかと、先ずそのことに驚かさる。（後略）

今ひとつの、もっと有名な白兎伝説にちなんだ白兎海岸、そして白兎駅――しかし、残念ながらこの駅はその後廃止されてしまった。駅名が旅人のロマンを誘発するひとつの重要な鍵だということを思うとき、残念なことだと思うのは、私だけだろうか。

藤村の山陰の風土を見事にとらえた描写

因幡の国境を離れて伯耆に入ったころは、また夕立がやって来た。暗い空、黒い日本海。車窓のガラスに映る水平線のかなたには僅に空の晴れたところも望まれたが、やがて海へも雨が来た。私達は上井の停車場で一旦汽車から降りて、三朝《みささ》行の自動車に乗りかえた。（後略）

そしてこの日七月十二日、藤村は三朝温泉に投宿。山間の静かな温泉場である。今では山陰屈指の温泉郷だが、当時はようやくひらけつつあったものらしい。

「上井の停車場」というのは今の倉吉駅。明治三十六年（一九〇三）十二月二十日に開業し、昭和四十七年（一九七二）二月十四日、つまり今から十年ほど前に改名した。駅舎を改築したのもこのときである。

鳥取と米子の中間に位置する要の駅で一日六六〇〇人が乗り降りし、二百十二万円の収入をあげている。三十代、今年五十二歳になる永井邦雄駅長以下八十九名の職員が働いている。昔はほとんどの人がここで下車して三朝温泉に入ったが、今では年間十万人と少し。率にして二十一・五パーセントだそうである。

私と鶏二とが上井の停車場まで元来た道を引返して、そこまで見送ってくれた神田君に別れたのは、午後の四時頃であった。私達はまた親子二人きりで松江行の汽車の一隅に腰かけ、山陰線らしい車中の人達の風俗を眺め、眼にいるものすべて初めてでないものはないような海岸の方へ出て行くという

⓬

⓭

⓮

⓬湖山駅舎
⓭上井の停車場は
倉吉駅に10年程前に改名された
⓮伯耆大山駅

楽しみをもった。名高い伯耆の大山《だいせん》の姿も次第に車窓から望まれるようになった。あの信濃路あたりに見るような高峻な山岳は望まれないまでも、幾つかの峯の頂きを並べたような連山の輪郭はかなり長く延びていて、たしかにこの地方の単調を破っていた。これが汽車でなしに、歩きながらの旅であったら。私はそのことを胸に描いて見て、大山に添いながらのこの海岸の旅もさぞ楽しかろうと思った。

この辺の描写、藤村は初めての土地なのに、いや初めてだからか、山陰の風土をあますところなくとらえて実に見事である。

伯耆大山駅　明治がまたひとつ消えてゆく

私が藤村の後を追って山陰本線の人となったとき、いつ降り出してもおかしくないほどの雨雲が低くたれこめていて、せっかくの大山も山裾まで隠れてしまった状態だった。しかし、先を急ぐ旅では見えるまで待つというわけにもいかず、藤村の次のような車窓描写を実感することは残念ながら出来なかった。

下市の駅まで乗って行ったころは、遠く望んで見る大山でなしに、山の麓までも見得るようになった。雲の蒸す日で、山の頂きは隠れて見えなかった。それが反って山の容《すがた》を一層大きく見せた。ある雲はその中腹に、ある雲はその頂きの方に走っていた。御来屋の駅まで乗って行った。そこまでゆくと、大山の渓谷までもかすかにあらわれて来た。それが雨後によく見る濃い桔梗色であるのも美しい。更に名和の駅まで乗って行った。私達は歴史に名高い船上山を望んだ。海岸に寄った方に山角のとがったのがそれだった。米子の一つ手前には、伯耆大山という名の駅もある。その時になると、高く望まれる赤い山のがけから、樹木のない谷間まで、私達の旅の心がどうその傾斜をほしいままに馳せ回ろうと自由だった。私達は、午後の五時半ごろの日が山腹に青く光るのを見て、米子の駅まで乗っていった。

伯耆大山駅――

その名の通りかつては信仰の山、大山への下車駅だった。大山詣での客でひきもきらなかったという。今は米子からバスが通じていてこの駅は通りもしない。

赴任して間もない三十四代小原嘉文駅長はこう語る。

「今、この駅は貨物でもってますよ。駅裏にある王子製紙の専用線が四本ありましてね。ここに出入りする貨物の収入だけで九十パーセント、全体で一日二百六十二万円です。これに対し旅客収入は十八万円、乗降客は二五〇〇人、そのほとんどが通勤通学です。職員は三十六名、うち六名が旅客関係です」

この駅の歴史を見てみよう。

明治三十五年（一九〇二）十一月一日、山陰地方に初めて鉄道が通じた。御来屋から米子を経由して現在の境線の境港駅（当時境駅）までであった。これに合わせて同年十二月一日に熊党《くまんとう》という駅が出来た。それが伯耆大山駅の前身である。現位置より約二百メートル西に寄ったあたりにあったという。今の駅舎が建てられたのは明治三十六年（一九〇三）八月一日のこと。その後明治四十四年（一九一一）十月一日に大山駅と改称、さらに大正六年（一九一七）三月一日に伯耆大山駅となって今日にいたっている。

駅舎はずっと開駅当時のままだったが間もなく改築される。私が訪ねたときは幸か不幸か、七十年使われた駅舎がまだ厳然とそこにあり、貫禄を示していた。

建て替えられる理由はもちろん老朽。いやもうひとつある。電化である。ここを分岐点とする伯備線（列車の発着は米子）が年内に電化され、それが山陰本線の出雲市まで延びることになっている。駅舎はまだそのままだったが、構内の電化工事はもう急ピッチ。明治がまたひとつ、姿を消してゆく。

はるけくも来つるものかな出雲の国

「最早、出雲だ。」

思わず私は周囲を見廻した。遠い古代の人の想像がその時私の胸に浮かんだ。これから私が訪ねようとする出雲地方とは、いわゆる夜見の国である。（中略）俗謡で知らないもののない安来とはここか、そう思ってその駅を通り過ぎて行くと、山陰らしい赤い土の色が、城崎や香住あたりで見て来たよりも更に濃い。崖も赤く、傾斜も赤い。赤い桑畑もめずらしい。夕日は海の方にかがやいて、何となく水郷に入るの感もあった。（中略）揖屋の駅を過ぎた。小蒸汽船、帆船、小舟などを汽車の窓から望むことの出来るような光景がひらけた。私達は七時近い頃まで乗って行って、宍道湖の水に映る岸の家々の燈火がちらちら望まれる頃に、松江に入った。


ついに藤村は出雲の国、つまり島根県に入った。七月十三日のことである。八日に大阪を発って以来六日目、そろそろ疲れがたまってくるころで、はるけくも来つるものかな、こういった感慨にふけったとしても無理はない。事実、藤村は松江大橋畔にある皆美館という宿で旅装を解いたとき、「漸くここまで来たという溜息」をついたのである。

備後入道とは、松江市から見て東南の空に起る夏の雲のことをいうとか。宍道湖のほとりでは、毎日のようにその白い雲を望んだ。東京から二百三十三里あまり。私達もかなり遠く来た。山陰道の果てまではとこころざして家を出た私も、松江まで来て見ると、ここを今度の旅の終りとして東京の方へ帰ろうかと思う心すら起った。時には旅に疲れて、その中途に立ちすくんでしまいそうにもなった。このまま元来た道を引返すか。海岸に多いトンネルのことを考えると二度と同じ道を通って暑苦しい思いをする気にもなれない。私は米子から岡山へ出る道を取って、すこしぐらい無理でもまだ鉄道の連絡していないと聞く山道を越えようかと考えたり、それとも、最初の予定通り遠く石見の国の果まで行って、山陽線を廻って帰ろうかとも考えたりして、そのいずれもが容易でなさそうなのに迷った。

よほど疲れたのだろう。帰路のことをあれこれ思案してこもごも迷っている。そのせいかどうか、藤村はここ松江に五日間も滞在した。

もっともその間もほとんど休めなかった。やはり藤村ほどの人気作家となると行く先々で土地の人が放ってはおかない。有難いことでもあるが、反面迷惑でもあったろう。着いた翌日こそ宿にいて休息したものの、残りの日は船で境港、美保の関、出雲浦とまわったり、市内の菅田庵、城址を訪ねたりと、精力的に動きまわっている。

国鉄離れと観光の狭間にもまれて

松江の駅も、鳥取駅同様三代目である。開業したのが明治四十一年（一九〇八）十一月八日。昭和二十八年（一九五三）三月民衆駅に改装し、さらに昭和五十二年（一九七七）十二月に現在の姿になった。

外観はともかく、構内は鳥取駅と兄弟といってもいいほどに似ている。客にも職員にも使いやすいようにと、あれこれ考えた結果こうなったものだろうが、そのことが個性を殺すことにもなった。こうした傾向は全国的なもので、何もここに限ったことではないのだが、旅人の眼からみてはたして喜ぶべきことか、はたまた悲しむべきことか。

一日平均乗降客一万二七〇〇人、収入六百五十六万円。この数字は管内第一とか。何しろ松江には、年間三百万人もの観光客が押し寄せる。だが、二十九代駅長上田典徳さんの話だとこのうち鉄道利用者は十五パーセント程度だろうという。管内一と、手放しで喜んでばかりもいられない。今この駅には六十五名の職員が働いている。貨物扱いはしないから、全部旅客担当である。

かげりが見えるのは大社線の終点大社駅でも同じこと。もっとも、ここの場合は、目玉の出雲大社そのものの客の吸引力が落ちているから、斜陽をかこっているのは鉄道だけではない。京都の二条駅と同

⑮

⑯

⑰

⑮現在の松江駅
⑯初代駅舎（明治41年）
⑰第２代駅舎（昭和28年）

じく、伊東忠太博士の設計になるという豪華な宮造りの大社駅が賑わいをみせるのは、一年を通じてほんのわずかの日しかない。

天井が高く、がっしりした中にも気品のある大社駅。備えつけの調度品もほとんど芸術品といってもよいほどだ。その一つ、堂々たる机に坐って、わざわざ休日出勤までして矢田武雄駅長が私を待っていてくれた。二十六代目の駅長さんである。

しかし、駅の立派なのに比較して、矢田さんの口調は今一つ冴《さ》えがない。やはり、大社線が廃止の候補にあげられていることが心に重くのしかかっているのだろう。一日の乗車客が一二〇〇人余、収入が三十五万円弱というのが今の大社駅の姿である。職員は十二名。


杵築《きづき》に着いた。

山陰道の西部をさして松江を辞した私達は、出雲を去る前に今市から杵築に出た。（中略）ここは島根半島の西端に近いところで、日の御崎へもそう遠くない。出雲の大社のあるところだ。


杵築というのは大社の地名。出雲大社はまた杵築大社ともいう。今市は今の出雲市駅。正確には当時出雲今市といった。

駅から出雲大社まではほとんどまっすぐの道を歩いて十五分ほどかかる。沿道にはご多分にもれず旅館やお土産屋さん。しかし、どことなくくすんだたたずまいだ。縁結びの名人も商売繁昌には眼が届かないのだろうか。

大正十三年（一九二四）二月十三日、二代目の駅舎として建てられた大社駅の一日でも長い存続を切に願うのみである。

藤村の鉄道と土地柄のひとつの感想

藤村の旅はさらに続く。

今市から西の海岸の眺めは、これまで私達が見て来た地方と大差がない。出雲浦ほどの変化はないまでもおおよそその延長と見ていい。次第に私達は海岸に向いた方の汽車の窓を離れて、山の見える窓の方に腰掛けるようになった。太田、江津、浜田、私達は山陰西部にある町々を行く先で窓の外に迎えたり送ったりした。やがて五時間ばかりもかかって、石見の益田まで乗って行った。

とうとう藤村は、益田までやってきた。もうここから西へは行きたくとも行けない。というのは、山陰本線はこの時期、まだ益田の二つ先、山口県の県境にある飯浦までしか延びていなかったからである。山陰本線が全通するのは昭和八年（一九三三）二月二十四日まで待たねばならなかった。

医光寺。

万福寺。

大喜庵。

（中略）

こうした遺蹟も訪ねて見たく、山陰の西とはまたどんなところかと思って、私達も暑さを厭わず旅をつづけて来た。益田までの途中、細い藺草《いぐさ》を刈り乾した畠なぞを汽車の窓から見て来ることすら、私達にはめずらしかったのである。ここはいわゆる石見表の産地であるのだ。（後略）

まさかと思った藤村がやって来たので益田の人は大喜び、早速あれこれ歓迎の準備を整えた。この中には亀井という駅長もいた。

益田は雪舟と柿本人麻呂に縁《ゆかり》の深い街である。藤村は土地の人の案内で雪舟縁の医光寺と万福寺、さらに大喜庵を訪れ、高角山に登って人麻呂をしのぶ。七月十九日、旅もいよいよ大詰めである。ここで藤村は、鉄道とこの土地とを関連づけて一つの感想を抱く。

（前略）同じ山陰のうちとはいっても、これまで私達が旅して来た土地のことに思い比べると、ここにはかなりの相違を見る。ここは一つの独立した地方のようでもある。山口県を通して入って来る「西」の刺激は、つい隣にまで迫って来ているようにも見える。出雲の大社近くまで東から早く延びて来ていた山陰線が、漸く数年前にこの辺の開通を見たということは、この地方の人達に取ってゆっくり身構えする時の余裕を与えたらしい。（中略）破壊にも、建設にも、鉄道がこの山陰の西にもたらしたものは、割合に静かな地方の革命であったろう。

生まれながらに鉄道の要衝だった益田駅

いよいよ旅も終りに近づいた。午後の四時ごろには、私達は益田から津和野を指して遠く帰路に向おうとする人であった。高津へ同行した人達は益田の停車場まで私達を送って来た。そのうち鮎の粕漬でも送ろうなどといって別れを惜む人がある。これから汽車で乗って行くところは高角山の方で望んで来た高津川の上流にあたると私達にいって見せる人もある。益田の宿に着くから、今またこの停車場を辞し去るまで、ここの駅長亀井君も暇さえあれば私達のような旅人を見に来てくれたが、これでなければ地方の駅長は勤まらないものかと感心した。（後略）

ここに登場する駅長は、益田駅の記録によると、亀井英次という人で二代目の駅長である。大正十五年（一九二六）四月十二日に着任、昭和四年（一九二九）七月四日までが任期だった。現駅長の松井永吉さんはもう二十九代目。五十余年の間に二十八人もの人が交代した。

その松井さんが不在で、益田駅では首席の瀬頭さん以下、吉田さん、宮廻さん、湯浅さんと四人の助役さんが私を待っていてくれた。

いろいろと話を聞いたが、この益田駅（当時は石見益田）は他の山陰本線の駅とはほんのちょっと生い立ちが違っていることがわかった。誕生したのは大正十二年（一九二三）四月一日、この日は山口線

⓲

⓳

⓴

⓲出雲大社だけではもう観光客を呼べぬという大社駅にもその斜陽が忍びよる
⓳益田駅は生まれながらにして鉄道の要衝だ
⓴山陰の小京都・津和野駅舎もモダンである

が小郡からこの益田まで全通した日である。つまり最初は山口線のターミナルとしてスタートしたわけだ。山陰本線が東からここまで延びてきたのはこの年の十二月二十六日のことであった。益田はひと足早く山陽と結ばれていたことになる。

益田はだから、生まれたときから鉄道の要衝としての性格を付与されていたといえる。今も構内に大きな操車場をもっている。職員総数百二十九名、収入は貨物を入れて一日二百九十三万円。

駅舎は昭和三十六年（一九六一）四月一日に改築されたから、藤村当時のものではない。旧国名の石見をとって、駅名がただたんに益田と改名されたのは、それよりさらに五年後の昭和四十一年（一九六六）十月一日のことである。

山陰路にあって藤村は最後まで旅人だった

もしこの当時、鉄道が本州の西端まで通じていたら、多分藤村はさらに足を伸ばしたに違いない。維新の先覚者を輩出させた萩という街にも藤村は強い関心を抱いていた。しかし、時代が少し早過ぎた。藤村親子は益田から山口線で津和野へ向かった。

青原という駅を過ぎた。河の流れに膝ほど深く入って鮎を釣る人も見かけた。津和野に近づけば近づくほど汽車の窓から見て行く水も谿流のさまに変って来て、川の中には石もあらわれるようになった。木曾あたりのことに思い比べるとこの辺の谿谷はそれほど深くない。でも山地深く進んで行くことを思わせた。

藤村にとっての原風景、それはいうまでもなく木曾谷である。伯耆大山を車窓から見やったときも比較したが、藤村はここでも試みている。特に断わらないまでも藤村には常に木曾谷のことが頭にあったに違いあるまい。つまり、山陰路においては、藤村は最後まで旅人であった。

津和野は長州の境に近い山間の小都会である。そこまで行って、夜汽車で津和野をたち、山口を経て周防の小郡に出れば、私達も最初の予定通り山陽線を廻って帰ることが出来る。津和野に着いたころは、まだそこいらは明るかった。私達は山陰の旅の終にと思って小郡行の夜汽車が出るまでの僅かの時間をそこに送って行こうとした。

藤村が乗った列車は、益田発四時四十分、津和野着五時三十五分の511列車だと思われる。この時間なら夏場はまだ十分明るい。そして多分次の513列車、津和野発八時四分で小郡へ向かっただろうから、津和野滞在は二時間と二十九分。この短い時間を使って藤村は町長はじめ町の人の案内で、精力的に旧跡を訪ね歩いた。まさに旅人の面目躍如である。

「鶏ちゃん、山一つ越すともう長門の国だそうだよ。トンネルの内が石見の境だそうだよ。」

私がそれを鶏二にいって見せるころは、そこいらは真暗であった。動いて行く汽車の中からも窓の外に顔を出したが、黒い山の傾斜しか眼に映らなかった。私達はその夜の空気に包まれながら、山陰地方から離れて行った。

こうして、十二日間に及んだ藤村の山陰旅行は津和野を最後に終わりを告げた。

津和野——

この、聞いただけで旅情をそそられる街については多くの説明を要しまい。山陰の小京都、森鷗外を生んだ土地、そして最近では蒸気機関車〈やまぐち〉号……。

人口八〇〇〇人の町に年間百五十万人もの人が訪れるという。津和野駅は大正十一年（一九二二）八月五日の開業だが、観光の町に変貌したのに合わせて昭和五十二年（一九七七）二月二十六日、モダンな駅舎に改築した。今ここを一日五〇〇〇人の人が乗り降りする。収入は九十三万円。客の割に収入が少ないのは、ほとんどが周遊券とか往復キップで入るからという。

全部で三十名の職員がこの駅を守っているが、五十五歳になる二十四代古谷仙吉駅長は、蒸気機関車の前でカメラマンをつとめたりモデルになったりと、〈やまぐち〉号が運転される日は本業以外でも大忙しだ。「引退の花道です」と屈託のない笑顔でサービスにこれ努めている。

五十年後に、津和野がこう賑わいを見せる街になろうなどと、藤村はゆめ思わなかったことだろう。

（『旅と鉄道』No.40〈'81夏の号〉／No.41〈'81秋の号〉）

……………………

昔の文学者は、よく旅をした。明治から大正、昭和初期にかけては鉄道が今ほど発達していない時代だったにもかかわらず、よく旅に出た。藤村とほぼ同時代に生きた田山花袋、大町桂月、饗庭篁村、正岡子規、徳富蘇峰・蘆花の兄弟、少し若いところでは若山牧水といった小説家や歌人がその代表格で、時には江戸時代並みに歩くことさえいとわなかった。旅の先達ともいえる松尾芭蕉が、これらの人に与えた影響の大きさが知られる。

鉄道は、いうまでもなく旅の苦労を大きく軽減する役割を果たした。『山陰土産』の紀行では、藤村はその恩恵に浴していることを正直に記している。もし、まだ山陰地方に鉄道が延びていなかったなら、いくら『大阪朝日新聞』からの誘いかけがあったとしても、出かけようとは思わなかったにちがいない。

よくいわれることだが、旅とは日常からちょっと逸脱して非日常に身を置く行為である。『山陰土産』からは、年柄にも似ずその非日常を楽しむ藤村の弾むような思いがよく伝わってくる。これには、山陰地方が藤村にとって未知の土地だったことも心理的に大いに作用しただろうことは想像に難くない。未知との出逢いは、それだけで旅の楽しさを増幅させてくれるものである。

さて、私が『山陰土産』を追って山陰地方を訪ねたのは昭和五十六年（一九八一）六月のことだった。『山陰土産』から激動の時代を挟んで半世紀余の歳月が流れており、山陰地方の鉄道事情も大いに変化していたが、それでも局地的、局部的ではあったものの、昭和一桁時代の名残りを嗅ぎあてることができた。

それからさらに四半世紀が経過した現在はどうだろう。たまたま昨平成十七年（二〇〇五）十月、別の取材で福知山線と山陰本線をたどる機会を得た。『山陰土産』と全く同じルートではなく、山陰本線を出たり入ったりしたために通しで乗り通すことはできなかったが、沿線の様子をつぶさに観察することができた。以下、その折の見聞をもとに『山陰土産』の行程を再追跡してみよう。

まず福知山線だが、起点の尼崎（『山陰土産』当時は神崎《かんざき》。昭和二十四年一月に改称）と次駅塚口の間で平成十七年（二〇〇五）四月二十五日、死者百七名を出す大脱線事故があったことはまだ記憶に生々しい。遠因の一つに、阪急電鉄の宝塚本線、神戸本線、今津線、伊丹線などとの激しい競合が挙げられているが、このことはすでに本編でも指摘した。尼崎―宝塚間が神戸・大阪圏のベッドタウンと化したことで、年々輸送密度が高まったことが背景にある。事故現場を通過する時、私は名状しがたい感慨に襲われて、言葉を失ってしまった。

宝塚を過ぎると、福知山線は武庫川沿いに走るのだが、宅地化はかなり進んでいるようで、三田《さんだ》あたりまでは乗降客も多い。そういえば、福知山線は尼崎—篠山口《ささやまぐち》間を「JR宝塚線」と呼んでそれ以北とを画然と区別している。残念だったのは藍本《あいもと》駅。周囲はいまだにのどかな田園地帯だというのに、あの風雪を滲ませた駅舎は跡形もなく、無人化されて簡便な駅舎に建て替えられていた。終点の福知山駅の駅舎は、少し手直しされていたものの昔のままだった。なお、福知山線は今では全線が電化されている。

山陰本線に入る。われわれ鉄道ファンはこの線のことを「偉大なるローカル線」などと呼ぶことがあるが、これは本線でありながら実態は典型的なローカル線だということを意味している。京都と幡生《はたぶ》（列車は一つ先の山陽本線下関駅を発着）を結ぶ六百七十三・八キロ（ほかに長門市—仙崎間二・二キロの支線を持つ）の長大な路線だが、複線と単線の電化区間が一部あるが、ほとんどは非電化の単線路線である。このあたりがそう呼ばれる所以かと思うが、実態としては「長大なるローカル線」といった

㉑

㉒

㉓

㉑駅名は変わったが
かつてと少しも変わらない姿で
観光客を送り迎えする城崎温泉駅
㉒城崎温泉駅前に立つ『山陰土産』の文学碑
城崎で第８回の島崎藤村研究会の全国大会が
開催されたのを記念して建立されたという
㉓益田駅　この駅も当時のままだが
目下駅前の整備工事が進んでおり
どうやら建て替えられるらしい

ところだろう。

実際、福知山から先に進むとたちまち景観が鄙びてくる。城崎《きのさき》温泉までは電化されているものの、豊岡を過ぎて右手に寄り添ってくる円山《まるやま》川の緩やかな流れは昔と少しも変わりない。

城崎駅は、独立した自治体として長く孤高を保ってきた城崎町が平成十七年（二〇〇五）四月一日に豊岡市と合併したのを機に、一月前の三月一日に城崎温泉と改名した。だが、今なお大正十五年（一九二六）五月に建てられたモダンな駅舎は健在である。そして、これは嬉しい発見だったが、駅前になんと『山陰土産』の碑があった。私が訪ねた昭和五十六年六月の五カ月後の十一月三日に建てられたとのことで、刻まれているのは冒頭の一節「朝曇りのした空もまだすゞしいうちに、大阪の宿を発つたのは、七月の八日であつた。」である。碑文は藤村の直筆から起こしたそうである。

大谿《おおたに》川の両岸に延びる温泉街の雰囲気も昔のままなら、藤村父子が泊まったゆとうやもそのままだった。城崎には、かたくななまでに温泉場の風情を変えまいとする意思が働いているように感じられたが、どんなものだろうか。

城崎から日本海に出る。ここからも大きな変化はみられない。電化されていない単線の線路が伯備線が合流する伯耆《ほうき》大山《だいせん》まで続く。『山陰土産』に登場する大乗寺の下車駅香住《かすみ》駅、岩井温泉の下車駅岩美駅は、ともに昭和五十六年（一九八一）当時のたたずまいを今にとどめている。

鳥取駅と松江駅は、高架駅になって間もない頃だったから、現在もそのままである。この二駅に関しては、本編では書かなかったが取材時に鳥取駅長との間でこんな会話があった。

「それにしても、この駅は長崎本線の佐賀駅と構造がよく似ていますね」

「ははあ、気がつかれましたか。じつは、松江駅もそうですが、改築の際に佐賀駅をモデルにしたんですよ。ともに、ほぼ同じ人口規模の県庁所在地にある駅ですのでね。佐賀駅の評判がよかったもので、私が米子管理局にいた頃に関係者数人で視察してすっかり気に入りまして……」

少年時代を佐賀駅の裏で過ごした私は、昭和五十一年（一九七六）二月に北に二百メートル移動して改築されたこの佐賀駅に馴染めなかった。明治末期に造られたそれまでの駅舎に愛着が強かったからである。平屋ながら堂々とした構えの駅で、現存すれば国の重要文化財になっていたかもしれない。だが、鳥取駅長のこの述懐は私に新しい佐賀駅を見直すきっかけを与えてくれた。

閑話休題。

湖山駅は瀟洒な駅舎に生まれ変わった。倉吉駅は変化なし。また、伯耆大山駅は本編でも述べたように伯備線の電化に合わせて、昭和五十六年の取材直後にモダンなコンクリート造りに変身した。

それよりなにより、大きく変貌したのは大社《たいしゃ》線と終点の大社駅だろう。明治四十五年（一九一二）六月一日開業という歴史を持つ路線だったが、利用客が減少したことで平成二年（一九九〇）四月一日に廃止されてしまった。大社駅も当然廃止の憂き目にあったが、由緒ある宮造りの建造物ということで保存が決まり、しかも嬉しいことに平成十六年（二〇〇四）七月には国の重要文化財に指定された。今も変わらぬ姿で同じ場所にあり、観光名所になっている。

益田駅は目下のところは変わりがない。だが、駅前は再開発が進んでおり、間もなく駅も改築されることになっている。

最後に、藤村父子が『山陰土産』紀行の終着地にした津和野だが、この町については多言を要しないだろう。今も山あいの城下町として、また〈SLやまぐち号〉の終着駅として多くの観光客を集めている。その玄関である駅も当時と変わらない。

時代が動けば、人も物も変わる。これは当然のことである。そんななかで、変わらないということにどんな意味合いがあるのか、私にはわからない。だが、「変わらない」ことに一縷の安堵感を覚えることもまた確かである。おそらく、今『山陰土産』の跡を意図的にたどれば、かつてとは違った印象を抱くことだろう。

山口誓子の『踏切』

度しがたい汽車マニヤのうた

関西本線
富田駅

病気療養をワンステップに

昭和十六年（一九四一）九月、当時大阪に住み、住友本社に勤めていた俳人の山口誓子《せいし》は、ひさしく健康を損ねていた身の保養のため、三重県の四日市在の柳生夜来のすすめにしたがって、同市の富田《とみだ》海岸へ夫人とともども転地した。この地の清澄な空気が病人にはとてもいいとされていたからである。

人と土地のかかわりは、ときに偶然によって規定されることが多いが、誓子にとってもこの四日市市の富田は、それまで何の関係もない土地であった。

山口誓子はそれから以降、ここに戦後の昭和二十一年（一九四六）六月までの五年弱住み、続いて同じ四日市の天ヶ須賀海岸、さらには鈴鹿市の鼓ヶ浦と移り住み、昭和二十八年（一九五三）十月、ようやく関西へと戻った。今度の住居は西宮市苦楽園。以後、誓子は今日までずっとここに住んでいる。

この、昭和十六年（一九四一）九月から昭和二十八年（一九五三）十月までの十二年間を山口誓子の伊勢湾時代と呼ぶ。誓子が四十歳から五十二歳までのあいだである。

時代はまさに戦雲が重くたれこめ、ついに太平洋戦争に突入したときから、敗戦後の復興期にかけてであった。

山口誓子はもちろんこの間ただ便々と病床に臥《ふ》せっていたわけではない。すでに大正二年（一九一三）、樺太《からふと》の豊原小学校時代の十二歳から作句を始め、句歴が三十年にも達していた誓子にしてみれば生への執着を持続させるためにも俳句は捨てられなかったに違いない。また、京都・三高時代の大正十年（一九二二）、高浜虚子の『ホトトギス』に初入選いらい虚子に認められ、三高、東大、住友を通じて『ホトトギス』で活躍、住友時代の昭和十年（一九三五）からは水原秋桜子の『馬酔木《あしび》』の重鎮として文名も大いに上がっていた誓子を周囲もほうってはおかなかった。

誓子は、病状がいくらかいいときは伊勢神宮などへの小旅行も試みるが、日中は家にいて、夕方から地図を片手に近郊を逍遥《しょうよう》し句作を練るといった毎日を送った。そして、こうした生活の中から数多くの名作が生まれた。

都会を遠く離れての病気療養という一種の隔離状況は、誓子にとって不本意なことではあったろうが、反面、誓子俳句を完成させる意味では重要なワンステップということになった。誓子はこの間の昭和二十三年（一九四八）一月に、西東三鬼、橋本多佳子、榎本冬一郎といった人たちに促されて俳句雑誌『天狼《てんろう》』を創刊、主宰者となった。

山口誓子、本名新比古《ちかひこ》。俳号の誓子は最初新比古をもじって「ちかいこ」と読んでいたが、虚子のすすめで「せいし」と改められたという。明治三十四年（一九〇一）十一月三日生まれ。現代俳壇の巨星であり、長老でもある。八十歳を超えた今も句作に余念なく、また後進の指導にも熱心である。

度しがたい汽車マニヤ

伊勢湾時代、それもとくに富田時代の山口誓子の作品に、どういうわけか、踏切を詠んだものが多い。踏切は、もちろん鉄道施設の一つだが、たいていの人は、やむをえないとは思いつつもその存在を好まない。普段は道路の延長として特に意識しないで渡っているが、列車が近づいて警報機が鳴り出し、遮断機が降りると、やれやれといった表情で立ち止まるか、降り切ってしまうまでに大慌《おおあわ》てでかけぬける。一方、鉄道側も、列車と人がダイレクトに接する可能性の高い場所としての踏切は、とかく事故を起こしやすいこともあって、運転士も極度に神経を使わなくてはならないしやはりないに越したことはない存在だと思っている。そのせいもあって最近では、都会地の鉄道はほとんどが高架線だ。

いわば、邪魔者である踏切に、山口誓子はいったいどういう興味や関心があって、十七文字の中に詠《うた》い込んだのだろうか。

『踏切』という、この時代に詠んだ踏切の歌を解説した小文集がある。昭和二十三年（一九四八）に俳句誌『冬木』に連載され、昭和二十八年（一九五三）に『自作案内』に組み入れられた、つまりは自作自解の形をとったものである。昭和二十三年（一九四八）といえば、山口誓子が鼓ヶ浦へと移転した時期にあたる。

この中で誓子は、踏切のことを次のように書いている。

　踏切は、道路の特殊な部分である。列車の通った直後には、すさまじい殺気が漂っているが、それも時の経つにつれてしだいにしずまって行く。しかしそれがすっかりしずまりかえってしまう迄には、もう次の列車がやって来て、新たな殺気を漂わす。道路のそういう特殊な部分であるから、そこを通るとき、人間像は非常に鮮明となる。謂わば、踏切は、人間にアクセントを附け、人間を人間として強く印象づける場所なのである。

まことに明解である。踏切と人間のからみを説明してあますところがない。ここには、踏切をとおして人間像が鮮明になることが強調されているが、人間の眼から見た踏切像も、じつに鮮やかに描写されているではないか。踏切の周囲に住む人たちにとって踏切は、日常の生活とは切っても切れないかかわりのあるものであり、その生活の中から踏切を見据えるいろいろな視点が生まれてくるのは当然といえば当然だろう。ましてやそれが感性豊かな文学者ともなるとなおさらのことである。

しかし、山口誓子の場合はただそれだけの理由で、踏切の句が多いのではない。

戦後になってから、十二月三十一日、つまり大晦日《おおみそか》の日に作った句に、

柵に沿ひゆけばしぐるる鉄軌かな

というのがあり、それを説明したところで次のような一文がある。

大晦日にも、鉄道線路に心を奪われているとは、私も度しがたい汽車マニヤである。

この一文で、山口誓子という俳人に踏切の作品が多いことが納得できるのである。

山口誓子にはすでに昭和八年（一九三三）九月に、『大阪駅構内』と題した連作があり、

夏草に汽罐車の車輪来て止る

という代表作をはじめ五句の鉄道俳句がある。「汽罐車」は普通「機関車」だが、蒸気機関車は汽罐車がふさわしいと芸の細かいところを見せた。やはり、「度しがたい汽車マニヤ」なればこその把握であ

る。

富田に愛着を覚えたころ

さて、それでは以上のような予備知識をふまえて、そろそろ『踏切』探訪に出かけることとしよう。

春昼の踏切君と並び越ゆ

富田時代の踏切第一作がこれである。昭和十七年（一九四二）九月に刊行された第四句集『七曜』に出た。初出は同年六月号の『俳句研究』。「K氏に」という前書きがある。

富田の駅の直ぐ南の、まだ構内と云わば云えるところにあるその踏切は、駅の西口を下りて、柵に沿うて郵便局の前を通りなどして行ったところにあって、それを東へ渡れば、私の住んでいた海浜の方へ行けるのである。

富田に転地したのが前年の九月だから山口誓子にとっては、ここで迎えた初めての春である。ようやくこの町にも愛着を覚え始めたころだったろう。この日、名古屋から知人の加藤かけいという人が病気見舞いに来た。やや健康を回復しかけていた誓子が富田駅まで迎えに出、海岸の家へと誘った、そのときの感慨を詠んだものである。

「道路の特殊な部分」である踏切。「人間にアクセントを附け、人間を人間として強く印象づける場所」である踏切。

❶

❷

❶関西本線富田駅
今は近鉄におされ気味……
❷富田駅構内から見た川越踏切
病気療養にきていた誓子が
鋭い感覚で句を詠んだ舞台である

そういう踏切にさしかかった私達二人は、肩を触れるばかりに相並んで、さきからの話をつづけながら、そこを通り過ぎた。そして強く親近の情をおぼえたのである。

この踏切は、文中にもあるとおり、関西本線富田駅のすぐ南にある川越踏切。道幅六〜七メートルもあろうかという第一種のまあまあの大きさを持った踏切である。作者は同じころ、

この町を愛せば駅の土堤青む
踏切のまくなぎわれも栖みつけり

という句も作った。

前の句は、踏切から北側の駅のプラットホームをとおして見える、関西本線とクロスした近鉄名古屋線の土堤を詠んだもの。後者は、踏切付近に多いまくなぎ（まくらぎではない。ぬかかともいう小さな蚊のことである）が群れてからみつくのに、まくなぎもここに栖《す》みついているが、いつのまにか自分もここの住人になったんだなと、その感慨を詠んだものである。

鋭利な感覚のなかでの踏切

日々わたる踏切も暑をきざしけり

第五句集『激浪』に収録された作品。同じ昭和十七年（一九四二）に詠まれた。

このころ山口誓子は郵便局へ行くために毎日のようにこの川越踏切を渡ったが、どんなときもこうもり傘を持参した。病人に直射日光がよくなかったからである。特に暑い日の日差しは避けなくてはならない。炎暑は大敵だ。だから、春から夏にかけては病人は気候が気になる。

ところが、せっかく傘で陽光は防いだのに、踏切を渡るとき下のほうからムッときた。この句について山口誓子は次のようにいう。

閑話休題、毎日渡る踏切を今日も渡った。暑をきざす日で、途すがらそれを感じて来たのであったが、踏切では、光る鉄軌や埃をかぶった枕木が私の顔に熱気をふきつけた。踏切を日々に渡って、踏切の日々の状に親しんで来た私には、踏切のほてっているということが身に応えて感ぜられた。暑のきざしをいちばんはっきり私に知らしめたのはその踏切なのであった。

病者の鋭利な感覚のみがとらえた踏切に漂う暑のきざし。こういう背景を知って、もう一度この句を読みなおすと、踏切以外のどんな場所もこの句のなかには入りえないことを知らされる。

　この大き踏切夜涼殺到す

真夏に入ってからの作である。富田には、関西本線と並行して東側、つまり海側を国道一号線が走っているが、夜になるとここを海風が南から北へと吹き抜けてめっぽう涼しくなるそうだ。鉄道線とて例外ではない。

夜涼はその線路を北上せんとして集り、犇き、一束になって押して来る。私はその力と量を「殺到す」と表現せずにはいられなかった。

そして、やはり昭和十七年（一九四二）に詠まれた句。

　踏切を月の結界とぞ思ふ

結界というのは仏教用語で、修道の妨げとなるものを寺院に入れないこと。転じて寺院内部に設けられた木柵のことをいう。踏切の両側の木柵があたかも月のためのその結界に見えたというのである。それほどに月は明るく、踏切は静かだった。

遠き汽車俯向き下る春の昼

この句も昭和十七年（一九四二）の作。踏切を詠んだものではないが、踏切から眺めた光景である。ただし、これは川越踏切ではない。さらに五十メートルほど南にある東富田踏切という、当時、第二種の踏切である。

富田駅と富田浜駅のあいだはわずか一・三キロ。この踏切から一直線に富田浜駅が遠望できるが、そこを出た汽車が、ちょっとした下り勾配のためうつむいているように見えたというのである。うららかな春の昼どきの、のどかなのどかな鉄道風景。

東富田踏切は現在は無人である。

有季定型をつらぬいて

俳句は、世界で最も短い詩歌だといわれている。原則として五・七・五の十七文字の中に、作者の眼に映じた現象を、季感を織り込んで詠い上げなくてはならない。それだけに、一つの作品を完成させるまでに、これほどに精神の集中を要求される文学はほかにはないといってもよい。

そして、この極度に圧縮された韻律が、読む人に快いリズム感とともにさまざまな人世相を提示し、深い共感を誘い出す。

いうまでもなく俳句は、俳諧や連歌の発句《ほっく》の部分が独立して成立した文学である。日本語のように、一音一音をはっきり区切って発音する言語にとって、五音とか七音は、いかにもリズミカルで舌に乗せやすい。日本に世界最小の詩が存在する理由も、そのへんにあるのだろう。

しかし、この俳句も明治以降、つまり近代に入ってからは必ずしも季語を入れた五・七・五調（これを有季定型という）の伝統を守りとおしたわけではない。近代俳句は、短歌とともに正岡子規を元祖とするが、その子規門からさまざまな流派が出て、いろいろな主張がなされた。無季俳句、破調の句など。

そんな中で、山口誓子は、花鳥諷詠《かちょうふうえい》を唱えた高浜虚子の『ホトトギス』からスタートし、途中から水原秋桜子の『馬酔木』によってたんなる花鳥諷詠からは脱したが、最後まで有季定型は捨てなかった作家である。

その意味で、昭和十九年（一九四四）九月一日に作られた一句が問題になったことがある。

踏切に打つ野の川の迅《と》き流れ

という句がそれで、つまりは季語がないというのである。

これに対して誓子は、これは打水の句だ。「流れ」のさんずいがその水だと説明した。

この「野の川の迅き流れ」というのは、西から東へ、川越踏切の下を貫流している小川のこと。踏切番がその流れから水を汲み上げて、焼けた踏切に打水したというのである。生活感あふれる夏の風物詩。

高張の踏切渡る秋祭

九月十四日の作。こちらは東富田踏切。このすぐそばに鳥出神社があり、その秋祭の情景を詠っている。

続いて九月十六日と二十四日の二作。

踏切の燈にあつまれる秋の雨

秋の燈のそこは駅柵なかりけり

はなやいだ春や夏とちがって、秋らしいしっとりした情感が漂っている。季語もまた明解である。

踏切にはなまなましい温かいにおいが漂った

山口誓子の第一句集は『凍港』という。昭和七年（一九三二）五月に刊行された。題名が示すとおり、北辺に材を求めた句が多い。生まれてすぐに両親のもとを離れ、外祖父に託された誓子は、十一歳のときにこの外祖父が『樺太日日新聞』の社長になって赴任したあとを追い、樺太に渡り、大正六年（一九一七）四月までここで暮らした。その当時の体験を詠んだ句から刊行前までの合計二百九十七句を収めたものである。

以後、昭和十年（一九三五）二月『黄旗』、昭和十三年（一九三八）九月『炎昼』、そして前述した『七曜』『激浪』とつづく。

そして、第六句集は戦後の昭和二十二年（一九四七）六月になって発行された。『激浪』に次いで戦後二冊目、『遠星』という題が付されていた。しかし、この『遠星』は昭和二十年（一九四五）の末にはすでに編まれていたもので、「昭和十九年十一月一日以後かっきり一箇年間の句業である」という後記がある。この中にも、踏切の歌は多い。

車輪の香はげしや露の踏切に

十一月四日の作。

晩秋の露の多い夜、踏切で待つうちに汽車がやって来た。大きな動輪が回転しながら眼前を通りすぎる。そのとき、鉄の匂いがムッときた。蒸気機関車特有の匂いである。「汽車マニヤ」にしてみればけっしていやな匂いではない。

そういうことに遭遇すれば、踏切で待たされることも満更悪くはない。

作者はこの句の解説をこう結んだ。

踏切に汽車の香残る露の夜

これもまたその折の作である。少し長いが作者自身に語ってもらおう。

遮断機は列車の後尾がまだ踏切を走っているときに、さっと揚ってしまう。待ちかねた人々は列車の通った直後の踏切を通る。そこには実になまなましい温かいにおいが漂っている。私はそのにおいを好んで、胸深く吸い込み、列車の方へ眼をやる。後尾だけしか見えぬ燈の暗い列車はしだいに遠ざかって行く。

踏切に漂う汽車のにおいを全身で喜んでいるのも、露の夜の鋭くなった嗅覚のせいであろう。

『踏切』には収録されていないが、このとき詠まれた句としては、次のようなのもある。

こぼれたる汽車の火屑の露けさよ

敗戦の世相を象徴する弱々しい燈

昭和十九年（一九四四）の冬が来た。太平洋戦争もいよいよ大詰め。日本の敗色が濃くなってきたころである。

踏切の雪霏々として大根馬《だいこうま》

十二月二十日の作。
踏切にさしかかったら、ちょうどダイコンを積んだ馬車と出会った。大雪。ダイコンにも雪は白く積もっていたという。作者は、行き会ったのが踏切だったために馬がとくに印象的だったと述べている。

汽車去りてのちの踏切雪敷けり

郵便局へ行き、用を足しているうちに大雪になった。列車が通りすぎたばかりなのにレールはもう真っ白だ。昭和二十年（一九四五）一月五日の作。
続いて一月十八日と二十二日。

踏切や雪の鉄軌の黒き踏む
汽車の罐あたりの雪に燃えて過ぐ

この地方はそう雪の多いところではない。昭和十九年（一九四四）から二十年（一九四五）にかけての冬は、よっぽど雪が降ったのだろう。

この句を最後に、山口誓子の俳句から踏切は一時、姿を消す。ちょうど、第二次世界大戦が終局を迎えたころである。終戦直前の六月一日、山口誓子は、大阪の留守宅が空襲で全焼し、家財・蔵書のすべてを失ってしまった。

そしてふたたび登場するのは終戦直後の十月から。六日の夕方、次の句が生まれた。

汽車そこへ露けき軌道照らし来る
暗けれど汽車はよろしも秋の夜
踏切に車輪の火花露の夜

「そこ」というのが川越踏切であることはいうまでもない。中の句について作者は次のようにいう。

（前略）あの頃の汽車の燈は実に暗かった。点いている為めに却て暗く思われるような燈であった。併し私は汽車を愛してやまぬ者である。秋の夜に旅行く人々を乗せた汽車は、その暗い燈の故に却て私の汽車を愛するこころをそそった。

「点いている為めに却て暗く思われるような燈」とはまたうまい表現である。敗戦の暗い世相を象徴するような弱々しい燈とも、作者の眼には映じたにちがいない。

踏切の向ふに遊ぶ秋の暮
四五人とわれ踏切に秋の暮
曲る汽車煙曳きゆく秋の暮

この三句は、十月の七日、八日に作られた。

昭和二十一年六月十五日を最後に

山口誓子の踏切俳句はまだ続く。

汽罐車の金の火の粉や秋の暮

この句も、踏切で詠まれた。十一月三日の作。この日は誓子の誕生日で、「金の火の粉」は自らを祝福したものという。

駅を出て汽車迅からず夜の霧
機関車の大快き夜寒かな

機関手の顔高くして夜寒過ぐ
夜桜や汽車の白煙ふんだんに
柵に沿ひゆけばしぐるる鉄軌かな

これらの句は、いずれも昭和二十年（一九四五）の十二月に作られた。第七句集『晩刻』に収録されているが、四句の「夜桜や」は、機関車が枯木に白煙を噴きつけて走るのを見て、かつて夜桜にかかった白煙のことを思い出したものである。

降る雪を照らす汽罐車動きそむ

明けて昭和二十一年（一九四六）はこの句から始まる。一月十一日。夕暮れに踏切にさしかかったら、入れ換え用の機関車が停まっていた。それが、前照燈で薄暮の雪を照らしながら、そろっと動いた情景を詠んだもの。淡々たる水彩画にも似た趣がある。

そして、敗戦後初めての春――

春昼の踏切を一作家として

踏切は、遮断機が降りると世間とは隔離された特別の場所、舞台のような感じ、と山口誓子はいう。その舞台にしがない一作家としてさしかかったという趣旨の句。作家といえばほんらいは花形的存在だが、戦後すぐという時代背景、しかも田舎町にくすぶる身とあれば、「一作家」という言葉にやや自嘲めいた響きがこもるのもやむをえないことだろう。早春の一日、三月六日の作。

東風強くして踏切の天鳴れり
春暮の火汽車の罐より貰ひし火

三月七日と十四日の作句。あとの句は、踏切番が十能に機関車の火をもらうシーン。蒸気機関車時代ならではの光景。

そして春たけなわの四月十六日。

機関手の地上にゐたり春の暮

機関車に乗っていてこその機関手が、踏切に降り立っていた。入れ換えのあいまの小休止である。のどかな春の暮れがた。

まくなぎのゆふぐれに来て汽車を見る

これは二カ月後の六月十五日。この句を最後に、山口誓子は富田駅の踏切を俳句に詠まなくなる。翌十六日、同じ四日市ではあるが、ここからほど遠い天ヶ須賀海岸へとふたたび転地、踏切を渡ることがなくなったからである。

❸

❹

❸警報機や遮断機の
近代的な設備がついた川越踏切
一人の富田駅職員が守っている
❹東富田踏切
現在は無人となり
小屋もとりはらわれていた……

日本一の私鉄・近鉄にけおされた富田駅

川越踏切といい、東富田踏切といい、両者とも全国に数多ある踏切とそう変わるところがない。いわば、なんの変哲もない踏切である。

そんな踏切が、たまたまこの地に療養に訪れた一作家によって、何年にもわたって頻繁に俳句に詠み込まれた。こんなことは全く稀有なことである。

この踏切を取材すべく、私が富田の駅に降り立ったのは、もうすでに夏休みだというのに、いつまでも梅雨の明けない雨の日の一日であった。

名古屋から関西本線に乗り換えて急行で三十分、土地の人が四、五人一緒に降りただけの寂しい感じの駅である。

さっそく、待っていてくれた林文夫駅長にお会いする。今年三月に名古屋鉄道管理局からこちらへ来たという、五十三歳の温厚な駅長さん。庶務係の川添巽さんも同席してくれる。やはり五十三歳、富田から北へ入った藤原町の出身で、何と昭和二十二年（一九四七）からこの駅に勤務しているという。

お二人の話をもとに、まずは富田の駅からスケッチしてみよう。

開業は明治二十七年（一八九四）七月六日。民営の関西鉄道の駅としてである。

関西鉄道といえば、かつて官線と大競合を演じた私鉄として鉄道史にその名をとどめている。明治三十三年（一九〇〇）に大阪鉄道を合併し、大阪―名古屋間が直通したときに東海道線との対決という図式が発生した。運賃の割引はもとより、記念品や弁当をくばったり、楽隊を乗り込ませて演奏させるなど、そのサービス合戦はすさまじかったという。

国有化後は東海道本線の裏ルートに徹することになるが、現在はその後合併合併で近畿一円に路線網を張りめぐらした日本一の私鉄・近鉄に押されて四苦八苦である。

富田駅も例外でなく、いまやこの町の中心は近鉄富田駅付近である。国鉄富田はまた、川添さんの出身地藤原町へ向かう三岐鉄道のターミナルだが、ここを発着する電車は昭和四十五年（一九七〇）以降一日たったの三本、あとはみな近鉄富田へと出入りするようになってしまった。

それでも富田駅は、駅長以下五十九名の職員を擁する中規模の駅である。一日の乗客約二百人、うち半分が定期客、収入は貨物を含めて約五十万円という数字はいささか寂しい。

駅舎は、昭和十三年（一九三八）に全面改築された二代目。外観はまったく変わっていないという。山口誓子が出入りしていた当時の面影もほぼ留めているはずである。

関西本線は、遅ればせながらこの五月十七日、名古屋―亀山間をようやく電化した。しかし、「時刻表を気にせずに乗れる」近鉄にくらべれば、その劣勢は否定すべくもない。

少しでも時の流れをとめようと

大雨の中を、林駅長、川添さんの案内で外へ出る。

駅前を真っ直ぐに百メートルほどのところに旧郵便局。川添さんの説明によると、現在の郵便局はほかへ移動し、今はここはアパートになっているとか。しかし、建物は当時のままで、そういわれてみるといかにも郵便局らしい雰囲気がそのまま残っている。山口誓子が毎日のように訪れた当時の雰囲気が、である。

旧東海道筋をほんの少し歩いて、逆コの字型に東へ向かうと、山口誓子が「迅き流れ」と詠んだ小さな川が左手の家なみに沿って流れて、それが問題の川越踏切へと続いている。駅を出てすぐ左、線路にそってももちろん行けるが、川添さんの記憶によれば当時はこの道はなかったようだという。

踏切では、若い職員が一人で安全を守っていた。富田駅職員の一人で、職名は交通保安係という。この踏切は、富田駅の管轄下にあるのだ。山口誓子が渡り歩いた当時と変わった点といえば、たぶん建物が新しくなったのと警報機や遮断機が機械化されたことであろう。あのころは、おそらく警手の吹く笛とともに、手回しでおもむろに遮断機が降りていたはずである。

それからもう一つ、頭の上を架線が通ったこと。おりしも湘南カラーの電車が軽快な音を響かせてやって来たが、あらためて、踏切そのものは変わらなくともそこを横切って行く列車も、縦に渡る人もすっかり変わったことに思いがおよんだ。今、ここに山口誓子がたたずんだとしたら、どんな俳句が生み出されることだろう。

隣りの東富田踏切は、無人の踏切。今年の初めまで残っていた小屋が取り払われて、寂しい踏切となった。こちらを管轄するのは駅でなく、保線区だそうである。

いっそうひどくなった雨足の中を、国道一号を越えて海のほうへと歩く。風光明媚なかつての別荘地、保養地も、この地を襲った昭和三十四年（一九五九）の伊勢湾台風によりすっかり様変わりして、今は住宅がびっしり。

あっちに聞き、こっちに尋ねしてやっと探しあてた山口誓子旧居跡は、すぐ裏が海岸だったはずなのに、海はさらにその先まで伸びていた。しかも海岸近くには新たに国道二十三号が走り、もう三十年以上むかしの面影を彷彿させることは不可能に近い。行かなかったが、海岸には防波堤が走っていることだろう。

山口誓子がかつて住んでいた場所は、長く空地のままだったらしいが、三年前にこの土地を買った人が、大きな家を建てていた。

ふたたび駅へと戻りつつ、林駅長と川添さんに、川越踏切のそばにぜひ山口誓子の句碑を建てるよう、私は熱心に話した。そうすることで、少しでも時の流れをとどめておきたいと、そう思ったからである。


（『旅と鉄道』No.45〈'82秋の号〉）

……………………


日本に踏切多しといえども、三重県四日市市の、関西本線富田駅の南の外れにある川越踏切ほど文学のうえに定着した踏切はそうはないだろう。それも、そのものずばり『踏切』と題された随筆集という形で。

といって、この踏切がほかの踏切と比べて際立った特徴をもっているかというと、そんなことはない。変哲もない踏切である。もし、山口誓子という俳人が病いを得て伝手を頼ってこの地に転地療養に訪れなかったなら、そしてその誓子が自称「度しがたい汽車マニヤ」でなかったら、文学のうえになんの痕

❺

❻

❺富田駅を出外れたところにある川越踏切
たたずまいは昭和57年当時と変わらないが
踏切番がいなくなって自動遮断機になり
山口誓子が『踏切』を執筆した頃の雰囲気は
完全に消え去った
右手の二階屋は当時と全く変わらない
❻富田駅
職員の姿が消え、心なしか駅や駅前から
活気が失せてしまったように感じられる
当時もそうだったが、近鉄富田駅と
その周辺に町の機能は集中してしまったようで
駅前の雑貨屋も閉まっていた

跡もとどめなかったはずである。人と物とが、時に思いもかけない出会いをすることによって一つの文学が紡ぎだされるという、これはその好例であろう。そして、この踏切がどこにでもあるような街なかの平凡な踏切だったからこそ、自作自解の随筆集『踏切』はより普遍性をもつことができた。

だが、いかんせん時間が経ちすぎた。この『踏切』のなかで、誓子は「踏切は、道路の特殊な部分である。列車の通った直後には、すさまじい殺気が漂っているが、それも時の経つにつれてしだいにしずまって行く。しかしそれがすっかりしずまりかえってしまう迄には、もう次の列車がやって来て、新たな殺気を漂わす」と書いたが、はたして今、踏切にこんな殺気を感じる人は一体どれほどいることだろうか。

よくも悪くも、この『踏切』は汽車、つまり蒸気機関車が主役だった時代の産物である。ここを通過する列車が汽車だったからこそ、この名作は生まれ得た。軽快に走る電車だったら、こうはいかなかった。確かに、踏切にさしかかる時の汽車には圧倒的な迫力があった。それも、駅を出てすぐの場所にある踏切とくれば、なおさらのことだった。

このことは、本編を執筆するために昭和五十七年（一九八二）の夏に現地を訪れた時にも感じたのだが、その頃この付近は電化された直後で、川越踏切を通過する列車のほとんどは電車に代わっていた。

その後、関西本線には何度も乗る機会があり、富田駅にさしかかるたびに気にしながらこの踏切を眺めてはいたのだが、やはり降りないことには細かなことはわからない。そう考えて、二十四年ぶりに富田駅に降り立った。

川越踏切は、四半世紀もの歳月が流れたことなどまるで感じさせないほど、ほとんど変わらない姿でそこにあった。ただ一つ変化があったとすれば、当時は踏切番がいて列車が接近する都度遮断機を上げ下げしていたのが無人化されて小屋も取り払われていたことくらいだろう。そのせいか、当時はそれなりに活気が感ぜられたものが、ひっそり閑となってしまった。

変わらないといえば、富田駅も同様である。ただ、化粧直しをして少し改造され、瓦屋根だったものが濃緑色のスレートに変わったことで趣はかなり変化した。そして、この駅からも人気《ひとけ》がなくなり、今は老人が一人配されているだけの簡易委託駅である。

本編を執筆した頃もすでに富田の中心は近鉄富田駅の周辺にあったが、富田駅や川越踏切から職員が消えたことで、周辺もひときわ閑散となったように感じたのは気のせいだろうか。そういえば、踏切を渡った先、かつて山口誓子が住まいしたあたりは再開発されたものか、大きなスーパーができていた。

本編執筆当時健在だった山口誓子は、平成六年（一九九四）三月二十六日、九十二歳で亡くなった。

中野重治の『汽車の罐焚き』

北陸の空に白煙をあげて

北陸本線
福井駅

罐焚《かまた》きをモチーフに

「汽車の罐焚き」という、今はもうほとんど使われなくなった言葉に、懐かしい響きがあるのは当然としても、この妙に人なつっこいというか、人間臭さが感ぜられるのはなぜだろう。

まだ汽車の罐焚き、正しくいうなら蒸気機関車の機関助士が現役でごろごろいたころ、それを他人がいうときは言葉の裏にどこかまだ半人前といった感情が籠《こ》められていた。当人同士がいいあうときも、そこには多少自嘲めいた調子があり、それでも、「今に見ていろよ、そのうちには俺だって――」との未来志向の思いが託されていた。こんなところが人間臭さを感じさせるゆえんだったのだろう。

もともとが汽車が大好きで、その先頭に立つ蒸気機関車の勇姿に憧れてこの道を選んだ人が多かった。それを自分が動かせるようになるまでのプロセスとして罐焚きはどうしても一度は通らなくてはならないものだったから、これに抵抗を感じる人はいなかったはずである。

しかし、それだけに罐焚きという仕事は楽なものではなかった。辛く厳しく、過酷なものだった。汗にまみれ、ほこりにまみれ、肉体を極限状況において酷使する類《たぐい》の、およそ考えられる鉄道の仕事の中でももっともハードな仕事だったに違いない。

プロレタリア作家・中野重治が、昭和十二年（一九三七）六月に発表した、題もまたそのものずばりの小説『汽車の罐焚き』は、そんな罐焚きたちの生態を活写したものである。

中野重治は、金沢の第四高等学校時代から社会主義運動に親しみ、二十九歳の夏、つまり昭和六年（一九三一）には正式に日本共産党に入党、党活動と作家活動の両方を精力的にこなした。しかし、翌年四月には弾圧により逮捕され、二年間もの獄中生活を余儀なくされる。

そして昭和九年（一九三四）五月、共産主義運動から身を退《ひ》くことを条件に、五年の執行猶予をもらって出獄。これが当人の意志によるものでなく無理強《じ》いにさせられたものだということは、昭和十二年（一九三七）十二月に宮本百合子らとともに執筆禁止の処分を受けたり、敗戦後の昭和二十年（一九四五）十一月、ただちに共産党に再入党、しかも国会議員として活躍するなどといった経歴によっても明らかだ。

『汽車の罐焚き』は、先述したように昭和十二年（一九三七）六月、執筆禁止になる直前、まだ厳重な監視を受けているあいだに書かれたものである。

この作品はもちろん、中野自身の実体験を綴ったものではない。文中に鈴木という名で登場する元福井機関区の火夫、つまり罐焚きの話をもとに構想されたものである。罐焚きという職業が、いかに辛いものであるかということが、作者の主観を押し殺した状態でクールに描写されているから、それだけ強い迫力をもって読者に訴えかけてくる――『汽車の罐焚き』はそういう類の小説である。

いわば逼塞《ひっそく》の間に書かれたから、体制（ここでは国鉄当局。当時は鉄道省）を批判するということもない。しかし、これがモチーフといい素材といい、弱者の立場を告発した、一種の政治小説であることにも疑いをいれない。

それはさておき、冬の北陸を舞台にした、当時の機関区のありさまが手にとるようによくわかる、これは鉄道史的にみても貴重な作品である。

『汽車の罐焚き』の原動力

中野重治はもともと鉄道の好きな人である。中野は最初、詩人として出発したが、大正十五年（一九二六）、二十四歳のときに早くも「機関車」と題する重厚な詩を作った。「彼は巨大な図体《ずうたい》を持ち／黒い千貫の重量を持つ」にはじまり、「その律儀者《りちぎもの》の大男の後姿に／おれら今あつい手をあげる」で終わる韻律の中に、中野重治の蒸気機関車に寄せる愛情が語りつくされている。ほかにも、「きかん車」といった作品があり、さらに、「汽車　一」「二」「三」「雨の降る品川駅」などの鉄道情景に託して社会主義を標榜した作品もある。

しかし、それだけでは中野重治は『汽車の罐焚き』を書く気にはならなかっただろう。文中でも告白しているが、このころ中野は書くことに全く自信がもてないでいた。しかも鉄道に対する知識も全然ない。

鈴木青年の熱心なすすめと協力ももちろんあったが、書くことを最後に決意させたのは、おそらく自分の郷里・福井が舞台でしかも遠縁にあたる青年が鈴木の仲間にいて死亡したことなどであろう。少年のころに、見たり乗ったりして、北陸本線の福井—金沢間をよく知っていたし、縁はなかったにしても、福井駅のすぐ裏手にあった機関区もすぐに思い浮かべられただろうから、情景描写ならさしてむずかしいことではなかったに違いない。

中野重治が生まれたのは、明治三十五年（一九〇二）一月二十五日、福井県坂井郡高椋村《たかぼこ》一本田《いっぽんでん》というところ。現在の丸岡町である。福井から金沢寄りに三つ目、丸岡駅から四キロほど山側に入ったところに位置する。実家は小地主で、自作農を兼ねていた。

中学校は福井中学校。汽車で通学した。そして、高等学校は金沢の第四高等学校。ここを五年もかけて卒業した。

少年時代のことは、昭和三十二年（一九五七）に発表された『梨の花』、高校時代は、昭和十四年（一九三九）に発表された『歌のわかれ』という作品にくわしい。

こういう風土とのかかわりが、中野重治をして『汽車の罐焚き』を書き上げさせる原動力になったであろうことは容易に想像がつくだろう。

鈴木という青年に魅せられて

ある日ひょっこり、鈴木という青年が中野重治を訪ねてくる。当時中野は新宿の柏木に夫人と二人で住んでいた。昭和五年（一九三〇）に結婚していたが、子供はまだなかった。

❶

❷

❸

❶中野重治が乗降した丸岡駅
災害で建て替わった現駅舎
❷現福井駅舎
この駅は全国で２番目に古い駅ビル
❸昭和８年当時の福井駅舎

この青年は同じ福井県人で、共通の知人の件でやってきたのだったが、そんなことから話がはじまり、鈴木という青年自体に関心が向けられる。


「いったい何してたんですか?」と私は訊いた、「どこ?」

「機関庫です。汽車の罐焚きですね。」

「ほう……」

私は眼のひっこんだ美しい顔を改めて見る気持だった。

「あすこは知っているんですよ。」と私はいった、「中学時代汽車通学してたんですから。五年間乗り降りしたんですよ。」

「ええ。」といったが鈴木君は渋った、「僕の駅じゃないんですが……停車場ってのは駅でしょう? 機関庫は駅じゃないんです。」

「つまり駅と機関庫とじゃ別なんですね?」

「そうなんです。」


この程度の知識しかなかった作者は、鈴木青年のさわやかな語り口にぐいぐい引き込まれていく。


「するとあれですか? 機関手がいちばん大事だってことになりますか?」

「いいえ!」鈴木君はきっぱり否定した、「しかし無論、機関手が動かなければ列車は動きませんよ。切符なら誰だって売れるようなもんですが、機関車となったら機関手でなければ……それゃア機関助手でも駄目なんです。機関助手ってのはつまり火夫ですね。罐焚き……」

「罐焚きは駄目ですか？」

「駄目です。規定上駄目です。だから途中で機関手が仆《たお》れたら列車は運転中止です。停らなくっちゃいけません。実地にゃそうもいきませんがね。だからいくらベルが鳴ったって、いくら後部車掌が手をあげて笛を吹いたって、機関手がリバーシングリバーを進行方向へ送って、バイパスの弁を足で蹴《け》とばさないことにゃ列車は一センチだって動きゃしません。」

「ふうん……」

何を蹴とばすのかわからなかったが私は感心した。鈴木君が話のうまいのにも感心した。

「あんたなかなか話が上手ですね。」

「ええ。みんなそう言います。」と彼はすぐ認めた。

「ひとつ書いたらどうです？」

「いやア、駄目です。駄目なんです。」

こうして最初は鈴木青年に、書くことをすすめたが、彼の拒否にあってついに自分が書くことになるのである。

普通は、こういう前段は作者の頭の中で消化されてしまって実際には書かれない場合が多いのだが、中野重治はよっぽど鈴木青年が気に入り、その語り口に魅せられてしまったのだろう。作家がここまでへりくだって、モチーフや素材が自分のものではないことを逆に強調するというのもめずらしい。

次第に蒸気機関車のとりこに

鈴木青年は作者に、しきりに書くことをすすめ、気持ちが動いたとみるとさらにくわしく、機関庫や機関車のことを説明する。蒸気機関車の運転について話した次の文章は見事だ。

「それゃアいろいろあるんですから。世間じゃ知らないいんですよ。（中略）例えばですね、世間じゃア機関手と機関助手、火夫ですね、その区別さえ知らないんです。それはいいですよ。しかし事故があるでしょう。そうすると尻を持ちこんでくるんです。その来方が困るんですよ。火夫は石炭をくべてるんですからね。十秒に一回くらいのわりで投炭してるんです。ほかのことはできもせずわかりもしないいんです。暇がないんだから。それから機関手にしてもです。これゃ、今はそう言いません。今は機関士です。火夫は機関助士。で、機関手は運転をやるんですが、世間じゃア、機関手には列車の前方が見とおしだと思ってるんですよ。しかし駄目ですよ。機関車の胴っ腹が寝てるんですから。それも（といって鈴木君は手真似をした。）こう前へ縦に寝てるでしょう？　機関車が大きくなればなるほど胴っ腹もでっかくなる。その後ろへ腰かけてるんですから、覗いたって、邪魔になって見えやしません。機関手は左っかわに腰かけてるんですが、だから、線路を右から左へわたる人があるとするでしょう……完全に見えませんね。左側だって同じです。コースが右へ曲ってるときなんか、それゃア危いんですから。右、右と行くんだから、信号標が、一つずつ、ひょいひょいと見えてくるんです。見張りっきりに見張ってたってそうなんですからね。（中略）ほんの一例ですよ。」

こうした話があってから、作者は遠縁で、やはり福井で罐焚きをやっていた松井信三という青年のことを鈴木にきく。鈴木はびっくりして、その松井が死んだこと、それがきっかけで鈴木が名古屋へ転勤になったことなどを話す。

こうして、すっかり二人は意気投合し、次には作者が鈴木の家を訪ねて資料を見せてもらったり、

「鉄道博物館」に二人で行き、機関車の実物を見て知識を深めていくのである。

そして、そんな中から、松井が死んだ原因がクローズアップされていく。

それは、機関区で行なわれる「模型」だったのである。

投炭練習での一人の青年の死

「これですよ。」と鈴木君は美しいひっこんだ眼で笑った。

「これで松井がやられたんです。模型ってものをやるんですが。（中略）機関車の模型をこさえて投炭練習をやらすんです。その規則ですよ。」

鈴木君はプリント綴りをめくって、表紙の「第五回通常模型火室投炭競技大会手続」という標題を見せた。

「逆に書けゃアわかるでしょう。こうです。模型はあとで話しますが、まず審判官が見張ってますね。委員です。その委員が『用意ッ！』といったら選手が足位置をきめるんです。そして自分で『いちッ！』というんです。その次ぎ、ショベルに石炭をしゃくうた時が『にッ！』です。それから戸鎖、戸鎖ってのは、ファイヤドアが鎖で吊してあってそのチェーンなんですが、引くと蓋があく、それを握った時が『さんッ！』、自分で自分に号令をかけるんですね。それからが『始めッ！』逆なんですよ、これゃ……」と彼はまた笑った、「これで偉い人が書いたんですよ。偉い人でこれなんだから僕が書けなくっても仕方ないでしょう？」

この、模型をやる目的は、石炭の燃焼効率を高め、消費を節約するためである。そのため、日ごろ投炭練習をやらせ、その競技会も時おり行なわれる。しかも、このころに新式の投炭法が導入された。「伏せショベル焚火《ふんか》法」といって、石炭を火室へ投げ込んだ瞬間にショベルをくるりと伏せるやり方である。

それまでの、そのまま投げ入れる「平ショベル焚火法」より消費量が少ないということで、国鉄では正式に採り入れた。「平ショベル」よりもずっと苦しい作業である。

松井信三は、十人の選手のうちの一人だった。残りの九人は機関助手だったが、松井はまだ助手見習で、一日も早く助手、そして機関手へとなるべく真面目に働いていた。

雪の降り続く二月の末、この日も模型に向かっての投炭練習が行なわれた。鈴木の石炭を掻いているのが松井だ。その動作がいかにも大儀そうで、のろい。

「何してやがんだ、松井のやつ……」

鈴木はいらいらしてきた。彼は動作をつづけつづけちらりと松井を見た。

松井はへんな恰好をしていた。大ショベルの柄へ両手をもたせている。そのままその上へ顔を伏せている……

「どうした?　おい……」

石炭は出ないが鈴木は動作をつづけた。彼は休めなかった。松井は返事をしなかった。

不意に松井は「ううううウ……」という声を出した。そして、もたれていた大ショベルの柄と一しょにずずうっと右へ崩れて、そのまま上半身が炭箱のへりへひっかかったようになった。

（中略）

「あ、血……」

いかぬと思った鈴木は叫んでしまった。松井の口のはたが黒く、それが顎へすじを引いて、押しつけていた作業衣の腕も汚なくにじんでいた。

「これゃ、喀血《かっけつ》やぜ……」

こうして松井は結核という不治の病魔に冒され、やがて死ぬことになるのだ。

このあたり、なにやら戦前の典型的な底辺労働者の残酷物語といった感じだが中野重治の筆致には、そうした感傷は全くない。

模型競技当日のハプニング

松井の「模型」の中の喀血、入院というエピソードのあと、話はいよいよクライマックスへと向かっていく。罐焚きからみれば、ほとんど雲の上の存在ともいうべき運輸事務所長、主任（機関区長）といったお偉方を前にしての模型競技当日がやってきたのである。

鈴木ももちろん、この日にそなえて厳しい練習を続け、コンディションも整えていたのだが、ハプニングが生じてしまった。

前の晩、寝ついて一時間ほどして叩き起こされた鈴木は、二予備の身ながら十五仕業に出るよう指示を受ける。一予備が発熱で出られないというのである。

まだはっきりしない頭で鈴木は考えた。十五仕業は午前四時八分発金沢行急行、帰りは五時間もかかるインダラ貨物だった。それで帰ってきて模型競技……

「誰かほかの人に替えて下さいと今から頼みに行こうか？」

しかし三予備は笹岡だった。笹岡も選手だった。

彼はあきらめて承知した。（後略）

福井―金沢間を、貨物仕業で往復し、そのあと競技に参加する。無茶な話である。しかし、それを拒絶することはできない。

鈴木は出勤する。機関手は中原というベテラン。それに親切で鈴木の好きな人だ。これだけは助かったと鈴木は思う。

彼らの乗る機関車「29637」は炭台で十四ダイヤの折返しだった。彼らは十四ダイヤの連中に行きあった。

「お帰り……」と中原が声をかけた、「機関車いいかね?」

「何ともないけどね……」と相手は答えた、「昨日洗罐やったから、スチームノッズル少し大きくしたらしい。罐アねばるぜ。」

それを追いかけて火夫が走ってきた。

「えらいぞ、おい!」と彼は火夫同士の鈴木にいった、「蒸気のあがり、わるいわるい。」

おまけに積み込まれた石炭はもっとも質が悪い松浦炭。鈴木にとってはふんだりけったりである。

本来なら、小説の作法上からいくと、クライマックスは模型競技ということになるだろう。そこで競われる勝負に焦点があてられるだろう。しかし、中野重治は、その前段階としての十五仕業により大きな比重をかけた。

ここをクローズアップすることで、競技に臨む鈴木と、その後の鈴木の運命を象徴的に浮き彫りにした。その狙いは見事に成功していると思う。

しばらくは、息づまるような十五仕業の、９６００《キューロク》形２９６３７の運転台の描写が続けられるのである。

9600発車の臨場感

いちめん雪の構内で、しかしまだ夜の雪あかりのなかで、転轍手《てんてつしゅ》、連結手が総出でポイントの雪を除けていた。雨は止んだ。雨除器に雪がぱっぱっとかかった。

がちゃアん……

独特の音で機関車は列車に連結した。エヤブレーキの試験はまだすすまない。

「タイム六分二十七秒……おっと八秒。」

タブレットと通知書とを持って助役が来た。

「オーライ！」

鈴木は再び蒸気をあげ始めた。彼はなるべく第一混合を撰って焚いた。ゲージの針が定圧ちかくなるとインゼクターをかけた。すると見るまに針が下がったがもう元どおりにはならなかった。蒸気のあがり具合ははきはきしなかった。機関車にはそれぞれ癖がある。それは全く人間なみだった。あるものは快活、あるものは鈍重、あるものは憂鬱だった。この「２９６３７」は老いぼれていた。

赤シグナルの右ががたんと音がして緑にかわった。

「出発信号オーライ……」

「オーライ！」と鈴木が復唱した。

「もう発車やろ？」

「あと一分！」

中原が時計を見て叫んだとたん出発信号機の下でうおーんと発車合図サイレンが唸りはじめた。

「発車ッ！」

「発車オーライ！」

鈴木は猛烈にくべた。ぶおっ、ぶおっ、ぶおっ……ドラフトの音が一つずつ、火床全体をあおって間隔をちぢめていった。ブロワーの音、ファイヤドアの開閉の音、ドラフトの音は急速に小きざみになり、九千六百型のこのコンソリデーション機関車は、自重五十九トン四十、定数よりわずかに少ない六十輛の貨車を牽引《けんいん》してレールをすべり出した。中原はリバーシングリバーの歯を一つずつ引きあげた。


臨場感がいっぱいの、緊迫した発車の儀式を伝えてあますところがない。

悪戦苦闘の連続シーン

しばらくはわれわれもまた、この機関車に乗り込んで、雪の北陸路を突っ走ろう。


ぶうおん……

一つの長い汽笛。機関車は町を出はずれた。たちまちキャプナイへ曲りこんでくる寒風の棒のような流れ。鈴木はショベルの手を止めて顎紐《あごひも》をしめなおした。

最初の通過駅の遠方信号が見えはじめた。闇のなかの遠いみどり色。機関車は全速力で闇を突破する。スノープルーのはね飛ばす雪が地震のような音をたててキャブナイへも飛びこむ。テンダーへも飛ぶ。そして石炭の上であらめな胡麻《ごま》模様を織る。

ごおうっ……という雷のようなとどろきがした。九頭竜川《くずりゅうがわ》ガードだった。震動で、鉄橋右側電線の雪がばらばらっと暗い川へ落ちた。機関車の光のなかへはいった瞬間それは白くなった。

すでに一分半のおくれだった。

「今日はえらいぞ。あら道やしな。」

中原が怒鳴り声でささやくのが聞えた。

春江、丸岡を通過。三分停車の金津ではとっくに行違い列車がはいっていた。

鈴木はすぐ火床換えにうつった。ロッキングハンドルを持ち出してアームにはめこみ、えいっえいっと一心になって揺すった。中原は降りて油まわりを見る。しかしもう助役が通票を持ってきている。出発信号機はみどりで光っている。ぶううっと鳴る出発報知器……発車せねばならぬ。線路はここから上り勾配《こうばい》になるのだ。

彼は背なかに汗を感じてきた。それが下へつるっと滑るのがわかる。窓ガラスに映った中原の横顔、頭の上を猛烈なスピードで流れる煙の下面へのファイヤドアからの反射、それがちらちらっと頭をかすめるなかで彼は「落着いて、落着いて！」と自分に言い聞かせた、「あせると速くつかれるぞ。帰れば模型だぞ……」

牛ノ谷駅通過。

そして出発信号機からどれだけ進んだかと思った途端にドラフトの音が変った。ぐわあァというひびき、同時に爆発的な勢いで湯気と煤煙がまくりこんできた。トンネルへはいったのだった。ものすごく反響するドラフトの騒音。いっぱいになった湯気と煙とでウォーターゲージはもう見えない。プレッシャーゲージもぼんやりとしか……中原は気が狂ったように砂ハンドルを動かした。がらがらン、がらがらっ……機関車の下で物の砕けるようなすさまじい音がした。鉄の灼《や》ける匂いが来る。と、スピードがぐぐぐうっと落ちた。

「空転だ！」

「火床がひっくらかえるぞ！」

鈴木は無我夢中でファイヤドアを引きあけて腕ショベルを振りまわした。

いやはや、手に汗をにぎるシーンの連続である。こんな悪戦苦闘のあと、列車は少し遅れて七時二十四分、すっかり明るくなった金沢に到着した。

模型競技の失敗を契機として

中原と鈴木が金沢から福井へと折り返すころから、機関区では模型競技がはじまった。

折り返しの仕業は、各駅で入れ換えをやりながら走るため、五時間もかかる。二人はようやく機関区へ戻ってくる。そして石炭を使い過ぎたことで主任に嫌みをいわれてしまう。

休む間もなく、鈴木は模型競技に出ることになる。しかし、結果はもうわかったようなものだ。なにしろ彼は、十五仕業で三〇〇〇回も腕ショベルを振ったのだから……。

彼は「とても駄目だ……」と思った。しかし「とにかく頑張ろう！」と思った。特に左腕の力瘤筋がきんきん痛むようだった。

（中略）

星野車輛主任が鈴木の模型台の前の椅子に陣どった。彼は鈴木のを計るためストップウォッチを握りなおした。

がんがーんと鐘が鳴った。

「用意ッ！」

「始めッ！」

鈴木はかあっとなってくるのを感じながらショベルを動かしはじめた。（後略）

しかし、極度に疲労していた鈴木に、この模型競技は苦しい。

「所長と蜷川がおれを見にきたんだな……」と彼は思った。その瞬間、非常に大きながちゃんという音がして、しゃくうたショベルが力いっぱいファイヤリングにぶつかっていた。ショベルは手を離れた。それは宙に浮き、火床のなかへ飛び、絃《げん》のように張られた六本の期線の上へ落ちてばらンとはじき返った。そして一期線が埋まったばかりの石炭の上へ落ちた。

一瞬の出来事だった。鈴木は阿呆のようにつっ立っていた。

「ショベルを落したな！　失格だッ！」

かくて鈴木にとってのすべてが終了する。

「それでどうしたんです?」

「初めは何のことかと思ったんですよ。家庭の事情なんてことを訊くんですからね。それゃ、誰かしらは転勤しなけれゃならなかったんですがね。いや、ガソリンカーがはいってきたんです。つまり、機関助手が二三人要らなくなったんですよ。」

こうして鈴木は、名古屋へ転勤になる。今ではそこも辞めて、東京の会社で工員をしているところで話は終わる。転勤の原因はしかし、必ずしも模型競技の失敗によるものでなく、中段で機関区内に組合が出来かけてそれがつぶされるエピソードがはさんであり、当局がそれに神経をとがらせていたであろうこと、そのための切りくずしの意味もあることが暗示されている。模型の失敗は、いわばそのための絶好の口実になったのだろう。

二つの災害もくぐりぬけた給水塔

われわれは、『汽車の罐焚き』で戦争前の機関区の雰囲気や、福井地方の風土を手にとるように理解することができる。現在はどうなっているだろうか?　その対比を試みるべく、厳冬の福井地方へと私は足を伸ばした。一月中旬のことである。

私が福井へ降り立ったころから降り出した雪は、この年はじめての大雪となり、それが翌朝には十センチほど積もった。

「去年は、屋根に積もった雪の持って行き場がなくって、ホームの上に落としたんですよ。いやァ、このあたりに日本アルプスが出来ましてね」

駅長室でのインタビューを終えたあと一番ホームを元機関区の跡へと案内してもらう道すがら、藤木和夫駅長がこう話してくれた。そういえば去年はこの地方は大豪雪だった。毎年冬になると白魔との闘いを宿命づけられる北国の苦労がしのばれて、「日本アルプス」というたとえが激しく私の胸をついた。『汽車の罐焚き』が書かれたあと十年前後に、そんな福井地方、特に福井市は二度にわたる大災害を経験した。よく知られていることだが、昭和二十年（一九四五）に大空襲という人災、昭和二十三年（一九四八）に大地震という天災によって、この市は壊滅した。

だから、駅も機関区ももうすっかり建て変えられ、昔の面影はなにもないだろう、私はこう推察して、まず駅を訪問したのであった。

その通りだった。藤木駅長、中荒江首席助役の話を総合すると、明治二十九年（一八九六）の七月十五日に開業した福井駅は、初代駅舎はもうとっくに姿を消し、現在のそれは昭和二十七年（一九五二）四月一日にデビューしたものだそうである。ちょうど三十年経ったわけだが、この駅は民衆ビル、つまり駅ビルとしては全国でも二番目に古いという。震災の影響により、いち早く近代化されたのだろう。福井駅は今一つ、日本最初という記録を持っている。それは鉄道スタンプ発祥の駅だということだ。昭和六年（一九三一）五月五日がその記念すべき日で、だから去年ちょうど五十周年を迎えた。

駅に残る記録によると、中野重治が福井中学に入学し、汽車通学をはじめた大正三年（一九一四）の年間乗車客は四十万五三九四人。その後、着実に増えて、大正九年（一九二〇）には百二万九〇三九人と初めて百万人を突破した。『汽車の罐焚き』当時の昭和八年（一九三三）が百五十万六八七七人である。

❹当時の面影を残す給水塔は今も列車給水に使われている

　そして現在は、昭和五十五年度実績で乗車客は四百七十三万四六八三人、うち定期客が二百十五万一九六四人。収入は五十二億一二〇〇万円にのぼる。あたり前のことだが、やはり隔世の感がある。この間、駅長は三十九人交代し、現藤木さんは四十代目である。現在百二十名の職員がいる。
　駅舎は変わったが、機関区はどうだったのだろう？　おそらくここも……そう思っていた私に、駅長は次のような嬉しい話をしてくれた。
「機関区は昭和十五年十二月に現在地の南福井に移転したそうです。したがって、裏手にあった機関区はその段階でなくなりました。ただ、どういうわけか給水塔が残りましてね。それが戦災にも震災にも生き残って、今もあるんですよ。それもまだ現役でしてね、つまり列車給水に利用してるんです」
　昭和十五年（一九四〇）といえば、『汽車の罐焚き』が書かれてからわずか三年後。福井機関区は早くも引っ越していたのだ。構内が手狭になったためという。そして給水塔だけが残った。あの、

29637のテンダーにも給水したであろう給水塔が……。しかもたび重なる災害もくぐり抜けて、今もある。まさに『汽車の罐焚き』を記念するために残っているようなものではないか。

　私は、駅長に案内してもらい、現場へ駆けつけた。そして見た。確かに給水塔は昔のままのレンガ積みの状態で残っていた！　駅の斜めうしろ、京福電鉄の改札口を抜けてすぐのところに、どっしりと坐っていた。

昭和十年三月五日付の移転請願書

　駅長に別れ、首席の車で機関区へ送ってもらい、今度は鷺森孝雄区長にお会いした。区長は貴重な資料を準備して、休日だったのに出勤して待っていてくれた。

　資料というのは、昭和十年（一九三五）三月五日付で書かれた移転の請願書で、それによると、従事員二百一名。一日の仕業数二十七で使用石炭五十トン、給水量二十八万七五〇〇立方メートル。蒸気機関車が二十一両、ガソリンカーが四両在籍。後者は三国線使用のもので、これが鈴木を名古屋へと追いやったわけだ。29637は間違いなく二十一両の中にいたことだろう。二十一両の一日の走行は三〇九五・九キロ。

　機関手が五十六名、同見習二名、助手が四十四名、同見習四名の合計百六人が乗務関係である。『汽車の罐焚き』に出てくる機関手や助手も、多分この中に入っていたはずである。

　鷺森区長は三十九代目。現在は職員総数二百二十五名。うち乗務員百七十八名。二十歳から五十七歳までひろがっていて、EL、EC、DL、DCに乗って、米原から富山までのあいだを走っている。仕業数は百にも達している。もちろん、蒸気機関車の仕業はとっくに消えて、乗務も完全に一人制になった。しかし、ここには肝心の機関車が一両も配置されていない。このあたりは、全機を敦賀に集結させているのである。そのせいか、すっきりした機関区だ。

五十年余のあいだに、機関区の位置も、たたずまいも変わった。機関車も変わった。そして当然のことながら、人もすっかり変わった。

当時、単線だった北陸本線も、複線・電化され、沿線の各駅もかなり様相が変化した。金津は芦原温泉、作見は加賀温泉となって、ともに観光地駅の玄関になった。

変わらないのは、毎年、確実に日本海を渡ってやってくる寒気団が降らせる、あの純白の雪だけかもしれない。


（『旅と鉄道』No.43〈'82春の号〉）

……………………


本編を執筆した昭和五十七年（一九八二）当時、もうすでに「汽車」は国鉄の通常の営業線上には存在しなかった。なぜなら、その先頭に立つ蒸気機関車が、一部の保存車両を除いてすべて姿を消していたからである。

一世紀余にわたって活躍した蒸気機関車は、東海道新幹線が華々しく開業した昭和三十九年度に皮肉にも国鉄が財政赤字に転落したこともあり、合理化（蒸気機関車の廃止に限っては「無煙化」と呼ばれた）の名のもとに昭和三十年代後半から急速にその数を減じていき、ついには全廃されてしまった。

国鉄線上を、蒸気機関車が牽く最後の旅客列車が走ったのは昭和五十年（一九七五）十二月十四日のことで、場所は北海道の室蘭本線室蘭―岩見沢間だった。C57形１３５号機が牽引した。次いで、十日後の二十四日には貨物列車が終わりを迎えた。D51形２４１号機が当時の夕張線夕張―室蘭本線室蘭間を走って有終の美を飾った。明けて昭和五十一年（一九七六）三月二日、当時の室蘭本線から夕張線が分岐する追分駅に隣接する追分機関区で入れ換え用の３９６７９号、４９６４８号、７９６０２号の三両の９６００形機関車が最後の時を迎えた。これが、蒸気機関車が現役を退いた最後の最後であった。

昭和十二年（一九三七）に発表された『汽車の罐焚き』は、そんな蒸気機関車の古き良き時代を臨場感たっぷりに偲ばせてくれる貴重な作品である。この年、旅客用の名機C57形が誕生、前年には蒸気機関車の代名詞とまでいわれ、「デコイチ」の愛称で親しまれた貨物用のD51形が、翌年には旅客にも貨物にも使えるという中型万能機のC58形が誕生するなど、優れた機関車が次々に登場した時代のことで、蒸気機関車はまさに絶頂期を迎えようとしていた。

『汽車の罐焚き』に登場する「九千六百型」というのは、大正二年（一九一三）に1号機の９６００号が誕生した、貨物用機関車９６００形のことである。翌年に登場する旅客用の８６２０形とともに、国

❺

❻

❼

❺青森機関区に在籍していた9625号
昭和47年１月に撮影した
当時残存していた蒸気機関車では最古老だった
❻金沢の伝統芸能の一つ、鼓をモチーフにして
デザインされたという金沢駅の威容
平成17年４月にお目見えした
❼平成17年４月に高架化が完成したのに続いて
改築工事が進む福井駅
ほどなくその美しい姿がお目見えする予定

産蒸気機関車の量産技術を確立した名機中の名機で、最終的には七百七十両もが造られた。当初、こんなに製造されるとは想定されていなかったために、百両を超えてそのナンバーリングに困ってしまい、9699号の次は頭に「1」を冠して19600号となり、以後百両ごとに29600号、39600号……と命名されていった。ここに登場する「29637」号はしたがって9600形の二百三十八両目ということになる。9600形は、全国に勢力を広げたことから、各地で「キューロク」の愛称で親しまれた。前述した現役機関車としての掉尾を飾った追分機関区の三両の機関車もこの仲間である。

それにしても、中野重治の鉄道シーンの描写の確かさには驚かされる。おそらく「鈴木君」のチェックよろしきを得たものだろうが、鉄道用語ばかりか、「インダラ貨物」といった隠語まで駆使して臨場感を高めているあたりに、中野重治のこのテーマに寄せる執念のほどがうかがえる。

最後になったが、舞台になった北陸本線は大きく様相を変えようとしている。平成九年（一九九七）十月一日に開業した北陸新幹線東京―長野間（現在は「長野新幹線」と呼ばれている）の長野以遠の延伸工事が、平成二十五年（二〇一三）の開業を目指して着々と進められているからである。金沢駅はこれに合わせて早々と高架駅に改築され、駅舎も大きくモダンに造り替えられた。福井駅も同様で、ホームは金沢駅と時を同じくして高架になり、駅舎は目下建て替えの真っ最中。昭和五十七年（一九八二）当時残っていた給水塔は跡形もなくなってしまった。

都会のはざまの農村での苦悩

佐藤春夫『田園の憂鬱』の今昔

横浜線
中山駅

門弟三千人？　の大作家の暗い青春

「白髪三千丈」といえば、李白の「秋浦歌」の冒頭の一節としてつとに知られるが、そんなことより、中国式誇張表現の典型としてのほうがより有名かもしれない。

これにあやかったわけではあるまいが「門弟三千人」と自称した作家がいる。中国にではない、れっきとした日本人である。

その人の名は、佐藤春夫——

まさか実際に三千人もいたわけでなくこれは一種の冗談であるが、しかし、佐藤春夫という人はそれほどに度量の大きい、来る者は拒まずといった抱擁力を持った大家ではあった。閉鎖的な性向の人の多い近代の文学者の中にあっては稀有のことである。その門からは檀一雄、井上靖といった人が送り出されている。

これからもわかるように、佐藤春夫は文壇のリーダーとして、昭和三十九年（一九六四）五月六日に七十二歳で、朝日放送の記者と録音会談中自宅で急逝するまで作家としての情熱をついに枯渇させることなく持ち続けた人である。晩年は、いかにも老大家の風格を漂わせた人、であった。

しかし、若いころから天才といわれた佐藤春夫ではあったが、文学者としてのスタートは必ずしも華々しいものではなかった。

佐藤春夫は、和歌山県新宮市の生まれで、家は代々医家であった。新宮中学に入ったころから文学への関心を高め、将来の志望を問われると即座に「文学者」と答えるほどに早熟の才を示したという。しかし、これがかえってあだとなって、四年生のとき開かれた文芸講演会において時間つなぎのために一席ぶったのが学校側を刺戟し、無期停学を食うことになってしまったのである。もっとも、この事件は結果として佐藤春夫を一足早く文学の道へと導くきっかけになった。それというのも、このときの講師だった詩人の与謝野鉄幹、評論家の生田長江の眼にとまるところとなり、停学の間に上京、長江の家に書生として住みこんだりすることになったからである。

その後、停学が解けて中学を終えるとふたたび上京、一高受験をわざと失敗し、ついに本格的に文学の世界へと足を踏み入れる。慶応義塾の文学部予科に通うかたわら、長江に師事、与謝野鉄幹、晶子夫妻の主宰する新詩社に参加して詩作に励むようになった。

こうして佐藤春夫は当初詩人として出発したが、その後スランプに陥り、慶応も中途で退学、失恋の痛手も加わって極度の神経衰弱をきたしたりする。

そんなことから佐藤春夫は、つくづく都会の喧噪がいやになってしまい、二十二歳のときに一緒になった無名の元女優川路優子とともに大正五年（一九一六）四月、田舎へ移り住むことにしたのであった。佐藤春夫二十四歳の春である。

神奈川都築郡中里村へ転居

佐藤春夫が、妻とフラテ、レオという二匹の犬、それに猫一匹をともなって転居した先は、神奈川県都築郡中里村というところだった。聞くだに草深い山村を思わせるが、現在このあたり一帯は横浜市緑区という地名になっている。後者からは都市開発の波に乗って切り拓かれた新興の住宅地のイメージが彷彿としてくるが、さて実際はどんなものであろうか？　六十余年という歳月が人をも風土をもすっかり変革してしまったであろうことは想像に難くない。果たして、佐藤春夫の面影のなにがしかでも、現地には残っているものであろうか？

春夫は、ここ中里村にわずか八カ月しか住まず、大正五年（一九一六）十二月にはふたたび東京へと舞いもどったから、それでなくともそう縁の深い土地とはいえない。由緒が残っていないとしても無理はない。もし残っているとしたら、そのほうが不思議なくらいである。第一、佐藤春夫七十二年という長い生涯の中でのたったの八カ月、この八カ月の足跡に一体どれほどの意味があるというのだろう——こう思われる人がいるかもしれない。

しかし、それが大ありなのである。

佐藤春夫は東京へもどってから、このときの体験をもとにした中編小説を一編仕立てあげた。そしてそれが、詩から散文への転身の契機ともなり、文壇への本格的デビューを飾る出世作ともなった。それどころかこの作品は春夫の代表作の一つでもあるから、結果的には中里村の八カ月間は大成功だったということになる。もっとも、佐藤春夫はこの転居で心身をすっかり回復して東京へもどったのではなく、田舎の生活にもまた耐えられなくなってのことだから、この当時は依然、悲痛のどん底にあったわけである。

皮肉にも、その苦悩を田園生活に仮託して綴った、いいかえると世に出られない焦りを告白した作品が世に出るきっかけをつくってくれたのであった。

この作品こそは、ここで改めていうまでもなく有名な『田園の憂鬱』である。

平凡きわまりない田園・中里村はこうして文学の一つの舞台として、文学史の上に定着することとなった。

さて、この中里村は地理的にみて直線にすれば東京からも横浜からもそう遠くない位置にあるが、交通機関の乏しい当時にあってはえらく不便なところだった。そんなところになんのゆかりもない佐藤春夫はほんの一時期とはいえどうして移住することになったのだろう？

どうやら、妻の父が横浜の税関に勤めていて、その人のもたらした情報で市ヶ尾という場所に、実母から一五〇〇円の仕送りを受けて蓄財のために一五〇〇坪の土地を買ったのがきっかけらしい。

人と土地、さらには人と人との結びつきはそれほど深い必然によるというよりは、えてしてこうした偶然の作用によってという場合が多い。それがまたいくつかの偶然を重ねてその人の運命が規定されていく。佐藤春夫と中里村との出会いも、そんなことをつくづく感じさせてくれる出来事だったということができる。

佐藤春夫はこの中里村に来て、市ヶ尾というところにある地蔵堂、朝光寺といったお寺に最初寄宿、次いで字鉄《くろがね》の農家へと移った。

平凡な景観への同化の憧れ

その家が、今、彼の目の前へ現れて来た。

初めのうちは、大変な元気で砂ぼこりを上げながら、主人の後になり前になりして、飛びまわり纏《まつ》わりついていた彼の二疋の犬が、ようよう柔順になって、彼のうしろに、二疋並んで、そろそろ随《つ》いてくるようになった頃である。高い木立の下を、路がぐっと大きく曲った時に、

「あぁやっと来ましたよ」

と言いながら、彼らの案内者である赭毛《あかげ》の太っちょの女が、片手で日にやけた額から滴《したた》り落ちる汗を、汚れた手拭で拭いながら、別の片手では、彼らの行く手の方を指し示した。男のように太いその指の尖《さき》を伝うて、彼らの瞳の落ちたところには、黒っぽい深緑のなかに埋もれて、目眩《めまぐる》しいそわそわした夏の朝の光のなかで、鈍色《にびいろ》にどっしりとある落着きをもって光っているささやかな萱葺《かやぶき》の屋根があった。


『田園の憂鬱』はこういう書き出しで始まる。

この家が三度目の転居先、鉄《くろがね》の家である。村の分限者が隠居用にと建てた離れだが、その隠居の没後、貧農一家に貸したものの手入れが悪いため追い出され、以後ずっと荒れたなりの空家になっていたものであった。

佐藤春夫一家はまず、四月に地蔵堂に住み、続いて五月二十三日から朝光寺、それからこの家へと移ってきた。文中にもあるとおり夏になってからのことである。思い立って田園にひきこもってからもこう三度も住居を変えるあたり、いかにも不安定だった当時の心情が垣間見えるようである。

中里村と三度目の家は、佐藤春夫には次のように映った。


その草屋根を見つめながら歩いた。この家ならば、いつか遠い以前にでも、夢にであるか、幻にであるか、それとも疾走する汽車の窓からでもあったか、何かで一度見たことがあるようにも彼は思った。その草屋根を焦点としての視野は、実際、どこででも見出《みいだ》されそうな、平凡な田舎の横顔であった。しかも、それがかえって今の彼の心をひきつけた。今の彼の憧れがそんなところにあったからである。そうして、彼がこの地方を自分の住家に択《えら》んだのも、またこの理由からにほかならなかった。「一度見たことがあるよう」な家、つまりはそれほどに平凡な家と村、そういう場所こそが今の自分にはふさわしい、そう思い込むまでに佐藤春夫の青春は傷つき、病んでいたのである。
そういえばこの『田園の憂鬱』は、最初その初めの五章が『黒潮』という雑誌に発表されたが、そのときの題は『病める薔薇《そうび》』といった。のちにその続編を書き継いだが編集者の拒否にあって破棄、前半とともども改作してようやく一本化した際『田園の憂鬱　あるいは病める薔薇』とされたものである。この家の初代の主、隠居が手すさびに残した庭木のうち、陽の当たらない場所でかろうじて命脈を保っていたバラの木に自分の姿を重ね合わせて、『病める薔薇』としたものであった。

都会のはざまに位置する中里村

先の文に続けて、中里村の立地が次のように描出される。

広い武蔵野がすでにその南端になって尽きるところ、それがようやくに山国の地勢に入ろうとする変化――いわば山国からの微《かす》かな余情を湛《たた》えたエピロオグであり、やがて大きな野原への波打つプロロオグでもあるこれらの小さな丘は、目のとどくかぎり、ここにもそこにも起伏して、それが形造るつまらぬ風景の間を縫うて、一筋の平坦な街道が東から西へ、また別の街道が北から南へ通じているあたりに、その道に沿うて一つの草深い農村があり、いくつかの卑下《へりくだ》った草屋根があった。それはTとYとHとの大きな都市をすぐ六七里の隣にして、たとえば三つの劇《はげ》しい旋風《つむじかぜ》の境目にできた真空のように、世紀からは置きっ放しにされ、世界からは忘れられ、文明からは押流されて、しょんぼりと置かれているのであった。

ここに出てくるTは東京、Yは横浜、そしてHは八王子である。そして、春夫の住んだ家は東から西へ、つまり八王子から横浜へと通じる「一筋の平坦な街道」沿いにあったがこれは八王子街道と呼ばれていた。

作家志望の佐藤春夫は自ら平凡を求めたからこんな田舎でもよかったが、元女優である妻には華やかな東京のたたずまいが追想されてつらいことだった。

（前略）彼の女は、時々こんな山里へ来るようになった自分を、その短い過去を、運命を、夢のように思い廻《めぐら》してもみた。さて、今でもまだ舞台生活をしている彼の女の技芸上の競争者達を、（彼の女はもと女優であった）今の自分にひきくらべて華やかに想望することもあった。……Nという山の中の小さな停車場まで二里、馬車のあるところまで一里半、そのいずれによっても、それからふたたび鉄道院の電車を一時間、真直ぐの里程にすれば六七里でも、その東京までは半日がかりだ……それにしても、どんな大理想があるかは知らないが、こんな田舎へ住むと言い出した夫を、またそれをうかうかと賛成した彼の女自身を、わけても前者を彼の女は最も非難せずにはいられなかった。遠い東京……近い東京……近い東京……遠い東京……その東京の街街が、アアクライトや、ショウインドウや、おいおいとシイズンになってくる劇場の廊下や、楽屋や、それらが眠ろうとしている彼の女の目の前をゆっくり通り過ぎた。

最初Tと表現された都会は、ここではっきり東京と書かれている。それにしても中里村は不便なところに位置していたものである。

山中の小駅N駅とはどこか

この『田園の憂鬱』の主人公は「彼」という三人称で、特に名前は与えられていない。しかし、「彼」が作者自身であることに疑問の余地はない。その意味ではこれは一種の私小説である。

佐藤春夫は、当時、流行をきわめた自然主義文学には背を向けた作家だが、この中に書いてあることはすべて事実と考えてよい。といってこの小説には筋らしい筋があるわけではなく、そのときどき、「彼」の眼に映じ、耳に届いた現象がすべて心象化されたうえで叙述されている。「病める薔薇」にしろ、「田園の憂鬱」にしろ、その典型であろう。だから、事実でありながらそうでないようなところが多く見受けられる。真実でさえあれば、末梢的な事実関係などこの作家にはどうでもよかったことなのかもしれない。こうした創作態度は佐藤春夫の生涯を通じて一貫したものだった。

この作品は、舞台がなにしろ不便な田園だけにあまり鉄道の出番はないのだがそれでも数回は登場する。ところが、右に述べたようなことが原因でどうも今ひとつ不分明なところが多いのである。

一つの例が、「Nという山の中の小さな停車場」で、この停車場のある線が現在の横浜線だとまでは容易に推察できるが、そこの何駅かが特定できない。なぜなら横浜線にNと名のつく駅が中山と長津田と二つあるからである。横浜線は当初、八王子からの絹製品を横浜へ運搬する目的で建設された横浜鉄道という私鉄で明治四十一年（一九〇八）九月二十三日に開通したが、両駅ともその際に開業している。しかもやっかいなことに、ともに中里村に近く、当時は隣り合っていたのである。

（前略）空腹なのは彼らと猫とばかりではない。彼自身も先刻からの、妙に胸さわぎのするようなその臆病な気持も、うすら寒いのも、一つはたしかにそれのせいに相違ないと考えたほどに空腹なのであった。しかし、夕飯を食べるにしては、今夜はまず飯を炊《た》かなければならなかった――不意に東京へ行くと言いだした彼の妻は、汽車の時間の都合でそれの用意はしておけない、と、くどくどと言い訳をして、停車場への行きがけにそれをお絹に頼んでいこうと言った。けれども、昨夜もお絹の身の上話のもう十遍目位も聞かせられて悩まされていた彼は、妻には米を洗わせて水をしかけさせて、自分自身で炊くことにしていた。（後略）

このシーンは中ほどに出てくるが、ここではもうNというアルファベットははずされてしまっていよいよわからない。「停車場への行きがけに」といったあたりに鍵があるような気もするが、今ひとつ決め手に欠ける。

夢か現実か――遠くにひびく汽車の音

鉄道を描き出したシーンは、あと二つ。

彼は、それらの犬どもを遊ばせるつもりで庭へ出た。庭からまた外へ出た。空に月が出ていることが彼の心を楽しくしていた。（中略）ふと、南の丘の向う側の方を、KからHへ行く十時何分かの終列車が、月夜の世界の一角をとどろかせ、揺がせて通り過ぎた。その音がしばらく聞かれた。この時、彼にはもの音が懐しかった。月の光で昼間のように明るい、いや雨の日の昼はこれよりずっと暗い――野面を越えて、彼は南の丘の方へ目を向けた。……今、物音の聞えたところ、丘の向う側にはすばらしく賑《にぎ》やかな大都会がある。……そこには、家々の窓から灯が、きらきらと簇《むらが》って輝いている……。彼は不意に何の連絡もなく、遠い汽車のひびきを聞いただけで、突然そんな空想が湧き上ってきた。そういえば、一瞬間、ほんの一瞬間、その丘のうしろの空が一面に無数の灯の余映か何かのようにぽっと赤くなった……かと思うと、すぐに消えた。それは実際神秘な一瞬間であった。

澄み渡った月明の山中、その無音の世界に遠く響いてくる汽車の音――じつに美しい夢幻の世界である。汽車の響きは、「彼」にとっては都会への郷愁を誘う楽の音である。ここに出る「大都会」は横浜、Kは神奈川、Hは八王子であることはいうまでもない。横浜線の起点は昔も今も東神奈川だが、これだとともにHになるためここはわざとKとしたのだろう。

そのほかに、もう一つ別に、彼の耳を訪れる音があった。それはかなり夜が更けてから聞える、南の丘の向側を走る終列車の音であった。しかも、それはよほどの夜中なので――時計は動いていないから時間は明確には解らないけれども、事実の十時六分？　にT駅を発して、すぐ、彼の家の向側を、一里ほど遠くに、丘越しに通り過ぎるはずの終列車にしてはそれは時間があまりに晩《おそ》すぎた。そればかりかそれは一夜じゅうに一度ではなく、最初にそれほどの夜更けに聞いてから、また一時間ばかり経過するうちに、また汽車の走る音がする。どうしてもそれは事実上の列車の時間とは、すべて違っている……たとい、それが真黒な貨物列車であっても、こんな田舎鉄道が、こんな夜更けに、それほどたびたび貨物列車を出すはずはない。そうして、それほどはっきり聞かれる汽車の音を、彼の妻は決して聞えないと言う。その汽車の遠いとどろきがひびいてくる時には、その汽車のなかには、こんな田舎へ、彼を、思いがけなくも訪ねてくる友人があって、その汽車のなかに乗っているような気がしてならない。（後略）

T駅発十時六分の終列車――これは一つのてがかりである。ところが困ったことにTなどという駅が当時の横浜線にはない。これは多分Nのこととしても、十時六分に出る終列車など中山にも長津田にもないのである。大正四年（一九一五）二月の時刻表によれば、横浜線の列車は一日六往復、最終はなんと東神奈川発七時三十五分！　もっともこれはその後に列車本数が増やされた可能性があるが残念ながら時刻表がないためわからない。

いずれにしても、ここに書かれていることは佐藤春夫の東京恋しさ、人恋しさのあまりの幻聴であって、事実とはくいちがっていたのかもしれない。

今も田園の風情を残す旧跡付近

あとはもう、現地に行くしかない。で、秋晴れの一日、思いたって足を運んだ。まずは中里村字鉄、現在の横浜市緑区鉄町の旧居跡である。

この日、近くに住む知人のT氏に東急の田園都市線たまプラーザ駅までクルマで迎えに出てもらい、そのままつきあってもらった。この付近一帯、開かれたとはいえ、鉄町は鉄道と無縁でちょうど小田急と田園都市線にサンドイッチされており、クルマでないとてもまわりきれないと思ったからである。横浜線は東急のさらに南を走っていて、問題の長津田で合流している。小田急も東急も、もちろん『田園の憂鬱』当時は存在しない。

新興の住宅街を縫って走っているうちいつか旧八王子街道に出ていて、横浜方向へものの二百メートルも行ったところで左手に立つ石碑が突如、眼に入った。だれにたずねるまでもなく『田園の憂鬱』はじつにドラマチックに姿を現わした。

碑面に「佐藤春夫　田園の憂鬱由縁の地　愚姪竹田龍児書　昭和五十七年七月吉日　知人金子美代子建立」とあり、すでに古びた感じではあったが、この碑はまだ建てられて二年しかたっていないことが知られた。

碑のうしろ、左手にかけて工事用とおぼしき塀があり、どうやらこの奥に家があったものらしい。もっとも、家そのものは昭和の初めに別に移築されたことが事前にわかっていたから、ここになくても不思議はなかった。塀の中は空き地で、トラックだののいろいろな資材が雑然とおかれていた。

八王子街道はもちろん舗装されていたが、ようやく往復二車線の狭い道で交通量も多くはない。そういえばこのあたり家も密集しておらず、しかも農村地帯、緑区鉄町というより中里村字鉄のほうがまだピンとくる感じである。

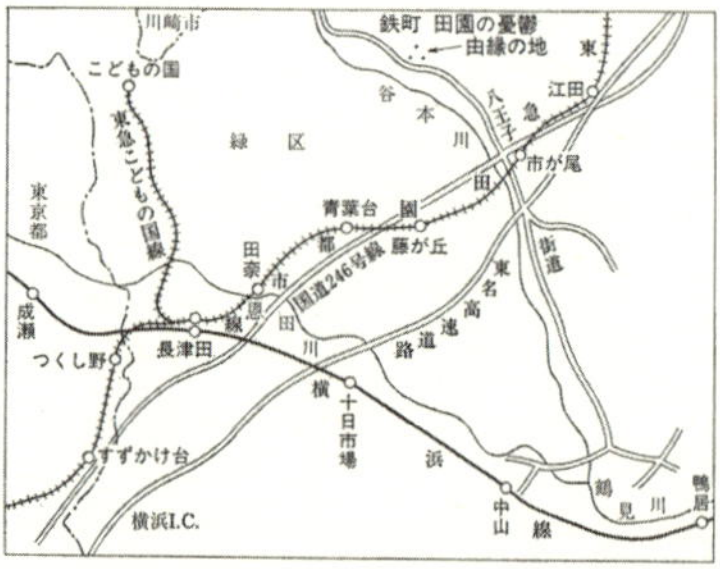

❶

❷

❶『田園の憂鬱』由縁の地
❷八王子街道に面して立つ碑
資材置き場の裏手に家があったらしい

碑の右手に農家があったので、まずそこにあたってみた。大家さんは、同じ村田姓ながら左隣りの家だと教えてもらう。村田という姓の多い土地柄らしい。

ここを皮切りに、もつれた糸がほどけるように当時のことが次々とわかってきた。残念ながら『田園の憂鬱』に描かれた人はもうすべて他界していてどの家も代替わりしていたが、それでも往時を復元することは不可能ではないようだった。

まず、大家の村田武さん宅。ここには明治三十五年（一九〇二）生まれのヨシさんというお婆さんが健在で、隣りにあった家がまちがいなく佐藤春夫に貸したものだったとの証言を得た。ただし、ヨシさんはここに大正十三年（一九二四）に嫁いできたため、先代からの聞きおぼえである。小説に関しそれ以上のことはわからなかったが、雑談の中から横浜線を通る汽車の音が夜などじつによく聞こえたこと、それに乗るには市ヶ尾まで歩き馬車、川和というところで乗り換えて中山まで出るのが通常だったということが浮き彫りにされた。距離的には長津田が近いが短絡する道がないというのである。

次いで、道をはさんで五、六十メートルのところにある坂田という家に行く。ここが昭和初期に家を買って移し替えたところである。しかし、残念ながらそこに古い家はなく、瓦屋根の大きな家がデンと構えていた。昭和四十八年（一九七三）十一月まで住んでいたが、古くなったのと狭いのとで取り壊してしまったとのことだった。佐藤春夫が昭和三十五年（一九六〇）に文化勲章を受けたころ少し騒がれ、その後、保存の話もあったが、結局はうまくいかなかったという。家はもはや存在しなかった。

N駅は中山駅だった

村田家、坂田家と少し離れて、やはり街道ぞいに金子という家があった。ここが、碑を建てた金子美代子さんのお宅だった。当主の幸世さんが出られて、この美代子さんが残念にも今年の二月六日、八十五歳で亡くなったことを知らされた。幸世さんは美代子さんの長男である。『田園の憂鬱』中に「この村に帰省していた女学生、それはY市の師範学校の生徒で、この村で唯一の女学生は、夏の終りに、彼の妻と友達になったが、間もなく喜ばしそうにその学校のある都会へ彼の妻をとり残して帰っていった」と、ほんの数行だけ登場する女学生、それが金子美代子さんその人であった。

次男で長津田駅前で英語塾を営む勤さんが詳しいというので電話を入れてもらったら、たまたま畑いじりに来ているということで数分後に面談できたのは僥倖《ぎょうこう》であった。二時間にもおよぶ話の中で、わからないこと疑問だったことのほとんどが氷解したのである。その詳細をここに述べている余裕はないが、美代子さんは佐藤春夫の妻と仲よしになっただけでなく、春夫本人から英語を教えてもらったりしたこともあったという。春夫が横浜の港町へ取材に行き、終列車に遅れてしまい、美代子さんが下宿していた親類の家へ訪ねてきたこともあったそうである。

その美代子さんが、まさに県立の女子師範（現横浜国大教育学部）の女学生だったころの写真を拝見したが、いかにも理知的な美人で、服装がまた当時の風俗をよく伝えているものだった。

ところで、佐藤春夫が中里村で得た収穫は『田園の憂鬱』だけではない。これに先立ち『西班牙《スペイン》犬の家』という短編を『星座』という雑誌に発表したが、これが小説としての処女作である。田舎の洋館にいた犬が人間に変わったりする幻想小説だが、このモデルの家もかつて鉄にあったとか。日本人を妻にした外国人の鉄道技師が住んでいたそうである。

もう一つ『田園の憂鬱』のあとに書かれた『お絹とその兄弟』という名作がある。

甲州のお寺の妾腹に生まれたお絹という女が父母に死に別れたあと腹違いのやくざな兄に連れ出され、八王子で機織り女になったりして苦労し、逃げ出して落ち着いた先がここ中里村で、あとでは立派に更生して横浜の寺の住職になっていた兄と再会するといった話だが、このお絹は『田園の憂鬱』でも冒頭で案内に立つ「赫毛《あかげ》の太っちょの女」として登場し、あとでもお絹という名で再三でてくる。勤さんによると、このお絹（オキヌ）はもちろん実在で、金子家と親類筋の桶屋の妻だったとか。その後、別の男と出奔、最後は千葉県の大多喜で幸福な生涯を閉じたそうである。

勤さんの話でも、N駅はやはり中山だった。

すっかり変わった中山駅と周辺

日を改めて、中山駅を訪ねた。

横浜線の電化は意外に早く、東神奈川─原町田（現町田）間が昭和七年（一九三二）十月一日、全線が十六年（一九四一）四月五日である。しかし、急速に工業化、宅地化が進みだしたのはここ二十年ほどのことで、ここに接続する新幹線の新横浜駅が田んぼの真ん中に出来たのは有名な話である。

❸

❹

❸２代目中山駅舎
❹現中山駅舎

中山の駅前は立派な商店街が形成されいかにも郊外の住宅地といった趣を呈している。駅舎は最近はやりの橋上駅で、栗原正邦駅長によると去年の三月二十四日に完成したものとか。工事はなお継続中で、来年三月には駅ビルが誕生するそうである。それまでの駅舎は大正十三年（一九二四）六月一日に建てられたものだったらしいが、詳しいことは駅ではわからなかった。

幸い、駅前に古くから住む笠原幸蔵さんという七十七歳の老人を駅長が紹介してくれた。もと鶴見駅に勤務した国鉄マンで、とにかく元気な人である。商店街で営む構内の駐車場で楽しみ半分働いていたが、いわば中山の生き字引といった人であった。笠原さんは一面、俳句をたしなむ風流人でもあり、「落花掃く老駅長や終列車」など、駅を詠み込んだ句も多くものしている。

その笠原さんの話では、中山駅は湿地帯の中に作られたという。出来た当時、まわりは水田とアシの湿地帯で家は一軒もなかった。その後まもなく住む人が増えてきたが、笠原さんの父上もその初期の住民の一人だったそうである。川和から移ってきた。鉄道もこの街道の街、川和を通す予定だったが、先祖代々の畑がつぶれるとか汽車の煙で作物に害がでるとかの反対があって、結局、現在地に落ち着いた。よくある話である。

正月とかお盆とかになると駅前は着飾った人でいっぱいになった。なにもない村にあって、駅が社交場の代わりになっていたのである。愛が語られ恋が芽生えたこともたびたびあった。

また一面、駅は送り迎えの場でもあった。盆暮れには、八王子の片倉の製糸工場に働きに出ていた娘たちが束の間、里帰りしてはまた涙ながらに去っていったとか。それはまさしく女工哀史そのものだったと、笠原さんは往時を追想する。

駅で乗り降りする客は少なく、それもみな顔見知りだった。中に他村の者がいると、いじわるをした。村意識が強く、排他的な土地柄だったのである。

佐藤春夫はそんな雰囲気をもった中山駅から市ヶ尾や鉄へ向かい、また東京へと引き上げて行ったのだった。

しかし、これだけ記憶の鮮明な笠原さんにも、駅舎の変遷はどうしても思い出せない。関東大震災ではつぶれなかったことを覚えている。ただし、いちど火事を出した。それが大正十三年（一九二四）六月の駅舎改築につながったのかもしれない。

今、新装なった中山駅を乗り降りする人は一日三万七〇〇〇人。毎年一〇〇〇人ずつ増えている。収入は三百万円ほど。客数の割に収入が少ないのはやはり定期客が多いからだろう。そのことが現在の中山駅の性格をよく象徴している。「山の中の小さな停車場」はすっかり変貌した。いや、これから先ももっと変わることだろう。

（『旅と鉄道』No.54〈'85冬の号〉）

…………………………

『田園の憂鬱』の舞台は、この作品が発表された大正五年（一九一六）当時は神奈川県都筑郡中里村字鉄《くろがね》といった。その後、昭和十四年（一九三九）四月に隣接する町や村とともに横浜市港北区に編入され、時代が下がって昭和四十四年（一九六九）十月には今度は港北区から分割された緑区の鉄町になった。

それからまた幾星霜が流れて、今から十二年前の平成六年（一九九四）十一月六日、港北区と緑区が再編成されて新たに都筑区と青葉区が加わると、青葉区に編入された。現在の地名は、青葉区鉄町である。

次に、横浜線の推移をみてみよう。明治四十一年（一九〇八）九月二十三日開業の横浜鉄道を前身とするこの線は、二年後の明治四十三年（一九一〇）四月一日に国鉄の前身の鉄道院が借り受けて院線に組み込まれ、七年半後の大正六年（一九一七）十月一日に国有化された。その後、東神奈川―原町田（現在の町田）間が昭和七年（一九三二）十月一日、原町田―八王子間が昭和十六年（一九四一）四月五日に電化された。今では、全線が複線化されて頻繁に電車が行き交っている。

早春の一日、思い立って二十余年ぶりに現地を訪ねてみることにした。東神奈川から横浜線に入り、佐藤春夫も乗り降りした中山駅は帰りに寄ることにして長津田へ直行、ここから東急田園都市線に乗り換えて市が尾で下車した。

駅前のこぎれいな商店街の坂道を百五十メートルほど下って右折、田園を真っ直ぐに貫く大きな道路に出る。これがかつての八王子街道なのかなといぶかりつつ進むと、青葉区の総合庁舎前を過ぎたあた

❺

❻

❺20余年前と変わらぬ位置に変わらぬ
たたずまいで立つ「田園の憂鬱由縁の地」の碑
塀の奥が佐藤春夫が住んだ農家のあった場所で
当時も空き地だったが
今はトラックや機材などの置き場になっていた
❻中山駅
かつて取材した直後に駅ビルが建て増しされたが
駅そのものは今も当時のまま
左奥に見える階段が往時を物語る

りから景観がのどかになってきた。だが、旧街道を拡張したにしては道が真っ直ぐすぎて趣がなさすぎる。左右は畑である。ようやく犬の散歩をさせている婦人に行き合ったので尋ねたら、畑の中の道を百メートルほど右に入った道がそうではないかと教えてくれた。

昭和五十九年（一九八四）秋に訪ねた当時とほとんど変わらない道が、そこにあった。少し民家が増えてはいたが、まだどこかに街道の雰囲気をとどめている。これには一驚したが、それよりなにより少し歩くうちに見覚えのある石碑を見つけた時は、さらに驚いてしまった。「田園の憂鬱由縁の地」の碑もそのまま残されていたのである。しかも、佐藤春夫が住んだ家の跡地もまた、なにやら工事用の機材置き場のような感じの空き地で、往時の名残りをとどめていた。

もう一帯は都市化が進んで、まず面影を偲ぶことはできないだろう、文学碑も撤去されたかどこかに移されただろうと想像していただけにこれは感動的な出逢いになった。変わったとすれば、最初に勘違いして歩いた道路が建設されていたことぐらいだろう。横浜市道市ヶ尾第３０１号線というそうだが、平成五年（一九九三）三月十五日に開通したとのことである。

かつての八王子街道、こちらは今は横浜上麻生《かみあそう》線と呼ばれているが、この道に中山駅に行くバスが走っていることがわかり、帰途はこのバスで中山へと抜けることにした。これこそが、佐藤春夫が馬車で行き来した道そのものである。緩いカーブが連続する道筋には、街道時代の面影が随所に残されていた。

中山駅は、駅ビルに変身していた。階段の位置などは取材当時のままだったが、橋上駅舎に建て増しする形で造られていた。これだけでもかなり印象が変わるものだが、むしろ駅前が賑やかになっていたことのほうに強烈な印象を受けた。典型的なベッドタウンの駅と駅前のたたずまいが、そこにあった。

都市圏にあっても、駅が近くにあるかないかで変化の速度は随分異なるものだということを実感したことだった。

若山牧水の『旅とふるさと』

人生に旅の本質を求めて

東北本線
上野駅
東海道本線
新橋駅
総武本線
市川駅
中央本線
立川駅
甲府駅
青梅線
日向和田駅
紀勢本線
和歌山駅
紀和駅
鹿児島本線
小倉駅

一隅の古ぼけた一冊の本

本棚の一隅に、古ぼけた、薄っぺらな新潮文庫が窮屈そうに挟まっている。表紙部分はともかくとしても、本文は全体に茶色っぽく変色し、しかもそれが周辺部ほど濃い。

この本の題名は『旅とふるさと』、そして著者は、旅と酒の歌人・若山牧水である。

奥付を見ると、「昭和二十六年八月三十一日発行、昭和三十一年一月二十日七刷」、となっている。定価六十円。うれしいことに、ちゃんと「若山」の朱印を押した検印紙が貼ってある。いまではもう全く見られなくなった、かつての本造りのシステムがこんなところからもしのばれて、懐かしい。

それはともかく、この本、確かに自分で求めたはずなのに、いつ、どこでということがさっぱり思い出せないのだ。

昭和三十一年（一九五六）当時といえば私にとってはまさに多感な文学少年の時代で、地方都市にあって盛んに未知の土地、つまりは旅に憧《あこが》れていたころだったから、そのころ買った本の一冊かもしれない。あるいはもっとあとになって、古本屋で見つけたような気もする。

蔵書の中で、どうやって入手したのかはっきりしないのはなにもこの本だけではない。しかし、それらの本のほとんどは、ふと眼にとまったからといっていちいち入手した経緯《いきさつ》までもが気になるということはないものだ。そんな中で、妙にいつも気になってしかたがないのが、この『旅とふるさと』である。それがなぜなのかどうもよくわからないし、また、これまでは考えてみようとも思わなかった。無意識に、見るからに旅情と郷愁をそそる書名のせいだぐらいに考えていたのかもしれない。

しかし、今度あらためてこの本を手にとってみて、ようやくそのほんとうの理由が自分ながらわかりかけてきた。いつどこで手に入れたのかはもう絶望的に思い出せないが、つまりはそのことを常に気にすることで、作者の若山牧水のことを忘れまい、意識の外にほうむり去るまいとしていたのである。

若山牧水という人は、私にとってそれほどに昔から気になる文学者のひとりであった。そのくせ、手つかずのまま今日まできてしまった歌人である。いつかじっくり取り組んでみたいと、いつも思い続けてきた。

しかし、人間にとってひとつの気持ちを長い年月持続させることはむずかしい。ともすれば断絶しそうになる。『旅とふるさと』は、そうならないためのつなぎの役を果たしていてくれたのである。本棚の片隅からさり気なくその存在を主張することで、この本はもう何年も何年もその持ち主を刺激しつづけてきたというわけであった。

「旅」という字が眼を射たから……

『旅とふるさと』が私にこれだけの放射線を照射しつづけてきたのには、もちろんそれなりの理由がある。蔵書の中に若山牧水に関する本が意外に少なく、いわばこの本だけが牧水と私をつなぐ接点だったからである。いつかじっくりという気持ちがかえってわざわいして無意識に避けてきた結果そうなってしまった。この本にしても、持っているというだけで安心し、たぶん一度は眼を通したに違いないのだが内容についてはほとんど忘却してしまっていた。

つまりは、それほどに牧水は私にとって遠い存在になってしまっていたのである。その気になってあらためて、自分はこの歌人についてどれほどのことを知っているのだろうと考えてみて、そのことをいやというほど知る羽目に陥った。やや誇張していえば、牧水の絶唱とされる、

幾山河《いくやまかは》越えさり行かば寂しさのはてなむ国ぞ今日も旅ゆく
白鳥《しらとり》はかなしからずや空の青海の青にも染まずたゞよふ

の二つの歌に象徴される、ほんの一面の牧水しか知らなかったのである。

確かにこの二首からは、なにを求めてであろう、いつも旅を憶《おも》い旅空にある孤高の歌人の姿を感じとることはできる。しかし、ただそれだけである。なぜこの人は旅に憧れたのか、なぜ酒をこよなく愛したのか、そのへんのところは今ひとつはっきりしない。

それともうひとつ。よく牧水は、松尾芭蕉いらい最大の旅の詩人といわれるがこの両者のあいだには二百年以上の時代の差が横たわっており、そのあいだに交通事情が大きく変化した。一口で言えば、鉄道の敷設と、その発達である。

鉄道は、よくも悪くも旅の概念を変えてしまった。若山牧水が物心ついたころは、まさに鉄道が日本中に足を伸ばしはじめた時期であり、だとすれば、牧水も、いや正確には牧水の旅も当然その影響を受けたものであったに違いない。牧水はどういう旅をしたのだろう？

そろそろ、牧水に迫る必要があると、ふと思った。旅の歌人、また酒の歌人、いや牧水は今ひとつ、

恋の歌人でもあるのだが、酒や恋はともかく、旅人としての牧水を、またそれをとおしてこのころの鉄道の旅を探ってみたい……。

そう思ったとき、私は迷わず『旅とふるさと』を開いたのである。さしあたり手がかりがなかったせいもあるが、題名の中の「旅」という字が、そのものズバリの強さで、私の眼を射たからにほかならない。

初めて手がけた紀行文集

『旅とふるさと』は、全部で五編からなる、散文と歌集である。私の持っている文庫本は前述したように、その初版が昭和二十六年（一九五一）に発行されたものだが、もともとは大正五年（一九一六）六月に、版元も同じ新潮社から単行本で出版された。若山牧水は石川啄木と同じ明治十八年（一八八五）の生まれだから、したがって牧水三十歳のときである。

巻末に、未亡人で歌人でもあった喜志子夫人の解説があり、それによると、第一編は明治四十五年（一九一二）父の病気で郷里の宮崎県東臼杵郡に帰り、一年滞在しているときに、第二編はそれより早く明治四十三年（一九一〇）から四十四年（一九一一）の放浪時代に書いたものだそうである。第三編は一部が明治四十五年（一九一二）だがほとんどは大正四年（一九一五）、七月から八月の小旅行記、第四編は同じ年、夫人の病気で一家して神奈川県三浦半島の漁村に移住したときに書いた。そして第五編は「旅の歌」と題し、処女歌集『海の声』以後それまでの全歌集から抜抄した歌集である。

私はこれまで牧水のことを歌人、歌人と書いてきたが、これはあらためる必要があるかもしれない。『旅とふるさと』に関する限り、全体の五分の四までが散文であり、しかもそれがまた珠玉といってもいいほどの名文だからである。また牧水は、このあとも『旅とふるさと』の成功により引き続いて、

『海より山より』という紀行文集（一部は小説）を出したし、有名な『みなかみ紀行』などに代表される紀行文を数多くものしてもいる。歌人か紀行作家かといえば、それはまぎれもなく歌人だが、しかし、牧水の後者の業績もまた重要である。そして、『旅とふるさと』はなんと、牧水が初めて手がけた紀行文集だったのだ。

文庫には収録されていないが、当初発行された本には、次のようなあとがきがあった。編集の意図がよくわかるので引用しよう。

書くともなく書いていた小さな散文の中から手近に残っていただけを集めた。初め書く時には何等かの興味や必要から書いたのであろうが、こうして校正刷になって出て来るのを見ていると誠にあわれなものばかりである。一冊として出版するということを今は何だか読者や出版者に対して恐縮に思う。ただ、今まで私の詠んで来た和歌の背景の一部としてでも見て頂けば幸である。

（中略）

巻末の和歌は諸所旅行中に詠んだものから少しずつ集めてみた。郷里の歌は大正二年に出版した歌集『みなかみ』一巻が全部そうなので、ここにはただ父や母や家族の事を詠んだのだけ採っておいた。

作者の謙遜にもかかわらず、この本はよく売れたそうである。

徒歩と汽車がほどよくミックスされた旅

再読してみて、といってもほとんど初めて読んだも同じだが、この『旅とふるさと』は、やはり期待に違わぬ内容を持った本だった。

今ここで、牧水の旅について論じられるほど深く読んだわけではないし、またそのためにはこの本以外のすべてに眼を通さなくてはならないから、ここから先はあくまでも『旅とふるさと』に書き込まれた鉄道描写の部分を自由に引っぱり出すこととするが、それにしても牧水の旅は、なるほど汽車とのかかわりが非常に深いということがよく理解できたのである。

しかも、今と違ってまだ十分には鉄道網が整備されていない時代だから、徒歩もしくは船での移動もまた重要な要素となっている。結論を先に言えば、芭蕉の旅が中世の旅とすれば牧水の旅は現代と中世に挟まれた、まさに過渡期の近代の旅そのものということがはっきりとうかがえるのである。

そのことを示す、もっとも端的な一文が第四編の終わりのほう、「秋乱題（その一）」という章にあるから、まずはそこから牧水のこの当時の旅についての考え方をクローズアップしてみよう。大正四年（一九一五）に書かれた部分である。

云えば月並だが、また旅を憶う頃となった。

友人と一緒にこの秋は八王子あたりから汽車を降りて甲州街道を甲府まで歩いて見る約束であったが果されそうもない。せめて相模に来ているだけに大山へ登ってその頂上に一週間もお籠りをして来たいと思うがそれすら如何だか解らぬ。

そうした歩く旅もいい。汽車もいい、小春日のぬくぬく射した窓際により掛ってうとうと物を思うもいいし、煙草を吸うもいい。腰が痛くなったら鉄道案内を取り出して恰好な途中下車駅を探し出す。汽船なら上等な室が欲しい、白い寝床に揺られながら小さな窓に雲を見、浪を眺めて行く。

どうだろう。芭蕉のころは、たまに馬や駕籠《かご》に乗ることはあったにしてもほとんどが徒歩である。そして現代の旅は飛行機、クルマ、鉄道ならば窓の開かない新幹線や特急電車……、とにかく余計なものは見なくともいいとばかりに一刻も早く目的地へと突っ走る。途中を楽しむというゆとりなどまるでない。

それにくらべて、ここに述べられた旅のありようの素晴らしさ。大正四年(一九一五)といえば中央本線はもうとっくに全通していたのに、わざわざ八王子から甲府までも歩こうというのである。汽車に乗ってもその動きに身を任せてのんびりもの思いにふける。そして気が向いたところで途中下車だ。旅の原点でもある徒歩と近代の交通機関がほどよくミックスされた、ある意味ではもっとも贅沢な旅のかたちが、ここにはある。牧水が憧れもし、また実行もした旅とはこういう旅だったのである。

破局のなかでの峠越え

しかし、若山牧水がこういう旅を会得するまでには、多少の曲折が、じつはあった。

牧水は、明治三十九年(一九〇六)、二十一歳のときに帰省の途中、立ち寄った神戸で、小枝子という女性と知り合い、熱烈な恋愛関係に陥った。翌明治四十年(一九〇七)の年末には二人で、房総半島の根本海岸というところに行き、越年したほどの仲に発展していた。このころ牧水は、まだ早稲田大学の学生で、まさに青春の真っただ中にいたわけである。当然のことながら、この時代に詠んだ歌には恋の歌が多い。

明治四十一年(一九〇八)七月、大学を卒業。歌人になることをすでに決めていたものの、東京での独《ひと》り暮らしは苦しかった。そしてまた、小枝子との恋に亀裂が入りだしたのもこのころのことである。同月、処女歌集の『海の声』を自費で出版したが、ほとんど黙殺されてしまった。恋の歌のみならず、「幾山河……」「白鳥は……」などの代表作を収めた歌集であったにもかかわらず、である。

そしてその月、牧水は傷心の気持ちを抱いて友人の土岐善麿とともに軽井沢、小諸への旅に出た。

僅か二年前！　けれども私には既に一世紀も距っている昔の様な気がしてならない。あの時分にはT君も私も水水しい少年清教徒であった。私の恋というもののほとんど極度に達していた頃で、軽井沢に来ていながらもほとんど二十四時間の全部を捧げて私は恋人のことを思っていた。（中略）その頃私の恋人の兄は瀕死の病気にかかっていた。不幸な家庭にある彼女が命を賭して兄の看病に従っている有様は鉛筆の走り書きの彼女の消息で眼に見える様で絶えず私をはらはらさせていたものである。そのうち彼女自身の上に容易ならぬ動揺の起りかけた事を知らして来た時、私はすぐその日に軽井沢を立った。よしや帰ったところで私の力でどうすることも出来ぬ事をば知り抜いていたがそのままじっとしていることは出来ず、騒ぐ心を暫くも瞞着《まんちゃく》せんため、わざと汽車にも乗らずに雲の懸っている碓氷峠を歩いて越えた。麓まで送って来てくれた、T、M両君に後で逢った時、山に登って行く君の姿が馬鹿に寂しかったと云われたが、実際私のそうした感情はその時限りに破れて了ったものと云ってもいい。それから上野停車場に着いて以後今日になるまでの自身の生涯の動揺は次第に暗く、打ち続いて来ているのである。

あの天下の峻嶮、碓氷峠を「汽車にも乗らずに」「歩いて越えた」というのである。恋の破局を迎えて動揺しきっている心では、とても汽車で楽に峠を越えるということは耐えられなかったのだろう。このときの牧水の心境は、「そうした歩く旅もいい。汽車もいい」というのとはおよそ対極にあったはずである。

この件《くだり》は、第二編の「火山の麓」に入っている。その後の放浪時代に書かれた回想文である。

牧水には上野駅にも東京駅にも郷愁はなかった

ふたたび「秋乱題（その一）」に戻ろう。

旅というと私はすぐ港と停車場とを思う。上野駅のかさかさしたのも嫌だが東京駅にもまだ馴染《なじ》み難い、亡びゆくものは皆なつかしいと云うからか知らぬが旧の新橋駅は古くもあり小さくもあったが親しみ易かった。見知らぬ停車場にぼんやりと降り立った心持は不安ながらに静かな好いものである。その記憶の最も鮮かなのは甲府駅と和歌山駅とで、双方とも改札口を出ると真夏の日がかんかんと照っていた。構内に草花などみっしりと植え込んであるのに出会うと駅長駅員の顔まで見入らるる心地がする。急雨の夜半、自分の急行列車が凄じい勢いで通り過ぎる山あいの寒駅に一人二人の駅員が真黒に雨に濡れながらカンテラの灯を振っているのを見た時など、只事ならずあわれ深い。いつもうまい弁当を売る駅をば旧友の如くにも待ち迎うる時がある。港と停車場、汽船と汽車、ともに私には酒と離して考える事は出来ない。

旅といえばすぐに港と駅が思い浮かぶ——ここに、芭蕉のころとも、そして今とも全く違うこの当時の旅の姿がある。駅は、旅の起点でもあり、終点でもあり、そしてまた途中でもあった。

しかし牧水は、どうやら大都会の大きな駅は、あまり好きではなかったようである。

東京駅は、この文章が書かれた前年の暮れ、つまり大正三年（一九一四）十二月二十日に、オランダのアムステルダム中央駅を模して煉瓦《レンガ》造りで堂々とオープンしたばかりだったから、馴染みにくかったとしてもやむをえまい。しかし上野駅はどうだろう。もうこのころにはそれなりの歴史もあり風格もあったと思われるのだが、そんなに「かさかさした」駅だったのだろうか。同《おな》い年の歌人で友人でもあった石川啄木（牧水は啄木の死を看取ったただ一人の友人だった）が、生前好んで行ったのがこの上野駅である。啄木は、ここにふるさとの匂いを嗅ぎに行った。

思うに、牧水は九州宮崎県の出身だから、啄木のように上野駅に郷愁を感じることはない。あったとすれば旧新橋駅（今の汐留貨物駅）である。それで上野駅には愛着を覚えなかった。しかもその新橋駅にとってかわってターミナルとなったのが東京駅。これまた郷愁の対象とはなりえない。

停車場までE――君が送って来てくれた。停車場で大きな柱時計を仰ぐ気持は、惶《あわただ》しいなかにも云い難い静けさの籠っているものである。時間がやや早かった、やろうかと駅前のビヤホールに寄る。氷のように冷いのが静かに咽喉を通ってゆく。彼も無言、吾も無言、まだ朝のうちの亭内にはきれいに水が打ってあった。発車のベルをば聞き流しながら、一汽車乗り後れた。

さようなら、さようなら、誰々によろしく、さようなら。

白い帽子に白い洋服のうしろ姿は真直に歩廊を歩き去る。窓から離れて腰を下すと私は全く独りになってしまった。汽車の足は次第に速くなってゆく。浅草あたりの空は青黒く燻《いぶ》って、そこらいっぱいにきらきらと日の影が散らばり、この汽車自身も光っているように思われた。

第三編「野州行」という章の冒頭部分「停車場」の全文である。牧水が好きになれなかった上野駅の、明治も末期の情景が彷彿としてくるようだ。たとえきらいでも、東北や上信越方面への旅行ではどうしても使う必要のある駅、それが上野駅だった。

❶

❷

❶明治36年６月11日開業の甲府駅は
大正13年の失火で焼失した
❷２代目にあたる現甲府駅
地方都市にふさわしいこぢんまりした駅舎

いっぽう、牧水が強く印象にとどめた甲府駅と和歌山駅。ともに県都の駅だが、いったいどういうたたずまいを持っていたのだろう。

牧水が降り立ったであろう数ある停車場の中から特にこの二つをピックアップしたからには、よほど旅人をあたたかく迎えてくれる魅力を秘めていたのだと思われる。

この二駅は、どうしても訪ねてみたい、と思った。

『山梨日日新聞』の連載コラム

で、まずは甲府へと赴いた。折悪しく大型の台風が山梨県を直撃しそうとあって、しかも大雨がその前に降り続いたため列車が大幅に遅れてしまった。駅では、旅行センターの貝瀬欣志副所長や佐久間英雄庶務助役といった人にお会いしたがそのあいだに身延線が不通になり、続いて中央本線の下り、上りの順にストップしてしまった。幹部はその対応に大童《おおわらわ》でインタビューどころではなくなったが、そんな中で幸い開業当時の駅舎の写真だけはなんとか発見することができたものの、あとの状況はさっぱりというありさまだった。

　貝瀬さんが、かつて『山梨日日新聞』が「甲府駅物語」というのを連載したことを思い出してくれなかったら、この取材はおよそ惨《みじ》めな終わり方をしていたに違いない。

　さっそく、駅の裏手にある新聞社に行き、スクラップを見せてもらった。それによると、昭和五十五年（一九八〇）五月二十日から十月十九日までのあいだに七十回断続的に連載されたコラムであった。内容は必ずしも甲府駅だけでなく、いわばここを中心にした中央線物語といった感じのものだが、それでも甲府駅についてもかなりのことを知ることができた。

　甲府駅が開業したのは、明治三十六年（一九〇三）六月十一日のこと。中央本線が、というよりは当時甲武鉄道といった私鉄が新宿と八王子を結び、そこから先は国鉄が足を伸ばし、ついに初鹿野から甲府にまで達したのがこの日だった。

　出来た当初の駅舎は、壁は土でなく木の仮壁だったらしい。つまりはほとんどが木造だったせいもあろうが、大正十三年（一九二四）三月十九日の午前四時半に三等待合室のストーブから出火したさいたったの二時間で焼失してしまったそうである。牧水を感激させた駅の一つは、この瞬間に姿を消してしまった。

　したがって、現在の駅舎は二代目。一県の中心駅はもうほとんどが駅ビルに変わった今、二代目とはいえ、珍しくこぢんまりした感じで、いかにも地方都市の駅らしい雰囲気だ。

　部分的には、貨車の尾灯用のランプをしまっていた煉瓦造りの倉庫、跨線橋の鉄柱、下りホームの下部などが設立当時のままのものでわずかに昔をしのばせてくれる。それから三番線の跨線橋の下に吊ってある半鐘——全く駅には不釣り合いなものだが、昔からあるという。一説には、火事に懲りて警鐘用に持ってきたともいうが、真相はわからない。

和歌山駅は紀和駅であった

和歌山駅のほうはどうだろう。

あらためて、この地方の鉄道の歴史を調べてみて、その複雑なのに驚いてしまった。

和歌山市へは、大阪から二つの線が乗り入れている。一つは国鉄阪和線で、天王寺駅を起点にして終点が和歌山駅。もう一つは南海電鉄南海本線で、こちらは難波駅と和歌山市駅とで結ばれている。

国鉄和歌山駅のほうは、開業が大正十三年（一九二四）二月二十八日で、この日は紀勢西線（現本線）が箕島まで開通した日でもある。阪和線の開通はそれよりぐっと遅く、昭和に入って五年（一九三〇）六月十六日のこと。私鉄の阪和電気鉄道の線としてであった。

いずれにしても、牧水があの一文を書いたときよりずっとあとのことで、どうも辻褄《つじつま》が合わない。

ここで私はハッと気がついた。

なんのことはない、和歌山駅はつい十数年前まで東和歌山駅といったのだ。現在の駅ビルに生まれ変わったのが、昭和四十三年（一九六八）三月一日のことでそのさい改名していたのだった。

そして、それまでの和歌山駅は、隣りにある現在の紀和駅であった。和歌山市をほぼ東西に横切る和歌山線の延長にあり、南海の和歌山市駅とのあいだにひっそり挟まれた駅である。

紀和駅、つまり昔の和歌山駅の開業は明治三十一年（一八九八）五月四日と古い。これなら立派に符節が合う。つまり、牧水が『旅とふるさと』で紹介したのはこの駅のことだった。

ところが、である。

牧水はこのあと、『海より山より』に続き、大正八年に『比叡と熊野』という紀行文集を出したが、その中でこういう失敗談を述べているのである。

伊豆の大仁《おおひと》から来て三島町駅と三島駅とでも同じ様な失敗をやった事がある。今度もその日大和の初瀬から立って高田で乗換え、和歌山線の終点まで行くつもりで何の気もなく「和歌山」行きの切符を買って私は持っていた。そして、和歌山、和歌山と呼ぶ声に猶予なく立ち上った。小さいものであるが左右の手に手提や包みや洋傘《こうもり》を持って車室を出るなり改札口へ出て行ったが、ふと振返って見ると車内大部分の人は皆落着き払って尚腰を掛けている。おかしいなと思いながら列に押されて切符を渡して改札口を出た。そしてすぐ傍の人に訊いた。

「ここは終点ではないのですか？」

「いいえ、終点は次の和歌山市駅です。」（後略）

❸

❹

❺

❸開業当時の南海和歌山市駅
❹現南海和歌山市駅舎
❺紀和駅が和歌山駅であった

和歌山線の終点は和歌山駅でなく、南海の和歌山市駅であった。紀和鉄道としてスタートした和歌山線の終点はもちろん和歌山駅だったが、南海鉄道（現電鉄）が明治三十六年（一九〇三）三月二十一日に市駅を開設したさい、この両駅は早くも結ばれていたのである。

とすれば、若山牧水は和歌山駅と市駅を混同していた可能性もあるわけだ。たぶん、今の紀和駅のこととは思うが、今となってはそのことを確かめる術《すべ》は全くない。

市駅のほうは、南海本社の広報課に、偶然同姓の山口皖造さん、安教さんを訪ねて、幸い開業当時の写真を複写することができた。昭和二十年（一九四五）七月の空襲で焼けるまで使われていたそうである。現在は三代目。いかにも私鉄のターミナルらしく、フラワーステーションと称する瀟洒《しょうしゃ》な駅ビルである。

紀和駅のほうは、和歌山線の起点が和歌山駅に移ったため、今は紀勢本線の一駅にすぎなくなってしまった。国、私鉄の連絡列車と、数本ずつの紀勢本線、和歌山線の列車が発着している。

しかし、それだけに昔の面影をとどめているのでは、との期待を持って私は薄暮れの紀和駅に降り立った。そして、その期待は半分ほどかなえられた。大黒修治助役をはじめ何人かの職員が昔の資料を持ち寄ってあれこれ考えてくれたが、沿革によると、当初の駅舎は今とは少し違った位置にあったらしい。現駅舎は明治四十年（一九〇七）八月に平屋で建てられたが、大正十三年（一九二四）九月事務室を二階建てにし、さらに戦後モルタル塗装になり、すっかり趣を変えてしまったらしい。牧水当時の駅舎ながらかなり手が加えられて今日にいたっているわけだ。残念ながら当時の写真は一葉も残っていない。

さて、ようやく第五編「旅の歌」、つまり牧水の本領たる和歌の登場である。牧水はここに、それまでに詠んだ中から二百三十首を選んで入れたが、鉄道を詠み込んだ歌は全部で十四首ある。いくつかを拾おう。

鉄道の終点駅の渓あひの杉のしげみにたてる旅籠屋《はたごや》

「武蔵国御嶽山の歌」と題する中の二首目に出ている歌である。

第三編の冒頭「山より妻へ」がその紀行文で、こう書き出される。

日向和田から多摩川に沿うて、だらだら坂を二里登った。川と云ってもすっかり渓で、到るところがまっしろな急瀬ばかり、それを挟んで杉のとしごろの青いのがみっしりと茂っている。

つまり終点駅とは現在の青梅線日向和田《ひなたわだ》駅のことで、当時は青梅鉄道の終点であった。牧水が御嶽《みたけ》山に参ったのは、明治四十五年（一九一二）六月のことである。

青梅鉄道は、明治二十七年（一八九四）十一月十九日に狭軌で立川―青梅間を開業し、翌年十二月二十八日日向和田まで伸びた。しかしこれは石灰石運搬のためで、旅客営業の開始は明治四十一年（一九〇八）三月十日のこと。その四年後に牧水は訪ねたわけである。

日向和田はその後もずっと、大正八年（一九一九）の大晦日まで終着駅だったが、現在は寂しい無人駅。御嶽山への連絡は御嶽駅が受け持っている。付近一帯は幽谷の面影をとどめつつもすっかり開けて、もう杉のしげみも旅館も今はない。鉄道が昭和四年（一九二九）九月一日、御嶽まで延伸して駅も土地

❻

❼

❽

❻今は無人駅の日向和田駅
旅館は街道ぞいに……
❼10月２日　新たに駅ビルとなった立川駅
❽大正時代の立川駅

の人だけのものとなり、旅館も立ちゆかなくなってしまったためである。

「駅の位置も建物も変わってません。旅館は萬年屋といいました。今の名物へそまんじゅう屋のあるところです」

とは、土地の古老の話である。

立川の駅の古茶屋さくら木の紅葉の蔭に見送りし子よ

今の立川駅から、こんなのどかな情景を想像できる人がはたして何人いるだろう。

牧水がこの歌を詠んだのは明治三十九年（一九〇六）のことだが、立川駅はこれより十七年先の明治二十二年（一八八九）四月十一日、新宿―立川間でスタートした甲武鉄道最初の駅として立川村の一角に誕生した。甲武鉄道は明治三十九年（一九〇六）十月一日、国有化により中央東線となったから、牧水が訪れたのはこの直後のことであったろう。

ここに出てくる茶屋とは、中村亭のこと。今も反対の南口で仕出屋として営業、駅弁も作っている。岩部庶務助役の用意してくれた「立川村十二景」の一枚として描かれた絵や大正時代の写真によると小さな木造の駅の前に数本たばねられた桜の木があり、千本桜と呼ばれていたらしい。名物だったのかもしれない。

立川駅も今では、東京有数のベッドタウンの堂々たる玄関口。北口はデパートをはじめビルが林立し、かつての面影は全くない。駅舎も数回の新改築を経て、この十月二日から新たに駅ビルとなり、また装いを一変させた。

駅前交番の裏手に昭和二十五年（一九五〇）十二月に建立された牧水のこの歌の石碑だけが、わずかに往時を主張しているのみである。

藪雀群るゝ田なかの停車場にけふも出で来て汽車を見送る

明治四十四年（一九一一）の作。「下総市川にて」と注記された中の一つである。前の歌同様、現在の総武本線市川駅からこの歌の情景を追想するのはむずかしい。

乗換駅待ちゐし汽車に乗りうつる窓にましろき冬の海かな

なんとこれは、九州鹿児島本線小倉駅を詠んだものである。大正二年（一九一三）冬、九州を一周したときの作。

時の移ろいはあろうとも旅の本質は変わらない

時の移ろいとともに万物もまた変わる——。牧水の紀行文や和歌に仮託して私はこのことを強調しすぎたかもしれない。芭蕉の旅と牧水の旅とでその方法ががらりと変わったように、牧水の旅から現代の旅の変遷もまた激しい。旅のかたちはすっかり変わった。

しかし、あらためて『旅とふるさと』を追跡してみて、旅の本質とでもいおうかそういうものは中世においても、近代でも、そして現代でも全く変わっていないのではないか、いや、変わってはいけないのだと、しみじみ感じたことであった。

私は常に思っている。人生は旅である。われらは忽然《こつぜん》として無窮《むきゅう》より生まれ、忽然として無窮のおくに往《い》ってしまう。

その間の一歩々々の歩みは、実に、その時のみの一歩々々で一度往《ゆ》いては、ふたたびかえらない。

私は私の歌をもって、私の旅のその一歩々々のひびきであると思いなしている。いいかえれば、私の歌は、その時々の私の生命の砕片である。

第二歌集『独り歌える』の序文である。旅の歌人にしてはじめて実感をもって「人生は旅である」と、こう断言できるのだろう。人生は旅であっても、旅は人生でないかもしれない。しかし、人は旅を憶うとき、自らの人生の歩みと全く無関係の旅なぞありえないことを、無意識のうちに感じているはずである。そして、そこに旅の本質があることも……。

（『旅と鉄道』No.46〈'83冬の号〉）

昨年（二〇〇五）九月、東北地方を旅していて北上駅で途中下車した折、駅前に立つ石碑に目がとまった。近づいてみたら、若山牧水の絶唱とされる「幾山河越えさりゆかばさびしさの終《は》てなむ國ぞけふも旅ゆく」の歌碑だった。ただし、この歌碑では表記が少し異なっていて、「幾山川こえさり行かば寂しさのはてなむ國ぞけふも旅ゆく」となっている。碑の傍に添えられた解説によると「……大正十五年、若山牧水が北海道から東北へ揮毫旅行の際、訪れた北上市更木臥牛の福地宅にて揮毫した歌　この歌碑はよく知られている『幾山河…』ではなく、その時の直筆『幾山川』を刻んだものである。」とのこと。なんでも、牧水の歌碑は全国に二百八十近くあるといわれている。この数は他の文人を断然圧している。それだけ、牧水が全国各地を訪ね歩いたということなのだろう。

そんな牧水に、『旅とふるさと』には収録されていないが、こんな一首がある。

　なにゆゑに旅に出づるやなにゆゑに旅に出づるや何故に旅に

読誦すると、なんだか念仏か呪文を唱えているような、不思議な味わいをもった歌である。三十一字を一文字はみ出しているだけだが、「なにゆゑに旅に出づるや」が果てしなく繰り返されるような、終わりのない字余りの歌である。これが牧水でなかったら、「こんなの短歌じゃない」と黙殺されるか、こてんぱんに批判されかねないだろう。だが、この歌は牧水の心境を正直に代弁しているというか、牧水が自分の気持ちを持て余しているという意味で看過できない一首である。旅の達人にしてなお、なぜ自分が旅に出たくなるのかわからない、そんな自分の性向を明快に説明できないでいるのである。私には、この境地がよくわかる。旅とは本来そうしたものなのかもしれない。

この歌とは別のところに収められているから対をなすというわけではないが、牧水にはもう一首、こんな歌もある。

終りたる旅を見かへるさびしさにさそはれてまた旅をしぞ思ふ

そして、牧水はまた次の旅に出るのである。まこと、牧水の旅は終わりのない旅であった。

❾

❿

❾立川駅前の牧水の歌碑
ペデストリアンデッキの階段の下に
窮屈そうに立っている
もはやこの歌の「立川の驛の古茶屋さくら樹の
もみぢのかげに見送りし子よ」の
面影など偲ぶよすがもない
❿かつての「終点駅」、青梅線の日向和田駅は
ログハウス風の駅舎に生まれ変わった
だが嬉しいことに
その前の駅舎も向かって左隣りに残されている
行楽の季節ともなると
たくさんの人がこの駅を乗り降りする

終りなき旅と告げなばわが胸のさびしさなにと泣き濡る丶らむ

解題を書くつもりがすっかり脱線して紙数を失ってしまった。本編を執筆してからさらに二十余年の歳月が流れた。だが、読み返してみてその内容をわれながらそれほど古いとは感じなかった。だから、なにも付け加えることはない。

だが、駅はそれなりに変化した。甲府駅は、昭和六十年（一九八五）十月、県都の玄関にふさわしく駅ビルに生まれ変わった。紀和駅は、後に無人駅になり、最近駅舎も取り壊されて高架線の駅に生まれ変わろうとしている。

立川駅は、一段と賑やかさを増したが駅舎は変わらない。デッキの下に忘れられたように立つ牧水の歌碑もそのままだ。日向和田駅は、近年ログハウス風に建て替えられ、無人駅から簡易委託駅に昇格した。

本編執筆当時、十分に古ぼけた状態にあった『旅とふるさと』は、今なお私の書架の一隅にある。古色の度を一段と加えたことはいうまでもない。

伊藤左千夫が描いた房総の風土

九十九里の潮鳴りが聞こえる珠玉の小説群

総武本線
錦糸町駅
市川駅
千葉駅
佐倉駅
成東駅
松尾駅
成田線
成田駅
東金線
求名駅
東金駅

短歌から出発した伊藤左千夫

永遠の青春文学といわれる『野菊の墓』の作者伊藤左千夫の出身地は、千葉県山武郡成東町《なるとう》殿台《とのだい》（当時は武射郡殿台村）である。

成東は弓なりに長く伸びた九十九里浜のほぼ中間に位置し、冬でも気候温暖な土地柄といわれている。左千夫はここの中程度の農家の四男として生い立った。元治元年（一八六四）八月十八日のことである。

その後、維新で年号が改まった明治十四年（一八八一）の春、十七歳で東京へ出て、その名も新しい年号を冠した明治法律学校（現明治大学）に入学した。政治家を志してのことだった。しかし眼病を患い学業を断念せざるを得なくなり、わずか数カ月で退学することになってしまった。向学心に燃えていた少年にとって、この挫折はつらいことだったろう。

そのことが下敷きになったのかどうか伊藤左千夫は明治十八年（一八八五）の一月、二十一歳で一円のおカネを持って家出し、ふたたび東京へと向かった。それからは牛乳牧舎を転々としながらさんざん苦労して資金をため、四年後にやっと独立して牛乳搾取業を始めるところまでこぎつけた。場所は本所区茅場町三丁目四十八番地で、つまりは今の総武線錦糸町駅前である。もっとも当時はまだこの付近には鉄道は通じていなくて、のどかな田園地帯であった。現在はすっかり開けてしまって、このころの面影を探ることはもちろんできない。

独立してまもなく、同郷の伊藤とくと結婚して文字通り一家をかまえることになった。このとき、伊藤左千夫は二十六歳だった。

三十歳のときに、同業者だった伊藤並根という人から茶の湯と和歌の手ほどきを受けることになった。これが、伊藤左千夫にとっての文学開眼であった。左千夫はこれ以後、終生牧場を経営しながら文学に取り組むことになるのだが、そのスタートはだから歌人としてである。

その後ちょっとした曲折を経て左千夫は正岡子規に入門し、本格的に短歌の道をつきすすむことになる。

牛飼《うしかい》が歌よむ時に世の中の新《あらた》しき歌大いにおこる

明治三十三年（一九〇〇）に詠《よ》んだといわれるこの歌に、牛乳搾取業のかたわら歌づくりに励む左千夫のこのころの境遇と自負のすべてが集約されている。子規に入門したとき、左千夫は師より三歳年長の三十六歳だったが数年後の子規の死まで深く兄事し、以後、雑誌『馬酔木《あしび》』、続いて『アララギ』を創刊・編集、近代短歌史の上に不滅の足跡を残すことになった。

短歌に続き小説も執筆――房総の風土を描写した

伊藤左千夫が初めて小説に手を染めたのは明治三十八年（一九〇五）、四十一歳のときで、処女作は『野菊の墓』だった。この作品は翌三十九年（一九〇六）一月号の『ホトトギス』に発表されたが、同じ誌上に『吾輩は猫である』を連載していた夏目漱石から「出色の文学」というほめ言葉をもらった。

よく知られているように『野菊の墓』は舞台が松戸の近くの矢切《やぎり》村（現松戸市）である。ここは江戸川をはさんで錦糸町にも近く、土地カンも十分にあったことだろう。

しかし、『野菊の墓』は、どちらかというと自伝的要素の濃い作品だといわれている。

小学校を卒業したばかりの政夫とその家に市川のほうから手伝いに来ていた従姉で二歳年上の民子との悲恋物語は、今なお多くの読者を魅了し、映画やテレビの格好の素材ともなっているが、伊藤左千夫は『ホトトギス』の文章会で初めてこの作品を発表、朗読しながらボロボロ涙を流したといわれている。

それは、処女小説に対する思い入れというよりは、やはり自分の体験が裏打ちされてストーリーが展開するという、青春への深い回想が介在していたからと解釈するのが自然であろう。もちろん小説だから事実そのままというわけではないが、政夫はいちおう左千夫自身であり、したがって実際の舞台は生まれ故郷の成東だったということになる。

伊藤左千夫は『野菊の墓』の成功に自信を得て、以後、続々と短編小説を執筆する。二年後に発表された『隣の嫁』は、どことといって場所を特定していないが舞台はまさしく成東である。なぜなら、この続編として書かれた『春の潮』ではっきりと成東という地名も登場するからで、題名の由来も作中で「はるかに聞こゆる波の音、夜から昼から間断なく、どうどうどうどうと穏やかな響きを霞の底に伝えている、九十九里の波はいつでも鳴ってる、ただ春の響きが人を動かす、九十九里付近一帯の村落に生い立ったものは、この波の音を直ちに春の音と感じている、秋の声という詞《ことば》があるが、九十九里一帯の地には秋の声はなくてただ春の音がある」というように説明される。

『隣の嫁』は、中学を卒業していよいよ農業につくという次男坊の省作と、隣家の清六という少しのろまな男に嫁いできたおとよというしっかりものの嫁が、両家合同での稲刈りや貰い風呂を通してだんだん恋に陥っていくという筋で、『春の潮』はそれが発展し、省作は他家に婿養子に行ったが帰される、おとよも離縁される、ひと騒動終わってから二人がようやく東京で一緒に暮らすこととなりひと足早く上京する省作をおとよと女中のおはまが千葉まで送るという筋である。

年上の従姉との恋といい、隣りの嫁との恋といい、伊藤左千夫はよくせき不自然な男女関係を題材にとっているが、この二作もたぶんに自身の体験が投影されているといわれている。

その真偽を追求するのがここでの目的ではないからこれ以上の詮索はやめるがいずれにしても『隣の嫁』『春の潮』の二作で、明治期の南房総の風土と生活がしっかりと描き込まれたことだけは、確かである。

左千夫出郷後に房総の鉄道は敷設された

伊藤左千夫の小説の中で、房総地方の鉄道が本格的に登場するのはこの『春の潮』からである。『野菊の墓』ではただ一回だけ、次のように描写されるにすぎない。千葉市の中学に入った政夫が冬休みで帰省し、ふたたび千葉へと赴《おもむ》くシーンである。

> 今度は陸路《りくろ》市川へ出て、市川から汽車に乗ったから、民子の近所を通ったのであれど、僕は極りが悪くてどうしても民子の家へ寄れなかった。(後略)

今なら簡単に通えるところだが、当時はもちろん足の便が悪く、政夫は寄宿舎生活をしていたわけである。電話も普及していないから、連絡は手紙か電報だった。

ここで、この地方の鉄道の歴史を少し振り返ってみることとしよう。

房総に初めて鉄道が通じたのは明治二十七年（一八九四）七月二十日のことで、総武鉄道という私鉄が先に引用した市川から佐倉までを開通させた。いうまでもなく、これが現在の総武本線の前身である。東京と連絡したのはこれより四、五カ月おそい十二月九日でターミナルの名を本所といった。現在の錦糸町である。つまり伊藤牧場の前に駅が出来たことになる。伊藤左千夫が住みついてから六年ちかくがたっていた。

総武鉄道は続いて南へ線路を伸ばし、明治三十年（一八九七）五月一日に佐倉―成東間を、わずか一カ月後の六月一日に終点の銚子までを開通させている。

これに先立ち、成田鉄道という会社が佐倉から成田までを同じ年の一月十九日に開通させている。現在の成田線の一部である。

成東と大網を結ぶ東金《とうがね》線は、房総鉄道という会社が明治三十三年（一九〇〇）六月一日に大網―東金間を開通させ、鉄道国有化後の明治四十四年（一九一一）十一月一日になってから東金―成東間が結ばれた。

伊藤左千夫が最初に上京したときも、たった一円のおカネを持って家出したときも、成東地方には鉄道はまったく存在しなかったことがこれで知られる。

しかし、左千夫はほんの少しとはいえ『野菊の墓』でも、そして『春の潮』ではクライマックスでもあるラストシーンでかなり大がかりに鉄道をとりいれている。自身の体験を重ね合わせているとはいえ時代は現代（もちろん執筆当時）にとっているということが理解できるのである。

『春の潮』のラストシーンは鉄道が舞台

省作は田植前蚕の盛りという故郷の夏をあとにして成東から汽車に乗る。土屋の方からは、おとよの父とおとよとが来る。小手の方からは省作の母が孫二人をつれおはまも風呂敷包を持って送ってきた。おとよは勿論千葉まで同行して送るつもりであったが、汽車が動き出すと、おはまはかねて切符を買っていたとみえ遮二無二乗り込んでしまった。

汽車が日向駅を過ぎて、八街《やちまた》に着かんとする頃から、おはまは泣き出し、自分でも自分が抑えられないさまに、あたり憚らず泣くのである。これには省作もおとよもほとんど手に余してしまった。なぜそんなに泣くかといってみても、固より答えられる次第のものではない。もっともおはまは、出立という前の夜に、省作の居間に入ってきて、一心籠めた面持に、

「省さんが東京へ行くならぜひわたしも一緒に東京へ連れていって下さい」というのであった。省作は無造作に、「ウムおれが身上持つまで待て、身上持てばきっと連れていってやる」

おはまはそのまま引きさがったけれど、どうもその時も泣いたようであった。おはまの素振りについて省作もいくらか、気づいておったのだけれど、どうも仕様のないことであるから、おとよにも話さず、そのままにしていたのだが、いよいよという今日になってこの悲劇を演じてしまった。

「あんまり人さまの前が悪いから、おはまさんどうぞ少し静かにして下さい」

強くおとよにいわれて、おはまは両手の袖を口に当てて強いて声を出すまいとする。抑えても抑えきれぬ悲痛の泣音《なきね》は、かすかなだけかえって悲しみが深い。省作はそのふつつかを咎むる思いより、不愍《ふびん》に思う心の方が強い、おとよの心には多少の疑念があるだけ、直ちにおはまに同情はしないものの、真に悲しいおはまの泣音に動かされずにはいられない。仕方がないから、佐倉へ降りる。

『春の潮』のラストで、省作が東京へ向けて旅立ったときのシーンである。十三の年から省作の家に奉

公に来て、省作を兄とも慕うおはまの突飛な行動に、省作とおとよはすっかり困惑している。佐倉の旅館の一室でおはまの興奮を鎮めてやらなくてはならない。おはまはおとよにもなついていたから、おとよもおはまが可愛くてしかたがないのである。


三人は再び汽車に乗る。省作は何かおはまに遣りたいと思いついた。

「おとよさん私は何かはまにやりたいが、何がよかろう」

「そうですねい…………そうそう時計をお遣んなさい」

「なるほど私は東京へゆけば時計はいらない。これは小形だから女の持つにもえい」

駅夫が千葉々々と呼ぶ。二人は今さらにうろたえる。省作はきっとなって、

「二人はここで降りるんだ」


おはまを狂言まわしに使っての、汽車の中での省作とおとよの心の動きがおもしろい。『野菊の墓』とちがい、こちらはともかくもハッピーエンドである。

左千夫は成東だけでなく周辺も小説にとりいれた

成東の停車場を降りて、町形をした家並を出ると、なつかしい故郷の村が目の前に見える。十町許りの一目に見渡すたんぼの中を、真直ぐに通った県道、その取付の一構え、吾が生家の森の木間《このま》から変わりなき家倉の屋根が見えて心も落着いた。

『春の潮』と同じ年の『ホトトギス』十月号に発表された『紅黄緑』という小品の書き出しである。二人の女の子を連れてひさしぶりに帰郷した折のことを記している。この中で左千夫は、九十九里の浜辺で旧知の女性と会うのだが、推定によるとこの女性は従姉で川島みつといい、『野菊の墓』の民子はこの人がモデルではないかといわれている。

伊藤左千夫は成東だけでなく、周辺の村も小説の舞台としてとりいれた。続いて書かれた『胡頽子《ぐみ》』という作品は成東の東隣りの松尾が舞台である。この地方一帯の旧家の一人娘だが不器量なため外へ出ようとしないお篠という女性の心理に則してドラマが進展する。そして最後に母のすすめで必ずしもしっくりいっていない夫の宗助と成田の新勝寺へとお参りに行くことになる。

（前略）日の出と同時位に松尾へ着く。畑の中の停車場は、ただ靄々としていて静かである。

❶

❷

❸

❶明治27年佐倉駅の鉄道開通風景
❷成東のホームには左千夫の歌碑が立つ
❸江戸川を渡る総武鉄道の汽車
往時を思わせる貴重な資料

お篠は四五人の人の次々入り来るのを見、入って来た汽車にも多くの人のいるのを見て、はや躊躇の足を踏んだ。駅夫にお早くと一声急き立てられて、宗助が切符を買うた。お篠は何考える間もなく埒外へ押し出された。中等に乗るのは気味が悪いが、母からくれぐれも云われてきたので、宗助は中等の切符を買うたのである。

車内では二人は少し離れて坐ったり、そっとまわりの客を見まわして自分たちとくらべて不安になったり安心したり、なにかと落ち着かない。

汽車が八街へとまった時、何か宗助が起ったなと思う内に、黙って外へ出たのを見ると小用場に入ったのだ。帰って来て又黙ったまま元の通りに腰を掛けた。

（中略）

宗助はここで新聞を買った。汽車が運転を始めると宗助はそれを読み始めた。そうして新聞を見ながら、

「こんだ佐倉だよ」

お篠も思わず夫に寄りそって、

「はァもう佐倉ですかい、そりゃ何新聞」

（中略）

佐倉で成田線へ乗り替えると、車中の様子はがらっと変った。今まで一緒にいた人らは一人も見えなく、大抵東京か千葉あたりの人らしく、男も女も立派に着飾った人達、男が十二三人若い女も四五人おった。上総あたりで見る人間とは違って、どの人を見ても風俗からきちんと引締った、どことな

くしっかりとした風に見える。女は苦労人か素人か判らないけれど、田舎の者には及びもつかないように思われた。

こうした車中体験を通じて、お篠と宗助も次第に打ち解け、お篠はそれほど人中にまじわるのが気にならなくなるという筋である。松尾から成田まで鉄道距離にしてたかだか四十・三キロしかないのに、一生に一度といった面持ちで成田詣でに出かけるあたり、時代を感じさせておもしろい。

左千夫にとって鉄道も風土の一部になった

佐倉から九十九里浜に向かって直角に走ってきた総武本線は、成東で左折して海岸より五、六キロ内側を今度は平行に進んで銚子へと達する。一方、千葉から房総半島の付け根を突っ切るように外房線が伸び、こちらは大網から右折して茂原方向へ向かう。

その成東と大網間九・六キロを結ぶのが東金線である。全通したのは明治四十四年（一九一一）十一月一日。成東の隣りの求名《ぐみょう》駅はこのときに設けられた。今でも小さな駅舎が一つあるきりの寂しい無人駅である。

ここは、『落穂』という作品で登場する。大正二年（一九一三）五月号の『文章世界』に掲載された。この年七月三十日、伊藤左千夫は世を去った。最後の小説である。

汽車を降りて七八町宿形《しゅくがた》ちをした村を抜けると、広い水田を見渡す田圃《たんぼ》道へ出て、もう十四五町の前に何時《いつ》も同じ様に目に入る我が村であるが、ちょぼちょぼとしたその小村の森を見出した時、自分は今迄に覚えない心の痛みを感ずるのであった。現実が頼りなくなってきたような、形容の出来ない淋しさが、ひしひしと身に迫ってきた。

千葉まで来たついでに十年ぶりに訪ねた故郷で初恋のお菊を偲ぶという話。自分も変わったが、故郷の人々もすっかり変わってしまった。そんな感懐の中で「自分」はいろいろの思いにとらわれる。

翌日日暮に停車場へ急ぐ途中で、自分は落稲を拾ってる、そぼろな一人の老婆を見掛けた。見るとどうも新兵衛の女房らしい。紺の股引に藁草履《わらぞうり》をはいて、縞目も判らないような半纏《はんてん》を着ていた。自分は幾度か声を掛けようとしたけれど、向うは気がつかない様子であるのに、余り見苦しい風もしているから、とうとう見過して終った。

汽車を待つ間にも、そのまま帰って終うのが、何となく残り惜しかった。新兵衛の婆に逢って、昔の話もし、そうして今お菊はどんな風でいるかも聞いてみたい心持がしてならなかった。

新兵衛とその女房は隣家の住人で、お菊はそこへよく遊びに来ていた女の子であった。この付近では最も大きな町・東金《とうがね》は、明治四十五年（一九一二）六月号の『女学世界』にのった『弱い女』で登場する。

汽車の中では疲れ心地に、やや静まっていた千枝子の胸が、東金停車場へ降りた時に、又訳もなくざわつくのであった。

早く向うへ行きたいと思う心が少くて、しようことなしに人を使って落ちて行く行程の変り目である。行くべき所への汽車はもうここでお終いになって、行く所へ近くなったという気持が、気の弱くなってる千枝子の心を何ともつかず不安に誘うのであった。

（中略）

「婆やどうしようかねい。」

無意識にそういう詞が出て、千枝子は停車場から町へ通ずる、低い家並の両側を訳もなく眺めて佇むのであった。婆やは仮おんぶした、みな子の眠りを覚ますまいとして何に心づくひまもなかった。

将来を嘱望された若手検事水野の未亡人千枝子が夫の友人の好意にすがって東金に住みつくこととし、初めてこの地を訪れ、駅に降り立ったシーンである。

この作品が発表されたとき東金線はもう全通していたが、左千夫が取材したのはそれ以前だったため東金が終点になっていた。

唯一の長編『分家』　主人公を感嘆させる汽車

これまでに取り上げたのはすべて短編小説だが、伊藤左千夫には長編小説が一つだけある。明治四十四年（一九一一）から四十五年（一九一二）にかけて『東京日日新聞』に連載された『分家』と、その続編である。この作品の舞台には、もちろん成東が選ばれた。

田辺要之助という次男坊が、中学を出てから農業に就いたもののそれがいやで家出をし、東京で奉公先を転々としたあげく母の病気を口実に帰郷、今は廃絶している本家をやはり分家の娘花子と一緒になって再興するという話である。その中で、長男で戸主の甚太郎や父母、隣家の花子一家、田辺家と小作農たちとの関係が浮き彫りにされ、要之助が経験を重ねながら自立していく過程が上総の風土を背景にじっくり描き込まれている。

ドラマは三年の都会暮らしに疲れきった要之助が帰省するあたりから始まる。こういう状態で帰るのはつらい、けれども帰りたい……要之助の気持ちは中途半端である。

いよいよ汽車に乗って終《しま》ったら、要之助はホッと一息ついて安心したような気がした。帰るという事の極りが確実についたからであろう。

（中略）

汽車が動き出してから、要之助は体を据え眼をつぶって自分を顧みるのであった。胸の中の動揺がまざまざと心に知れてきて、自分に不安を添えることを抑え得ないのである。

こうして要之助は、両国駅から出発する。車中では諸々の思いが交錯する。その思いが疾走する汽車に重なってゆく。

乗客がどんな風をしていようと、どんな考えをしていようと、そんな事には一切頓着なく、汽車は寸分の猶予さえせず、ずんずん進行してる。一定の刻限内に既定の目的を達すべく、何等の顧慮も躊躇もなしで、着々目的に運びをつけて進行する。世の中に汽車位見て痛快な運動をするものは少ないだろう。

（中略）

「人間ちものは弱いもんだな。おれなども畢竟《ひつきよう》弱いから、こんなに了簡《りようけん》が曖昧《あいまい》してるのだ。」

今の弱々しい自分の心から、強く盛んな汽車の運動を見るのは、要之助はむしろ恐しく思われた。要之如何にも自分達は物の数にもならないような気がしてきて、急に淋しさがひしと身にこたえた。要之助は余程神経過敏になってる。

「何だか汽車に馬鹿にされてるような気がする」

（中略）

「一体おれは汽車が好きであった。どんな大きな河だろが何の恐れげもなく押渡って通るし、どんな石山岩山でも胴腹を突抜いて通るのだ。あの重々しく無限に力のありそうな機鑵車が、大地を揺がして通って歩くのは、実に気持がえい、それから見るとおれなどに力の無いことと云ったら情ないものだ、つまらぬ事でも容易に思う通りにはならない。」

明治の人は、汽車をこんな眼で眺めていたのだった。ともかくも要之助は成東に降り立ち、新しい人生をスタートさせるのである。

房総は変わり左千夫の作品は古典になった

七十余年の時が流れて、成東を始め房総地方もすっかり変わった。鉄道から蒸気機関車はもちろんとうの昔に姿を消し、今は115系電車の天下である。しかし、佐倉から銚子までの総武本線も東金線も、依然、単線のままで沿線はまだ豊かな田園地帯、このあたりにまだかすかに明治の名残りが感じとれる。

成東町も開けて駅周辺にずいぶん民家が建て込んだが、全体には農村地帯である。駅近くにある教育委員会を訪ね、大久保教育長にお会いしたあと佐々木係長にクルマで伊藤左千夫の生家まで送ってもらった。九十九里浜へいたる道筋の右手にある藁屋根の家は前庭とともに手入れよく保存され、中農だった当時の面影を今に伝えている。そして、この前に町立の「歴史民俗資料館」が瀟洒《しょうしゃ》な姿でたたずんでいる。左千夫ゆかりの地に設立されたわけである。昭和四十七年（一九七二）三月というから十二年前ということになる。

一階にはこの地方の農具や漁具が、そして二階に考古資料や古文書とともに、左千夫関係の遺品や資料が展示してある。さすがに成東が生んだ最大級の人物だけのことはある。伊藤左千夫の存在を抜きにして現在の成東は語れないようである。斉藤館長の話によると、年間一万五〇〇〇人の入館者があるという。

二階には町史編さん室の事務所もおかれていて、町史づくりのための資料収集に余念がないといった状況である。斉藤館長からいろいろ話をうかがい、幸いにも明治三十三年（一九〇〇）九月というから、開通してから三年後の時刻表のコピーを入手することができた。成東館という鉱泉宿の開業広告の裏面に刷られたもので、それによると朝六時から夕方六時まで二時間刻みで本所（つまり錦糸町）から銚子まで総武鉄道の列車が運行されていたことがわかる。成東までの所要時間は二時間二十九分である。この鉱泉には尾崎紅葉をはじめ泉鏡花、小栗風葉、柳川春葉など硯友社の文人がしばしば訪れたという。

資料館の前、生家の入口左に大きな石碑が建っていて、ここには代表作ともいうべき例の「牛飼が歌よむ時に……」の歌が刻まれていた。

歌碑といえば、成東駅一番ホームの跨線橋ちかくにも建てられている。こちらの歌は「ひさびさに家帰り見て故郷のいま見る目には岡も河もよし」。まだ建ってまもない碑である。

その成東駅は、戦災で一瞬にして吹き飛び、現在の駅舎は戦後に応急的に建てられたものという。木造平屋の大きな物置小屋を思わせる造りである。爆弾を処理しようとして犠牲になった陸軍の将兵と駅員二十数名を悼む「礎」の碑が駅頭にすえてある。

いま成東駅は乗客一日約三〇〇〇人、収入百万円ほどの駅。十七名の職員がいる。第三十六代駅長椎名義夫さんは、なんと東京近郊のベッドタウン船橋から通勤しているとか。やはり時代は変わったのである。

成田への分岐駅佐倉もそれなりに変化した。現在の駅舎は昭和十三年（一九三八）に建て替えられた二代目だが、周囲が住宅地として開けてきたためいかにも古びて見える。三十四代岩崎芳三郎駅長の話では乗客が一日に五〇〇〇人（うち七割が定期で東京へ通う人も多いという）、収入百三十八万円で、旅客は微増しているとのことである。今後とも変化してゆくことだろう。

もっとも激しく変貌したのは成田駅である。成田山新勝寺の駅としての性格は今も変わらないが、こちらはもう完全に東京方面への通勤駅。野口首席助役の説明では、一日に普通客が四八六〇人、定期客が六〇八〇人、この駅を利用しているという。すぐ近くにある京成成田よりすこし少ないが健闘しているといえよう。収入は約三百五十五万円。初詣で客の押しかける一月が客数はいちばん多くなるが、新

❹

❺

❻

❹大きな物置を思わせる２代目成東駅舎
❺２代目佐倉駅舎（昭和13）も古びて見える
❻コンクリートだが寺社ふうの成田駅舎

東京国際空港の開港とともに空港への客が増えたとか。外国人客も目立つようになってきた。

そういえば駅舎も、空港開港に合わせて昭和五十四年（一九七九）四月二十五日に衣替えした。コンクリートながら寺社ふうにデザインされた駅舎である。三十代鈴木隆駅長以下八十三名の職員を擁している。

それぞれにテンポの差はあるが、房総地方は風土も鉄道も確実に変化し、伊藤左千夫の小説はすっかり古典化してしまった。房総は、これからもさらに変様してゆくにちがいない。

（『旅と鉄道』No.51〈'84春の号〉）

……………………

そうしばしば訪れる町ではないのだが、千葉県の成東町、いやついこないだの平成十八年（二〇〇六）三月二十七日から周辺の山武《さんぶ》町、蓮沼村、松尾町と合併して山武《さんむ》市になったが、この地名を聞くと、私はなんとなくそわそわしてしまう。伊藤左千夫のことがすぐに思い浮かぶからかもしれない。

だが、それだけではない。伊藤左千夫とほとんど同時に浮かび上がってくる名前がもう一つある。その名を斎藤信夫という。童謡の『里の秋』『蛙の笛』『婆や訪ねて』『夢のお馬車』などの作詞で知られる詩人である。伊藤左千夫の陰に隠れて目立たないが、この人もまた成東の産だった。

人物ではないが、成東にはもう一つ、私を刺激するものがある。「成東・東金食虫植物群落」がそうである。私は山野草が好きで、ひと頃は十日と間をおかずに山野に撮影に出かけたものだが、その時代にここにも数回足を運んだ。モウセンゴケ、イシモチソウなど七種の食虫植物が群生、ほかにもハルリンドウ、ウメバチソウ、サギソウなど水を好む野草が生息する湿原で、広大な田園が広がる九十九里平野のただ中にある。大正七年（一九一八）に、日本で初めて天然記念物の指定を受けたという天然自然の植物園である。

話は脱線するが、すでに東京を引き払って郷里にあった晩年の斎藤信夫氏を私は二度訪ねたことがある。二度とも長時間にわたってお話を伺ったが、温厚で篤実そのものといった風貌と、恬淡とした話しぶりに強い印象を受けた。

『里の秋』について、氏は、

「よく舞台は東北ですかと訊かれますが、とんでもありません。ここですよ、この家ですよ。私は実際、この家のお背戸で秋になると木の実が落ちる音を聞いて育ちました」と話してくれた。そういえば、伊藤家もそうだったが、氏が生まれた頃の斎藤家は田園のただ中にある中農の家柄であった。

伊藤左千夫の小説や短歌も、斎藤信夫の童謡も、私にはこの風土を抜きにして考えることができない。

❼

❽

❼現在の成東駅
駅前にある「礎」の碑は昭和20年８月13日の
米軍の空襲で弾薬を積んだ貨車が炎上
必死で乗客や住民を避難させた後に爆発して
殉職した駅員と将兵42名の功績を讃えて
昭和32年８月に建立されたものである
揮毫したのは時の国鉄総裁十河信二だった
❽錦糸町駅前にある伊藤左千夫の歌碑
錦糸町駅は昭和36年に駅ビルになり
周辺も大きく発展した
牧舎の跡などもはやどこにもなく
わずかにこの歌碑で往時を偲ぶのみである

この二人が、成東の生まれだったからこそ生まれた作物だと私には思われてならないのである。

この成東を訪ねたのは、最近では三年ほど前のことだが、本編を執筆した昭和五十九年（一九八四）当時も、その後もそれほど変化していなかったのに驚いた。史跡として保存されている伊藤左千夫の生家と、隣接する「成東町歴史民俗資料館」（現「山武市歴史民俗資料館」）にも変わりはなかった。それよりなにより、今なお伊藤左千夫が過ごした時代の気配がそこはかとなく漂っていたのには名状しがたい感懐を覚えた。成東駅には、昨平成十七年（二〇〇五）九月にもほんの十分ほど降り立ったが、木造の物置小屋を思い起こさせる駅舎もそのままなら、ホームに立つ左千夫の歌碑もそのままだった。

なお、本編では触れなかったが、伊藤左千夫が後に「牛飼が歌よむ時に世の中の新《あらた》しき歌大いにおこる」と詠んで、その文学的出発点ともなった牧舎兼住居の跡地、現在の総武本線錦糸町駅前に本編を取材していたのとほとんど同時期の昭和五十九年（一九八四）三月に歌碑が建てられた。刻まれているのは「よき日には庭にゆさぶり雨の日は家とよもして児等が遊ぶも」という短歌である。むろん、今の錦糸町からは左千夫が住んでいた頃の面影など、探したくても探せない。

萩原朔太郎の『愛憐詩篇』ほか

時うつりゆく前橋に思いをはせて

東海道本線
東京駅
山科駅
高崎線
高崎駅
両毛線
前橋駅
上越線
新前橋駅

朔太郎の青春を象徴する『愛憐詩篇』

ふらんすへ行きたしと思へども
ふらんすはあまりに遠し
せめては新しき背広をきて
きままなる旅にいでてみん。
汽車が山道をゆくとき
みづいろの窓によりかかりて
われひとりうれしきことをおもはむ
五月の朝のしののめ
うら若草のもえいづる心まかせに。

いまさらいうまでもなく、萩原朔太郎の詩の中でも有名すぎるくらい有名な、「旅上」という作品である。

大正十四年（一九二五）に出版された第四詩集『純情小曲集』の『愛憐詩篇』十八編の一編として収められた。

「ふらんすはあまりに遠し」などと、今の人にはピンとこないことかも知れない。しかしこの当時はまだ、飛行機で簡単にひとっ飛びというわけにはとてもいかなかったから、ヨーロッパだのアメリカだのは、一生かかってもなかなか行けるところではなかったのである。生まれつきモダン趣味の持ち主だった朔太郎には、このことはつらいことだった。最初の二節にはそうした切なる願望とあきらめの思いがこもっている。

「きままなる旅に」出るのに、なぜ「新しき背広をきて」行くのか、これも理解しにくいことだろう。このころはまだ着物が一般的で洋服は今のように多様化していなかったから、旅行するのに背広はもっとも身軽な装いだったのだ。

ともあれ、朔太郎はフランスゆきをあきらめる代わりに、汽車に乗ることにした。いや実際乗ったわけではない。空想しただけである。ときは新緑の五月、こんなときのんびり汽車に身をゆだねて、移りゆく山間の景観を眺めながらもの思いにふけることのしあわせ……。

『純情小曲集』というのは、不思議な詩集である。

『愛憐詩篇』（十八編）と、『郷土望景詩』（十編）の二部構成であるが、この二つの制作年代にかなりの差がある。前編の『愛憐詩篇』は大正二年（一九一三）と三年（一九一四）に書かれ、ほとんどが北原白秋が出していた雑誌『朱欒《ザムボア》』に発表されたもの。これに対し『郷土望景詩』は大正十年（一九二一）から大正十四年（一九二五）、つまりこの詩集の刊行された年までに書かれたものである。

この二つは「詩の情操が根本的にちがつてゐる」が「共に純情風のものであり詠嘆的文語調の詩」だから一本にした旨、自序で断わってあるが詩集としては異色だろう。

ここで大切なことは『愛憐詩篇』が発表された時期で、このころ朔太郎は二十七、八歳、短歌をつくったり、習作を経て本格的に詩作にとりくみはじめたときであった。

詩人としてのスタートは決して早くはないが、『愛憐詩篇』はいわば萩原朔太郎の青春を象徴する最初期の詩集である。これで朔太郎は本格的に詩壇にデビューした。

このあと朔太郎は、青年期特有の甘い感傷から脱し、一転して暗く沈うつで病的なまでに感覚の研ぎすまされた世界に入りこんでいく。大正六年（一九一七）二月に刊行された第一詩集『月に吠える』はその嚆矢《こうし》である。

傷心の中で生まれた詩

『愛憐詩篇』にはもう一つ、鉄道を舞台にした作品がある。冒頭を飾る作品で、その題を「夜汽車」という。

有明《ありあけ》のうすらあかりは
硝子戸《がらすど》に指のあとつめたく
ほの白みゆく山の端《は》は
みづがねのごとくにしめやかなれども
まだ旅びとのねむりさめやらねば
つかれたる電燈のためいきばかりこちたしや。

あまたるきにすのにほひも
そこはかとなきまきたばこの烟さへ
夜汽車にてあれたる舌には侘《わび》しきを
いかばかり人妻は身にひきつめて嘆くらむ。
まだ山科は過ぎずや
空気まくらの口金《くちがね》をゆるめて
そつと息をぬいてみる女ごころ
ふと二人かなしさに身をすりよせ
しののめちかき汽車の窓より外をながむれば
ところもしらぬ山里に
さも白く咲きてゐたるをだまきの花。

先般、取材のため萩原朔太郎の郷里前橋を訪ね、市立図書館で萩原朔太郎研究会常任理事の野口武久さんとお会いし、いろいろ話をうかがった。そのおり、当然この詩も話題にのぼったが、野口さんの説明だとこれも架空の旅行をうたったものだそうである。

この詩が大正二年（一九一三）に発表されたときの題は、「夜汽車」でなく、「みちゆき」というものだった。

人妻と二人、夜汽車の固いシートに身をしずめてさびしく旅をする、そんなシーンを想定してつくられた詩である。

この旅行は空想のものでも、詩の心に嘘はない。朔太郎は熊本の第五高等学校、岡山の第六高等学校に学んだことがありいずれも中退したが、そのせいで山科を通ったことが何回かあった。そのときの観察が生かされていることはいうまでもない。そして、「みちゆき」の相手に選ばれた女性は、エレナという人だろうといわれている。エレナといっても別に外国人ではない。れっきとした日本人で、これはクリスチャン・ネームだそうである。本名を佐藤ナカといって、朔太郎のすぐ下の妹ワカの女学校友達だった。朔太郎の家から歩いて五、六分のところにある薬局の娘で、よく遊びに来ていたという。

朔太郎とエレナはともに愛しあっていた仲だったが、しかしこの恋は実らず、エレナは結局高崎の医者に嫁いでしまった。当然朔太郎は深く傷つき、悶え苦しんだ。そしてみはてぬ夢を追うような思いでこの詩をつくったのである。夜汽車のうすぐらい空間は、こうした思いを託すのにうってつけの舞台だった。

苦悶の青春時代

話が前後してしまったが、ここで萩原朔太郎の履歴を少し調べてみよう。

生まれたのは明治十九年（一八八六）十一月一日。前橋の北曲輪町（現在は千代田町）で病院を開いていた父密蔵と母ケイの長男である。父の密蔵はもともと大阪の人で、東大の医学部を出てから群馬県立病院の医員として前橋に来て、のち開業した。名医の評判が高く、病院はかなり繁昌したという。母ケイは前橋の武家の出身。

というわけで、朔太郎はなに不自由なく育った。しかし幼時はどちらかというと腺病質で病弱、神経も細く臆病者だったとか。運動が苦手で、読書や音楽が大好きだったというこのころの朔太郎を、詩やその他の作品から追想するのはそうむずかしいことではない。

明治三十三年（一九〇〇）、県立前橋中学入学。このころから文学に関心を寄せるようになり、校友会誌に短歌を発表しはじめた。その後、与謝野鉄幹の『明星』にも掲載されるようになった。そして、明治三十七年（一九〇四）三月、落第。同三十九年（一九〇六）三月、六年かかって中学を卒業した。

明治四十年（一九〇七）九月、熊本の第五高等学校の英文科に入ったが翌年に落第したため退学し、今度は岡山の第六高等学校独法科に入りなおした。しかしここも二年に進級できず落第、四十三年（一九一〇）の夏に腸チフスにかかったのを機に退学してしまう。この間、慶応義塾大学の予科に入ったりもするがこれもすぐにやめている。気《き》随《ずい》気《き》儘《まま》なお坊っちゃんの振る舞いとみるのはたやすいが、本人の苦悩はすさまじいものだったようである。とにかく、生きる目的がわからなかった。

以後しばらくは東京に滞在、オペラにかよったり、マンドリンを習ったりと、洋風趣味に傾いていくのも、このころである。

そして、先にあげたエレナとの恋も思うようにならず、時代が明治から大正に移るころ、朔太郎はど

❶

❷

❶朔太郎がエレナに会いに足しげく通った高崎駅
❷上越新幹線の開通とともに駅ビルに様変わりした高崎駅

ん底状態におかれていた。

ああ秋も暮れゆく
このままに
故郷にて朽つる我にてはよもあらじ
草の根をかみつつ行くも
のどの渇きをこらへんためぞ
麦畑よりつかれて帰り
前橋駅の裏手なる
便所のほとりにたたずめり
日はシグナルにうす赤く
今日の昼餉に何をたうべむ。
（故郷前橋にて）

これは、「晩秋」と題された習作である。『愛憐詩篇』には入れられなかったが、大正二年（一九一三）十月につくられた。「前橋駅の裏手なる／便所のほとりにたたずめり」といった描写に、うらぶれた朔太郎の心境がストレートに投影されているようだ。
同じころつくられた短歌、

いつしかに秋もをはりて停車場の便所の扉《とびら》が風にはためく

も、同じ境地を写したといっていいだろう。やはり「晩秋」と題された、全部で十二首ある中の、冒頭の一首である。このほかに、

新町の停車場前の掛茶屋に酒などのみて見たる晩秋

停車場の柵にもたれて日蔭者しみじみ秋を侘ぶるなりけり

という二首がある。前者の「新町」は、野口さんの考察によると、「しんまち」ではなく「あらまち」で、この停車場はだから高崎駅だろうとのことである。今は人妻となってしまったエレナに会いに朔太郎はこのころしきりに高崎へと出かけていたらしい。

詠嘆的な文語調から恐怖感をにおわす口語詩へ

しかし、皮肉にもエレナとの「みちゆき」を想定してつくった「夜汽車」ほか五編が、『朱欒《ザムボア》』に採用されたことから萩原朔太郎の運命が転回しはじめた。『朱欒』の同じ号に「小景異情」という詩を見つけて、一読感激した朔太郎はその作者にあてて熱烈な思いを込めた手紙を書き送る。そして、これを機に二人の交情がはじまった。その相手は新進詩人として売り出し中の室生犀星だった。

大正三年（一九一四）二月に、その犀星が前橋の朔太郎のもとへやってきた。そして、三週間ほど滞在、このあいだに二人はおたがいに刺戟しあうよき友であり、ライバルであることを自覚する。

その犀星が東京へ去るや、朔太郎もあとを追うように上京し、千駄木に下宿した。四月のことだったが、しかしこの上京は失敗に終わり七月にはまた前橋へと舞いもどらなくてはならなかった。犀星もこ

のころは、なんども東京と郷里金沢のあいだを行ったり来たりしている。エレナとの仲が決定的に破裂したのもまたこの大正三年（一九一四）のことだった。

このころから朔太郎の詩風は一変した。それまでの情緒的で詠嘆的な文語調の詩は姿を消し、かわって孤独にうち沈み、なにものともわからない恐怖感にとりつかれたような、そんなタッチの口語詩が生まれだしたのである。

大正六年（一九一七）二月に刊行された処女詩集『月に吠える』は、それらを集めて編まれたものである。「月に吠える犬は、自分の影に怪しみ恐れて吠えるのである。疾患する犬の心に、月は青白い幽霊のやうな不吉の謎である。犬は遠吠えをする」――この解釈が題名の由来となった。全部で五十六編おさめられている。

朔太郎は、その後、二、三の詩を発表するが以後長く沈黙する。この間、大正八年（一九一九）五月一日、金沢の上田稲子と結婚、翌年には長女の葉子が生まれた。朔太郎が三十二歳から三十三歳にかけてのことである。

第二詩集『青猫』が刊行されたのは大正十二年（一九二三）のこと。五十五編の詩で構成されるが、『青猫』の意味は英語の「ブルー」、つまり「青」に含まれる「希望のない」「憂うつな」「疲れた」といった意味を踏まえている。昭和十一年（一九三六）三月に出た第七詩集『定本青猫』の序文に、朔太郎は次のように説明している。「……都会の空に映る電線の青白いスパークを、大きな青猫のイメーヂに見てゐるので、当時田舎にゐて詩を書いてた私が、都会への切ない郷愁を表象してゐる。……」

陸橋とは寂しいところ

第三詩集『蝶を夢む』が出たのは、同じ大正十二年（一九二三）の七月のこと。わずか半年後のことである。収録作品六十編。『月に吠える』『青猫』時代に制作したなかでもれたものを中心に編まれた。
その中の一編、「陸橋」。

陸橋を渡つて行かう
黒くうづまく下水のやうに
もつれる軌道の高架をふんで
はるかな落日の部落へ出よう。
かしこを高く
天路を翔《か》けさる鳥のやうに
ひとつの架橋を越えて跳躍しよう。

切り通しにして何本もつけられた鉄路の上に架けられた陸橋。その場所はどこかはっきりしない。いずれ東京のどこかだろう。
朔太郎は、陸橋にかなり関心が高かったらしい。以後たびたび登場する。

人の怒《いかり》のさびしさを、今こそ私は知るのである。さうして故郷の家をのがれ、ひとり都会の陸橋を渡つて行くとき、涙がゆゑ知らず流れてきた。えんえんたる鉄路の涯《はて》へ、汽車が走つて行くのである。
郷土！　私のなつかしい山河へ、この貧しい望景詩集を贈りたい。

これは、『純情小曲集』の「出版に際して」という序文の最後の部分。大正十四年（一九二五）の夏に書かれた。この詩集は前年の十三年（一九二四）の春に編集が終わっていたが、都合で出版が遅れた。そのあいだに萩原朔太郎は家族とともに上京、まず大井町、次いで田端に住みついた。十四年（一九二五）二月から四月にかけてのことである。

とすれば、ここに出てくる陸橋は田端付近の陸橋だろう。朔太郎の郷里前橋はまさしくこの陸橋の下の線路の延長上にある！　陸橋には、どこかそうしたノスタルジーに直結するような雰囲気が強く漂っている。それが詩人の琴線にふれるということなのだろうか。

日は断崖《だんがい》の上に登り
憂ひは陸橋の下を低く歩めり。
無限に遠き空の彼方《かなた》
続ける鉄路の柵《さく》の背後《うしろ》に
一つの寂しき影は漂ふ。（後略）

昭和九年（一九三四）六月に出た第六詩集『氷島』の冒頭の詩「漂泊者の歌」での陸橋。

憂鬱に沈みながら、ひとり寂しく陸橋を渡つて行く。かつて何物にさへ妥協せざる、何物にさへ安易せざる、この一つの感情をどこへ行かうか。落日は地平に低く、環境は怒りに燃えてる。一切を憎悪し、粉砕し、叛逆し、嘲笑し、斬奸《ざんかん》し、敵愾《てきがい》する、この一個の黒い影をマントにつつんで、ひとり寂しく陸橋を渡つて行く。かの高い架空の橋を越えて、はるかの幻燈の市街にまで。

時代はぐっとくだるが、昭和十四年（一九三九）九月、八番目の詩集として出版された、散文詩集『宿命』の中に収録してある「陸橋を渡る」という詩がこれである。こう続けて読んでみると、詩的モチーフとしての陸橋は、ときに郷愁であり、ときに憂愁でありするが、詩人の接し方に本質的には変わりがないことが、よくわかる。陸橋とは、寂しいところである。

詩人の激しい意思的情念が……

『純情小曲集』の後編は、『郷土望景詩』。これらの詩が大正十二年（一九二三）から十四年（一九二五）にかけて書かれたことは、前に述べた。その中の一つ「二子山附近」。

われの悔恨は酢《す》えたり
さびしく蒲公英《たんぽぽ》の莖を嚙まんや。
ひとり畝道をあるき
つかれて野中の丘に坐すれば
なにごとの眺望かゆいて消えざるなし。
たちまち遠景を汽車のはしりて
われの心境は動擾《どうぜう》せり。

ひとりものおもいにふけって丘の上に坐っていたら、遠くを汽車が通って、それで心が騒いでしまった。

野に新しき停車場は建てられたり
便所の扉《とびら》風にふかれ
ペンキの匂ひ草いきれの中に強しや。
烈々たる日かな
われこの停車場に来りて口の乾きにたへず
いづこに氷を喰《は》まむとして売る店を見ず
ばうばうたる麦の遠きに連なりながれたり。
いかなればわれの望めるものはあらざるか
憂愁の暦は酢《す》え
心はげしき苦痛にたへずして旅に出でんとす。
ああこの古びたる鞄をさげてよろめけども
われは瘠犬《やせいぬ》のごとくして憫《あは》れむ人もあらじや。
いま日は構外の野景に高く
農夫らの鋤《すき》に蒲公英の茎は刈られ倒されたり。
われひとり寂しき歩廊《ほうむ》の上に立てば
ああはるかなる所よりして
かの海のごとく轟《とど》ろき　感情の軋《きし》りつつ来るを知れり。

これが有名な「新前橋駅」の全文である。大正十四年（一九二五）に発表されたが、新前橋駅はそれより先十年（一九二一）の七月一日、野原の真ん中に開設された。それについては後述しよう。

れている。

『郷土望景詩』はほかに、「中学の校庭」とか「大渡橋」「広瀬川」など、この詩集に全部で十編収録さ

注目すべきは、それまでの口語調がふたたび文語調にもどったことで、前橋という地方の小都市にくすぶっている身の絶望的な心情を表現するには、これしかなかったとでもいいたげである。

「新前橋駅」もそうだが、詠嘆調とはいえ、詩人の激しい意思的情念がいたるところに織り込まれていることが感得される――『郷土望景詩』とは、そんな詩である。

朔太郎の胸中には冬の寒風が吹いていた

年号が昭和と改まって四年（一九二九）、朔太郎一家に大きな事件が出来した。妻稲子との不和が頂点に達し、七月下旬、ついに離婚という事態にまで立ちいたったことである。葉子、明子の二人の幼児が朔太郎の手に残された。原因はともかく、朔太郎が深く傷ついたことだけは間違いない。

もともと朔太郎は裕福な名士の家で育っただけあって、生活者としての資質に欠けるところがあった。だから余計こたえた。

その背後《うしろ》に煤煙と傷心を曳かないところの、どんな長列の汽車も進行しない！

過去の思想や慣習を捨て、新しい生活へ突進する人は、その転生の旅行に於て、汽車が国境を越える時に、旧き親しかつた旧知の物への、別離の傷心なしに居られない。

離婚直前の四年（一九二九）一月、『詩神』という雑誌に発表された詩。ボードレールの散文詩

「港」に対応するため作ったという。この詩を家庭破綻と結びつけて考えるのは妥当ではないかもしれないが、どこか心情的に符合しているようなのであげてみた。

国境とは、つまりは古い生活と新しい生活の分岐点。朔太郎は離婚を契機に国境を思いきって越えようともくろんだのだろう。しかし、たとえどんなに過去と訣別すべく越えても、やっぱり傷心の思いは残ってしまう。

そして朔太郎中期を代表する「帰郷」。

わが故郷に帰れる日
汽車は烈風の中を突き行けり。
ひとり車窓に目醒《めざ》むれば
汽笛は闇に吠《ほ》え叫び
火焰《ほのほ》は平野を明るくせり。
まだ上州の山は見えずや。
夜汽車の仄暗《ほのぐら》き車燈の影に
母なき子供等は眠り泣き
ひそかに皆わが憂愁を探れるなり。
嗚呼《ああ》また都を逃れ来て
何所《いづこ》の家郷に行かむとするぞ。
過去は寂寥《せきれう》の谷に連なり
未来は絶望の岸に向へり。

砂礫《されき》のごとき人生かな!
われ既に勇気おとろへ
暗憺《あんたん》として長《とこし》なへに生きるに倦《う》みたり。
いかんぞ故郷に独り帰り
さびしくまた利根川の岸に立たんや。
汽車は曠野《くわうや》を走り行き
自然の荒寥たる意志の彼岸に
人の憤怒《いきどほり》を烈しくせり。

「昭和四年の冬、妻と離別し二児を抱へて故郷に帰る」と注記がある。この詩は読んでストレートに意味がわかるからあえて解説を要しないが、この「冬」というのはフィクションである。実際は七月下旬、つまり夏のことだった。

しかし、朔太郎の胸中はまさに冬だったのである。烈風の吹き荒《すさ》ぶ、それでいて荒涼とした冬のさ中に朔太郎はいたのである。

この詩は、六番目の詩集『氷島』の中の一つ。『氷島』には「告別」という作品もある。

汽車は出発せんと欲し
汽鑵《かま》に石炭は積まれたり。
いま遠き信号燈《しぐなる》と鉄路の向うへ
汽車は国境を越え行かんとす。

人のいかなる愛着もて
かくも機関車の火力されたる
烈しき熱情をなだめ得んや。
駅路に見送る人々よ
悲しみの底に歯がみしつつ
告別の傷みに破る勿《なか》れ。
汽車は出発せんと欲して
すさまじく蒸気を噴き出し
裂けたる如くに吠え叫び
汽笛を鳴らし吹き鳴らせり。

とにかく、告別の痛みに堪えて進まなくてはならない、新しい視界の開ける明日を求めて……。過去よさようなら。出発進行!

前橋というところ

昭和四年(一九二九)十月、単身でふたたび上京、十二月、父重態(翌年七月死去)で帰郷。五年(一九三〇)十月、妹愛子と上京、その後転々と居を移し、昭和八年(一九三三)二月、ようやく代田に家が完成し、母、二人の子供、愛子と入居し東京に落ち着いた。このとき朔太郎はもうすでに四十六歳である。その後十三年(一九三八)四月、大谷美津子と再婚したが、それから四年後の十七年(一九四二)の五月十一日、急性肺炎で五十六歳の生涯を閉じた。

というわけで朔太郎は、その生涯のほとんどを故郷前橋ですごしたことになる。前橋がいくら東京に近いとはいえ、当時の交通事情を思うと、これだけ詩壇に重きをなした人が、そのほとんどを地方で暮らしたということは珍しいことである。

だから当然、前橋は、萩原朔太郎を大事にしている。前橋は、朔太郎だけでなく、萩原恭次郎（同姓だが関係はない）、山村暮鳥、平井晩村、高橋元吉、伊藤信吉と詩人を輩出させた土地柄だが、なかでも朔太郎の存在はきわだって大きい。

野口さんの教えにしたがい、生家跡（今は跡かたもなく駐車場になっていた）、広瀬川畔の「広瀬川」の詩碑、それから郊外の敷島公園と歩いてみた。おりから新緑の季節、広瀬川の柳並木も新芽がキラキラと陽光に映え、ツツジもまた、真っ盛りだった。広大な敷島公園も緑一色、そんな松林の一角に例の「帰郷」の詩碑がどっしりと坐っている。そしてその近くバラ園の中に古めかしい建物が三棟建っている。これが萩原朔太郎の記念館である。三棟のうちの一つ、土蔵に朔太郎の遺品や文学的業績をたどる資料が展示されている。この土蔵を含む三棟はすべて萩原家の建物を移築したものである。残る二つは朔太郎の書斎と離れ座敷で、実際の生家はこれらをふくむ大きな屋敷だった。

翌朝、前橋駅を訪ねる。朔太郎が、いろいろな思いを抱いて乗り降りしたであろう前橋駅。

その前橋駅は、向かって左手に二階建ての事務所をもった、ルネッサンスふうのじつに風格のある駅である。駅前をまっすぐ、五百メートルも続くケヤキ並木ともしっくりマッチして、さすがは県都の駅らしく貫禄がある。

近藤博司首席助役にお会いして、いろいろ話をうかがう。今年の三月、高崎鉄道管理局から赴任したばかりの、まだ四十四歳と若い〝首席さん〟である。

前橋駅の開駅は、明治二十二年（一八八九）十一月二十日のこと。両毛鉄道の駅としてであった。この日は小山―前橋間が開通した日でもある。前橋は生糸の産地で、それを横浜から海外へ輸出するため、どうしても鉄道を建設する必要があった。

しかし、それならばなぜ高崎まわりにしなかったか。日本鉄道が、上野から高崎まで足を伸ばしたのが明治十七年（一八八四）六月二十五日だから、両毛鉄道より五年も早い。なのに、そこから前橋へ通じなかったのはなぜか。利根川のせいである。莫大な経費がかかるため鉄橋がかけられなかった。やむなく日本鉄道は、利根川の西岸、内藤分《ないとうぶん》というところに駅をもうけ、これを前橋駅とした。同年八月二十日のことである。

そして、現在の前橋駅が完成したときに利根川鉄橋もできたのである。萩原朔太郎が三つになったばかりのときにあたる。内藤分の駅はそのときに消滅、わずか五年の、今ではもう幻の駅といったほうがいいくらいのはかない駅であった。

現在の前橋駅舎は、二代目。昭和二年（一九二七）に全面的に改修されたもの。しかしこの風格ある駅舎も、まもなく姿を消すことが決まった。両毛線の高架化により五十六年ぶりに改築されることになったからである。群馬国体終了後、天皇陛下が乗降されたあと、とりこわされるという。それを惜しんで、移築して保存する運動が起きている。

今、前橋駅の規模は、職員数が第三十七代徳光啓一駅長以下、七十四名。乗降客一日平均一万一〇〇〇人（うち定期客七〇〇〇人）、収入が五百五十万円である。上越新幹線の影響はほとんど受けていないが、年々四～五パーセント減っているという。なにせ群馬県はマイカーの所有率が全国一の土地柄なのだそうである。

物みなは歳日と共に亡び行く

前橋駅を辞して、次に利根川へと赴《おもむ》いた。鉄橋を取材したかったからである。

人のにくしといふことば
われの哀しといふことば
きのふ始めておぼへけり
この市《まち》の人なになれば
われを指さしあざけるか
生れしものはてんねんに
そのさびしさを守るのみ
母のいかりの烈しき日
あやしくさけび哀しみて
鉄橋の下を歩むなり
夕日にそむきわれひとり

これは、大正三年（一九一四）三月二十四日の『上毛新聞』に掲載された「鉄橋々下」という作品である。

病気がちで神経質で、そんなことから除《の》け者意識におちいり、次第に孤独感を深めていった朔太郎にとって、黙々と流れ続ける利根川はいくらかでも気を休めることのできる場所だったのだろう。

その利根川は、今も変わることなくそこにあった。そして鉄橋も、開設いらいの面影をそこここにとどめて風雪を語っていた。ただ、朔太郎が「夕日にそむ」いて歩いた河原からみて右、つまり下流のほうにほんの少しはなれて大きなコンクリートの橋脚がでんと控えている。両毛線高架のさい通ることになる新しい道である。去年の台風で一部決壊、応急に修復された鉄橋が姿を消す日も近い。この事故による運休で客が前橋から新前橋へ流れ、復旧後ももどらなかったとか。初代鉄橋は、その最後を迎えてささやかに自己主張をした。

ここから新前橋方向に歩くと、石倉という町である。ここがかつて内藤分といったところ。つまり旧前橋停車場があった場所である。一、二軒にあたり、土地の古老から、「はっきりはしないが、たぶんここだったただろうといわれている」と聞かされたあたり、もちろんその名残りはなく、すでに民家になっていた。朔太郎が生まれる前後の五年間存在しただけの駅だから無理もない。

しかし、石倉町では有志が集まって、両毛線高架を契機に記録を残そうと頑張っているとか。こうい

❸

❹

❺

❸洋風の洒落た前橋駅も建て替えられる
❹鉄橋の横には大きなコンクリの橋脚があった
❺「野に新しき停車場」と歌われた新前橋駅舎

う話を聞くのはうれしい。
「野に新しき停車場は建てられたり」と歌われた新前橋駅は、その初代駅舎はもう跡形もなかった。つい数カ月前に解体されて、今はその右手に仮駅舎が設けられている。群馬国体に間に合うよう工事は急ピッチ。九月にはモダンな橋上駅がデビューする。
仮駅舎で、首席助役の斎藤友弥さんにお会いする。斎藤さんの頭上に、初代駅舎の最後の姿がカラー写真におさまり、掲げてあった。大正十年（一九二一）七月から六十一年働いた駅舎である。
開業当初、一日四百五十人ほどが乗り降りした駅も今では一万人。よく頑張ったということだろう。駅長の斎藤床市さんは二十九代目、全部で六十三人の職員を擁する中堅駅、それが新前橋の現在である。売り上げは一日二百七十万から三百万円ほど。

朔太郎は、昭和十二年（一九三七）二月、『郷土望景詩』を回想する形で、「物みなは歳日と共に亡び行く」という散文詩を書いた。時の流れとともにすべてが変わっていく——そしてそのことだけが今も変わらない、今度の前橋行ではつくづくそう思った。
秋の国体では、朔太郎がメインテーマになるという。

（『旅と鉄道』No.48〈'83夏の号〉）

……………………

本稿を書くべく、朔太郎のことをインターネットであれこれ検索していて、今年が朔太郎生誕百二十年にあたることを、朔太郎をはじめ前橋にゆかりの詩人の史・資料を展示している「前橋文学館」のホームページで知った。前橋市ではこれを記念して四月七日に「前橋文学館賞」を制定したという。今もなお、朔太郎がこの町で大切に扱われていることがわかる。

インターネットを通じてわかったことはこれだけではない。本編で触れた生家跡、広瀬川河畔の「広瀬川」の詩碑、敷島公園に移設されているかつての生家の一部である三棟の建物（「萩原朔太郎記念館」）、その傍にある「帰郷」の詩碑などの史跡や詩碑などにほとんど変化がないこともわかった。インターネットはまた、本編を執筆した昭和五十八年（一九八三）以降、朔太郎の詩碑がいくつか建立されたことも教えてくれた。

前橋駅と新前橋駅がその後様変わりしたことは、もうずっと前からわかっていた。取材当時、前橋駅は前橋国体終了時から改築にかかり、新前橋駅はすでに改築工事が進んでいたことは本編でも書いたが、計画どおりこの付近の両毛線が昭和六十一年（一九八六）十月に高架化されると、両駅とも建て替えら

❻

❼

❽

❻高架駅に変身した前橋駅
かつての風格ある洋風の駅舎は
取り壊されてしまった
❼前橋駅同様高架駅になった新前橋駅
竣工して間もなく駅前のロータリーに
朔太郎の「新前橋駅」の詩碑が建立された
❽新しく整備された「萩原朔太郎生家跡」の碑
前日に除幕式が行なわれたばかりという
タイミングに行き合わせた

れた。昨年の九月に旅行した折、前橋の街歩きをする余裕はなかったが、駅だけならちょっとだけ途中下車して確認もした。

旧前橋駅舎は保存される動きもあったが、残念ながら解体されてしまった。なお、新前橋駅前には駅舎改築一年後の昭和六十二年（一九八七）十一月に、前橋ライオンズ倶楽部の手で朔太郎の詩碑が建てられた。刻まれているのは、いうまでもなく「新前橋駅」である。

さて、ここまでのことがわかった以上、前橋に行かずにこの解題を書くことはそうむずかしいことではない。不明なことや疑問があれば、前橋市の教育委員会か「前橋文学館」に問い合わせればいいことである。

が、私はなぜかこのことにためらいを感じてしまった。取材当時すでにあった朔太郎にゆかりの史跡や詩碑に「ほとんど変化がない」といっても、おかしな表現になるが、それが「どのように変化していない」のか、そのあたりのことをこの目で確かめたくなったのである。

時まさに薫風五月の十五日。私は急遽思い立って前橋へと足を向けた。十一時過ぎに前橋駅に降り立ったら、二十三年前と同じ風がさっと頬を吹き抜けた。そういえば、あの時も訪ねたのは五月のことだった。

駅にある観光案内所で地図をもらい、前橋名物の駅前から延びるケヤキ並木の大通りを緑の風を全身に受けながら突き抜け、まずは生家跡を訪ねることにした。ところが、早々に道に迷ってしまった。結果的には、これが幸いした。とある民家の前にたたずんでいた老婦人に尋ねたところ、すぐに教えてくれたうえ、昨日その生家跡でなにかが行なわれたことも教えてくれたのである。そして、親切にもその「なにか」を掲載した今朝の『上毛新聞』をくれたのである。

「なにか」とは、前橋市と教育委員会が開催した「萩原朔太郎生家跡」の碑の除幕式のことであった。

二十三年前は駐車場だった生家跡にマンションが建設されることになり、一時別の場所に保管されていたものが、五月十一日の朔太郎の命日に合わせて周囲にハギやアジサイなどを植栽して整備したうえで再び戻されたのである。そして、私はあらためてこの碑の揮毫が後輩の詩人伊藤信吉の手になること、石碑に使われた石はかつての萩原家の門柱の一部であることなどを知った。除幕式に一日遅れたのは残念だったが、老婦人との出会いがなければ、私はこのことを知らないままに終わったことだろう。もちろん、このことはまだインターネットにも掲載されてはいなかった。

すっかり満足した私は、次には広瀬川の畔に出、「広瀬川」の詩碑が少しも変わらない状態で以前と同じ場所にあることを確認、さらに少し下流の諏訪橋のたもとに昭和六十二年（一九八七）十月に当時の建設省などが建立した広瀬川の歴史を伝える銅版のプレートに添えられた「月夜」の詩碑を見たところで、バスで敷島公園に向かった。

❾

❿

⓫

❾広瀬川河畔に立つ「広瀬川」の詩碑
昔と同じ位置に同じ姿で立っていた
河畔には朔太郎のほかに
前橋の生んだ詩人の詩碑がいくつもある
❿敷島公園にある「萩原朔太郎記念館」
四半世紀前と全く変わっていない
これは奇跡に近いことかもしれない
⓫記念館近くに立つ「帰郷」の詩碑
こちらも礎石は替えられたが
碑そのものには変化がない

広大な公園のばら園の一隅、松林の中にある「萩原朔太郎記念館」と、「帰郷」の詩碑は完全に時間を止めてそこにあった。昭和五十八年（一九八三）当時と、なにひとつといっていいほど変わっていない。撤去もされていない代わり、なにも付け足されていない。変貌激しい時代にあって、これは凄いことだと思う。

変化した事柄を見ることができたことと同時に、変わらなかったこともあらためて確認できたことで、今回の前橋再訪からは大きな収穫が得られた。お陰で、私は十分に得心して帰途に就くことができたのだった。

徳冨蘆花の北辺めぐり

鉄道でたどった『熊の足跡』

常磐線
大津港駅
函館本線
函館駅
大沼公園駅
札幌駅
神居古潭駅
旭川駅
宗谷本線
名寄駅
根室本線
新得駅
池田駅
白糠駅
釧路駅

北辺の風土をよく写した『熊の足跡』

北海道と文学者のかかわりといえば、すぐに伊藤整、小林多喜二、もっと古いところでは有島武郎、石川啄木といった名前が浮かびあがってくる。いずれも北海道に生まれ育ったか、ある時期住んだかして文学の上に北海道を大きく位置づけた人びとである。なかで、例外は国木田独歩だろう。明治三十五年（一九〇二）九月のほんの数日、新天地開拓を夢見て訪れただけだが、名作『空知川の岸辺』によって北海道との結びつきを不動のものにした。この当時の北海道の状況が活写されていて歴史的にも貴重な作物である。

この『空知川の岸辺』には遠くおよばないが、紀行文学の名作の一つに数えられるものに徳冨蘆花の『熊の足跡』という作品がある。明治四十三年（一九一〇）九月七日から十月八日の一カ月にわたる東北・北海道旅行の印象をまとめたものである。大正二年（一九一三）三月に刊行された『みみずのたわこと』の中に収められた。短編ではあるが、簡潔な中にも細かい観察の行き届いた名文で、読みすすむにつれて開けゆく北辺の風土が手にとるようによく理解できる。

徳冨蘆花といえば、評論界の巨魁・徳富蘇峰の弟で、『不如帰《ほととぎす》』『思出の記』などの小説で知られる当代一流の人気作家であった。ジャンルはちがっても兄弟そろっての活躍はめざましく、この二人が文学史の上に残した足跡は大きい。蘆花はもちろん、兄蘇峰から大きな影響を受けたが、この旅行当時は二人の仲は断絶状態にあった。二人が和解したのは、蘆花が息を引きとることになった昭和二年（一九二七）九月十七日、その臨終の場においてであった。

しかし、子供に恵まれなかった蘆花は、この兄の六女を養女にもらい受けたのである。それがこの旅行に出かける二年前の明治四十一年（一九〇八）九月のことで名前を鶴子といい、このとき二歳だった。

明治四十三年（一九一〇）の東北・北海道旅行は、妻の愛子とこの鶴子を同道させてのものである。交通事情のよくない当時、特に北海道は自らも『熊の足跡』と名づけたようにまだまだ未開の土地であり、女子供を引き連れての旅はなみ大抵ではなかったと推察されるが、蘆花はなぜか妻子のことや旅の苦労については文中でほとんど言及していない。蘆花は、これに先立つ明治三十六年（一九〇三）にも一度、北海道を訪れており、このときの体験からあるいは北海道についてある程度、勝手がわかっていたということなのかもしれない。

こうしたことが前提にあって『熊の足跡』は書き上げられたわけだが、それだけに当時の北海道を知るうえでじつに貴重な資料となっている。しかもうれしいことに、鉄道についての描写がまたすばらしいのである。

まずは関本で下車し「勿来《なこそ》の関」跡を見物

連日の風雨でとまった東北線が開通したと聞いて、明治四十三年九月七日の朝、上野から海岸線の汽車に乗った。

三時過ぎ関本駅で下り、車で平潟へ。

『熊の足跡』は、こういう書き出しではじまる。

関本という駅で途中下車したのは、「勿来の関」を見物するためだが、これはむしろ、その日のうちに汽車で行ける範囲を探したら、たまたま勿来の関付近が手ごろな場所だったということかもしれない。ともかく、平潟という漁場にある静海亭という宿に荷物を預けると人力車を雇ってすぐに勿来の関へと出かけた。

町はずれの隧道《トンネル》を、常陸《ひたち》から入って磐城《いわき》に出た。大波小波鞺々《どうどう》と打寄する淋しい浜街道を少し往って、唯有《と》る茶店で車を下りた。奈古曽《なこそ》の石碑の刷物、松や貝の化石、画はがきなど売って居る。車夫《くるまや》に鶴子を負《おぶ》ってもらい、余等は滑る足元に気をつけ気をつけ鉄道線路を踏切って、山田の畔《くろ》を関跡の方へと上る。道も狭《せ》に散るの歌に因《ちな》んで、芳野桜を沢山植えてある。若木ばかりだ。路、山に入って、萩、女郎花《おみなえし》、地楡《われもこう》、桔梗《ききょう》、苅萱《かるかや》、今を盛りの満山の秋を踏み分けて上る。車夫が折ってくれた色濃い桔梗の一枝を鶴子は握って負られて行く。

こうしてさらに十丁の道を登ってようやく関跡に着き、ここでひとときを過ごし、夕方になってから宿へ戻り、一夜を明かしたのである。この宿が、湯はぬるい、便所はくさい、料理はまずい、おまけに蚊が多く、夜中に雨が降り出したら漏るといった具合で、さんざんだったことがこの「勿来」の章では語られている。平潟は漁港であって観光地ではない。しかし、勿来の関への道筋にあたるため当時から訪客はけっこうあったらしい。ただ、その受け入れ態勢は必ずしもよくなかったのだろう。

名前も様相も変わった関本駅

勿来の関は、文中にもあるとおり、常陸（茨城）と磐城（福島）との境にある関所である。白河、念《ね》珠《ず》とともに奥州三古関の一つとして知られている。源義家が「後三年の役」で勝利をおさめ、都へ上る途中ここを通り、その折り詠《よ》んだとされる、

「吹く風をなこその関と思えども道もせにちる山桜かな」

の歌はあまりにも有名である。

ここを訪ねるには、昔は海岸線、つまり常磐線で関本まで行き、ここから平潟を経由するのが一般的なルートだった。常磐線上には当時、関本の隣りにすでに勿来という駅があったが、関所への下車駅ではなかったのである。

ところでこの関本という駅だが、これは現在、大津港という名前になっている。駅名変更が行なわれたのは、昭和二十五年（一九五〇）五月十日のことだった。

それはいいのだが、その後の鉄道の変遷で残念ながら優等列車のほとんどがここを通過してしまうため、今では勿来の関への下車駅ではなくなってしまっている。現在、その地位は名前のとおり勿来駅が保持しているのである。交通の便が断然ちがう。道路が整備されてみると、勿来からのほうが関跡へははるかに近いという立地も大きく影響したようだ。

その大津港駅は、勿来駅ともども明治三十年（一八九七）の二月二十五日に開業したが、駅舎は改名四年後の昭和二十九年（一九五四）四月一日に改築された。現在、蛭田忠駅長以下職員十八名、一日の乗降客約一八〇〇名、収入約七十万円といった規模の駅である。

ここからタクシーで勿来の関へと向かってみた。昔のことをよく知っている運転手が案内してくれた。

それによると、当然のことながらこのあたり一帯もかなり変化していたが、それでも昔日の面影を留めた場所が十分に残っていて、往時を探るのにそれほど想像をたくましくする必要はなかった。天然の良港といわれる平潟港など、ほとんど昔のままといった趣で、しかも蘆花一家が宿泊した静海亭もちゃんと存在していたのである。建物はすっかりきれいになっているから、今なら蘆花を悩ませるようなこともないだろう。

「町はずれの隧道《トンネル》」は切り開かれ、切り通しとなって国道六号線の一部をなしていたが、勿来の関への踏切はそのまま残っている。常磐線の複線化は比較的はやくから断続的に進められ、この付近が複線になったのは大正十年（一九二一）十一月五日のことだった。その後、電化もされたが、周囲には民家もないから雰囲気はさして変わってはいないように思えた。今では、勿来の関へ登る裏道といった感じで、普段とおる人も多くはなさそうである。

❶

❷

❸

❶関本駅は昭和25年に大津港駅と改名された
❷車夫に鶴子を背負ってもらいわたった踏切
❸勿来の駅は昭和45年に現在の地に移転された

関跡一帯はスケールの大きい公園として整備され、特に桜の季節には大賑わいとのこと。木の間を通して眺めやる太平洋はどこまでも広く、青い。
勿来駅は、川崎弘男駅長によると、昭和四十五年（一九七〇）ごろ現在地に移転したそうで、それまでは少し西より、つまり関よりの山側にあったそうである。せっかく勿来の関への下車駅となったものの、クルマで入る人が多くなり、恩恵はあまり受けていないらしい。こうした現象はなにもここだけではないが、それでも近くに工場もあり、朝夕はけっこう賑わうとか。乗降客の三分の二が定期客だそうである。

函館駅も開業いらい幾変転した

徳冨蘆花の一行はこのあと青森県の浅虫温泉に数日滞留、それからいよいよ目的地の北海道へと渡った。

津軽海峡を四時間に駛せて、余等を青森から函館へ運んでくれた梅ケ香丸は、新造の美しい船であったが、船に弱い妻は到頭酔うて了うた。一夜函館埠頭の朴《きと》旅館に休息しても、まだ頭が痛いと云う。午後の汽車で、直ぐ大沼へ行く。
函館停車場は極粗朴な停車場である。待合室では、真赤に喰い酔うた金襴の袈裟の坊さんが、仏蘭西《フランス》人らしい髯の長い宣教師を捉えて、色々管を捲いて居る。宣教師は笑いながら好い加減にあしらって居る。

ここに出てくる「梅ケ香丸」というのは帝国海事協会が義勇艦として建造したタービン船で、国鉄が借りて就航させていたものである。青函航路が、正式に国鉄の線として発足したのは、明治四十一年（一九〇八）三月七日のことで、この日は特別にイギリスに発注して建造した蒸気タービン船「比羅夫丸」と「田村丸」がデビューした日でもあった。

この二隻はすべてにそれまでの船をしのぐ新鋭船だったが、「梅ケ香丸」も遜色はなかった。たまたま蘆花はこの船に乗り合わせたわけだが、「梅ケ香丸」が青函航路に活躍したのは明治四十三年（一九一〇）一月二十五日から翌年一月二十日までの一年間だったから、蘆花が乗ったということは、ある意味では歴史的なめぐりあわせということになるのかもしれない。

函館駅はその後、もちろん幾変遷を重ねた。開駅したのは明治三十五年（一九〇二）十二月十日のことだが、これは現在の場所ではない。明治三十七年（一九〇四）七月一日に移転してできたのがその始まりである。桟橋や連絡船の待合所が設けられたのが十一月のことで、木造平屋ながらかなり大きなも

❹

❺

❻

❹昭和17年に建った現函館駅舎は３代目
❺２代目駅舎は洋風２階建ての瀟洒なもの
❻初代駅舎は大正２年に函館大火で焼失した

のだった。それでも都会の駅を見なれた蘆花の眼には「極粗朴な停車場」としか映らなかったのだろう。この当時の記録は残っていないが、二年前の明治四十一年（一九〇八）には一日に一〇〇〇人以上の人が乗り降りしており、しかも日を追って増えていた。

この駅舎はその後、大正二年（一九一三）五月四日の函館大火で焼失、翌年の十二月十日に新駅舎がデビューした。洋風二階建てのあかぬけたもので、船車連絡待合所はこの時点で分離された。昭和九年（一九三四）の大火では類焼をまぬがれたものの、十三年（一九三八）一月十八日に失火で焼失、しばらくは仮駅舎でしのいだ。そして、昭和十七年（一九四二）十二月二十日になってようやく三代目が落成した。それが現在の駅舎である。

青函トンネルとのからみで、函館の街はいま重大な岐路に立たされている。当然いちばん大きな影響を受けるのは駅と連絡船である。しかし、このこととは無関係に、この二つはもう久しい以前から客を減らしてきた。航空網の発達が、函館を素通りさせてしまうようになったからである。最盛時一万一〇〇〇人あった一日の乗降客が六五〇〇人にまで落ち込んでいるという現実が、函館駅の前途にやるせない暗雲を投げかけている。連絡船の利用客も減った。寂しいことである。

今も変わらぬ景勝の地大沼公園

北海道の入口で時間を食ってしまった。先を急ごう。

札幌行の列車は、函館の雑沓をあとにして、桔梗、七飯と次第に上って行く。皮をめくる様に頭が軽くなる。臥牛山《がぎゆうざん》を心《しん》にした巴形《ともえなり》の函館が、鳥瞰図を展べた様に眼下に開ける。「眼に立つや海青々と北の秋」左の窓から見ると、津軽海峡の青々とした一帯の秋潮を隔てて、遥に津軽の地方が水平線上に浮いて居る。本郷へ来ると、彼酔僧は汽車を下りて、富士形の黒帽子を冠り、小形の緑絨氈《みどりじゅうたん》のカバンを提げて、蹣跚《まんさん》と改札口を出て行くのが見えた。江刺へ十五里、と停車場の案内札に書いてある。函館から一時間余にして、汽車は山を上り終え、大沼駅を過ぎて大沼公園に来た。遊客の為に設けた形《かた》ばかりの停車場である。ここで下車。宿引が二人待って居る。余等は導かれて紅葉館の旗を艫《とも》に立てた小舟に乗った。宿引は一礼して去り、船頭は軋《ぎい》と櫓声を立てて漕ぎ出す。

函館本線に乗ったことのある人なら、この景観描写が今もそのまま通じるものだということに思いいたるだろう。いかにも北海道らしいスケールの大きい情景が、旅情をしみじみと味わわせてくれる一瞬である。

もっともこの沿線は、その後、七飯―大沼間と、大沼―森間に別線が造られ、全列車が大沼公園を通るというわけではなくなってしまった。

大沼公園駅は、当時は文字どおり「形ばかりの停車場」であった。それというのも、シーズン中だけ利用するための仮停車場だったからである。開業したのが明治四十一年（一九〇八）六月一日のことで、だからこの時点では二年すこしたっていたことになる。

この駅は、名前の変転がおもしろい。大正九年（一九二〇）六月十五日に仮停車場のままで大沼に改名した。隣りの大沼はこのとき軍川《いくさがわ》となっている。その後、大正十三年（一九二四）十一月十日、駅に昇格。昭和三十九年（一九六四）五月一日になってからふたたび大沼公園となった。当然、軍川は大沼に戻った。

この地一帯は渡島富士を背景に、大沼、小沼という沼を持つ景勝地で、国定公園に指定されている。大沼公園駅はほぼその中央、小沼と大沼をわける部分に位置している。そして、線路は両沼が入り組んだ水ぎわを直線で隣りの赤井川へと伸びており、沼のつきるあたりに短い鉄橋が一つかかっている。渡島砂原経由の別線ができたおかげで、ここは今も単線のままであり、右手をきれいに舗装された道路が走っているだけが当時とちがっている感じである。

駅前の船着場は埋め立てられてしまった

変化した部分があるとすれば、むしろ大沼公園駅とその周辺だろう。

「形ばかりの停車場」どころか、いかにも観光地の駅らしく、ハイカラで瀟洒《しょうしゃ》な建物である。これは、昭和四年（一九二九）十一月十五日に建てられたものだとのこと。仮駅だったこともあって、残念ながら古い記録はほとんど残っていない。昭和五十八年度には、この駅から約七万五〇〇〇人の人が列車に乗車した。このうち普通客が約四万八〇〇〇人で、定期客をグンと上回っている。やはり観光地の駅なのである。

『熊の足跡』では、この駅から宿引きに導かれてすぐ舟に乗ったことになっている。しかし、今ここに降り立ってみて、どこを探してもそれらしい船着場は見あたらない。たまたま当番で、相手をしてくれた泉助役は土地の人でないこともあって思いあたるフシはないという。こういうことはやはり土地の人でないとわからない。

幸い売店の吉田さんという婦人が覚えていて、この船着場は向かって左手に確かにあったという。今そこは埋め立てられて観光案内所になっていて、その奥には広大な駐車場ができていた。

なお、くわしくは古老にということで、吉田さんが近くに住む小泉三太郎さんを紹介してくれた。明治三十九年（一九〇六）の生まれで今年七十八歳になるという小泉さんは、かつて紅葉館に勤務、船頭をしていたこともあってさすがによく覚えていて、吉田さんの話を裏付けてくれた。昔は法被《はっぴ》を着てまんじゅう笠を冠り客を送り迎えしたり、大沼、小沼を遊覧したものだという。

小泉さんの話では、紅葉館の経営者は宮川勇という人で、東北きっての俠客・丸茂一家の三羽烏といわれた人だったそうで、この地一帯の開拓に大きな業績を残したとか。それを顕彰して碑が建立されている。しかし、紅葉館そのものは今はなく、現在その跡地は大沼パークホテルになっている。そこの支配人が宮川翁の孫にあたる人だそうである。こう変転したのは、戦時中、軍に買収されたり、火事で焼けたりしたためという。

大沼と小沼の間にかかる鉄橋付近のことを、土地の人は「セバット」と呼んでいる。『熊の足跡』でも、

明方にはまたぽつぽつ降って居たが、朝食を食うと止んだ。小舟で釣に出かける。汽車の通うセバ

❼

❽

❼大沼公園駅
「形ばかりの停車場」はいまや立派な駅舎に
❽大沼公園のセバットを渡る〈北海〉

ットの鉄橋の辺に来ると、また一しきりざあと雨が来た。（後略）

と記されている。この「セバット」の意味がよくわからなかったが、どうやらこれは「狭戸《せばと》」つまり「狭い戸」のことらしい。小泉さんの推測では、沼と沼の間はもう少し間隔があったが鉄橋を架ける際、短くするため少し埋め立てたのではないかという。いずれにしても小泉さんの生まれる以前の話で、真偽のほどはよくわからない。わからないが、徳冨蘆花も普段ききなれないこの言葉にことさら疑問を感じることもなく、文中でさらりと使っているところをみると、たぶん「狭戸」という説明を受けて納得していたものではなかろうか。それにしても「セバット」とはいいえて妙、じつにうまい造語である。

心はずませ札幌へと向かう

九月十六日。大沼を立つ。駒が岳を半周して、森に下って、噴火湾の晴潮を飽かず汽車の窓から眺める。室蘭通いの小さな汽船が波にゆられて居る。汽車は駒が岳を背《うしろ》にして、ずうと噴火湾に沿うて走る。長万部近くなると、湾を隔てて白銅色の雲の様なものをむらむらと立てて居る山がある。有珠山です、と同室の紳士は教えた。

これより先、「大沼」の章で徳冨蘆花は次のように書いている。

（前略）余が明治三十六年の夏来た頃は、汽車はまだ森までしかかかって居なかった。大沼公園にも粗末な料理屋が二三軒水際《みぎわ》に立って居た。駒が岳の噴火も其後の事である。（後略）

とすれば、森から先の鉄路は蘆花にとって初体験だったことになる。「噴火湾の晴潮を飽かず汽車の窓から眺める」といったあたりに、蘆花の浮き浮きした心情がうかがえるようである。

函館本線は、よく知られているように、明治十三年（一八八〇）十一月二十八日手宮―札幌間が開通したのが最初で、その後、東の幌内のほうへ足を伸ばしていった。幌内から出炭する石炭輸送がそもそもの目的だったからである。

函館方面はぐっと遅れて、ようやく明治三十五年（一九〇二）十二月十日に函館―本郷（現在の渡島大野）間が開通した。本郷―森間の開業が翌三十六年（一九〇三）六月二十八日のことで、続いて森―熱郛《ねっぷ》間が十一月三日に通じている。この間、小樽方向からも工事を進め、全線が開通したのは明治三十八年（一九〇五）八月一日のことだった。

現在、函館から札幌へいたるルートは長万部から右折して東室蘭、苫小牧、そして千歳線を経由するのが通り相場のようになっているが、このころはもちろん倶知安、小樽と経由していた。室蘭本線の長万部―岩見沢間が全通したのは、なんと昭和三年（一九二八）九月十日のことである。しかも、この区間でいちばん遅く開かれたのが噴火湾ぞいの長万部―伊達紋別間だった。

文中、「室蘭通いの小さな汽船が波にゆられて居る」と描写してあるのが、この間の鉄道事情をいかにも象徴的に物語っているようで興味をそそられる。

というわけで、長万部から先ももちろん、蘆花とその妻子は現在の函館本線ルートで札幌へと向かった。

湾をはなれて山路にかかり、黒松内で停車蕎麦を食う。蕎麦の風味が好い。蝦夷富士《えぞふじ》蝦夷富士と心がけた蝦夷富士を、蘭越駅で仰ぐを得た。形容端正、絶頂まで樹木を纏うて、秀潤《しゅうじゅん》の黛色滴《たいしょくしたた》るばかり。頻《しき》りに登って見たくなった。車中知人O君の札幌農科大学に帰るに会った。夏期休暇に朝鮮漫遊して、今其帰途である。余市に来て、日本海の片影を見た。余市は北海道林檎の名産地。折からの夕日に、林檎畑は花の様な色彩を見せた。あまり美しいので、売子が持て来た網嚢《あみぶくろ》入のを二嚢買った。

O君は小樽で下り、余等は八時札幌に着いて、山形屋に泊った。

思うに天気もよかったのだろう。蘆花は美しい蝦夷富士に見入り、蕎麦や林檎に舌鼓を打つなどしながら、どこまでも心をはずませている。

急に思い立って神居古潭《かむいこたん》で下車

札幌で二泊して疲れを落としたあと、徳冨蘆花とその家族はさらに北をめざした。そして次に下車したのが神居古潭である。蘆花はこの間の行動を次のように記している。

十八日。朝、旭川へ向けて札幌を立つ。

石狩平原は、水田已に黄ばんで居る。其間に、九月中旬まだ小麦の収穫をして居るのを見ると、また北海道の気もちに復《か》えった。

十時、汽車は隧道《とんねる》を出て、川を見下ろす高い崖上の停車場にとまった。神居古潭である。急に思立って、手荷物諸共遽《あわ》てて汽車を下りた。

つまり、予定外の行動だったのである。函館を起点とする函館本線が、いよいよ終点の旭川に近づいて、それまでにも趣の変わった美しい景観を見せてくれたのが最後にもうひとつとばかり旅客を嘆賞させるのがここ神居古潭である。蘆花ならずとも、初めての人なら誰しも急流岩を食むこの景勝を眺めたら飛び降りたくなることだろう。

改築中で割栗石《わりぐりいし》狼藉とした停車場を出で、茶店《さてん》で人を雇うて、鶴子と手荷物を負わせ、急勾配の崖を川へ下りた。暗緑色の石狩川が汪々《おうおう》と流れて居る。両岸から鉄線《はりがね》で吊ったあぶなげな仮橋が川を跨げて居る。橋の口に立札がある。文言を読めば、曰く、五人以上同時に渡る可からず。

一行は鉱泉宿でくつろぎのひとときを過す。

（前略）石狩川の音が颯々《さあさあ》と響く。川向うの山腹の停車場で、鎚音高く石を割って居る。囂《ごう》と云う響をこだまにかえして、稀に汽車が向山を通って行く。寂しい。（後略）

次で神居古潭駅を、蘆花はこう描写している。

（前略）川向う一帯、直立三四百尺もあろうかと思わるる雑木山が、水際から屛風を立てた様に聳えて居る。其中腹を少しばかり切り拓いて、ここに停車場が取りついて居る。檣《ほばしら》の様な支柱を水際の崖から隙間もなく並べ立てて、其上に停車場は片側乗って居るのである。停車場の右も左も隧道になって居る。汽車が百足《むかで》の様に隧道を這い出して来て、此停車場に一息つくかと思うと、またぞろぞろ這い出して、今度は反対の方に黒く見えて居る隧道の孔に吸わるる様に入って行く。（後略）

まことにダイナミックな鉄道情景が彷彿としてくるような名文である。

ここまで、煩《はん》をいとわず引用を続けたのは現在この鉄道景観を体験することができないからでもある。残念ながら、函館本線の滝川―旭川間が昭和四十四年（一九六九）九月三十日に電化された際、納内―近文間が新線に切り換わり、神居古潭駅は廃止されてしまった。新線はこの間をトンネルで結んでいる。

しかし、この時点で石狩川ぞいの旧線はサイクリングロードとして再利用されることになった。そして、駅も取り壊されることなく、駅舎もホームもそのまま残り、サイクリングの休憩所を兼ねた小公園に生まれ変わったのである。かつてこの地で活躍した９６００、Ｄ51、Ｃ57形三両の蒸気機関車も保存展示され、アクセントを添えている。

線路は撤去され、列車こそ通らなくなったが、ここは今にいたるも名勝の地であることに変わりはない。神居古潭駅は今、完全に時間を停止させてひそやかに息づいている。

名寄は当時鉄道の終点だった

九月十九日。朝神居古潭の停車場から乗車。金襴の袈裟、紫衣《しえ》、旭川へ行く日蓮宗の人達で車室は一ぱいである。旭川で乗換え、名寄に向う。旭川からは生路《せいろ》である。

ほんらいは旭川に泊まるつもりが思わず神居古潭に足を留めたため、旭川では下車せずに一行はそのまま宗谷本線に入りこんだ。

永山、比布、蘭留と、眺望《ながめ》は次第に淋しくなる。紫蘇《しそ》ともつかず、麻でも無いものを苅って畑に乾してあるのを、車中の甲乙《たれかれ》が評議して居たが、薄荷《はっか》だと丙が説明した。やがて天塩《てしお》に入る。和寒、剣淵、士別あたり、牧場かと思わるる広漠たる草地一面霜枯れて、六尺もある虎杖《いたどり》が黄葉美しく此処其処に立って居る。所謂泥炭地である。車内の客は何れも惜しいものだと舌鼓うつ。

余放吟して曰く、

泥炭地耕すべくもあらぬとうさあれ美し虎杖の秋

士別では、共楽座など看板を上げた木葉葺《こつぱぶき》の劇場が見えた。

午後三時過ぎ、現在の終点駅名寄着。丸石旅館に手荷物を下ろし、茶一ぱい飲んで、直ぐ例の見物に出かける。

蘆花にとって、名寄はもちろん初めての土地だった。明治四十三年（一九一〇）当時、ここはまだ新開地で寂しいところだった。蘆花の眼に名寄は次のように映じたのである。

旭川平原をずっと縮めた様な天塩川の盆地に、一握りの人家を落した新開町。停車場前から、大通りを鍵の手に折れて、木羽葺が何百か並んで居る。多いものは小間物屋、可なり大きな真宗の寺、天理教会、清素な耶蘇教会堂も見えた。（後略）

名寄駅に鍜治努駅長を訪ねて、いろいろとお話をうかがった。鍜治さんはもう三十四代目だとのことである。

開駅は明治三十六年（一九〇三）九月の三日。職員二十名でスタートしたとの記録が残っている。名寄に人が初めて入ったのはこれに先立つ明治三十一年（一八九八）のことで、戸数三戸、人口わずか四名だった。それが四年後には早くも三百八十二戸、一八三二名と激増している。その一年後にできた駅に職員が二十名もいたのもこれでうなずける。

蘆花が訪れた当時は人口はさらに増えて、八、九〇〇〇名近くだったらしい。この当時のおもな産業は林業である。名寄駅はトド松、エゾ松、ナラなど木材の積み出しで活況を呈した。

名寄は、昭和三十一年（一九五六）四月一日に市制を施行、六四八五戸、三万五一三五名の人口を数え、その後三万九〇〇〇名近くまでいったが、以後は御多分にもれず減少している。駅の利用客もそれに合わせるように減り、ピーク時三三〇〇人の乗車客が今は一三〇〇人を割りこんでしまったとか。これにはもちろん、自動車の普及が大きく影響している。

今の駅舎は二代目だそうで、蘆花が降り立った初代駅舎は現在地より百メートルほど南寄りにあったとのことであった。

悲惨をきわめた北辺の鉄道敷設

徳冨蘆花は、名寄に二泊したあと旭川へともどる。この当時、名寄は鉄道の北限だったから、妻子づれではさらに北へ行くというのは不可能に近いことだったにちがいない。

宗谷本線が北へ伸びたのは、蘆花が訪れた翌年、つまり明治四十四年（一九一一）の十一月三日のことである。旭川から百十二・一キロ、名寄から三十五・九キロ地点の恩根内までだった。それから一年後の大正元年（一九一二）十一月五日に音威子府に達した。

宗谷本線はここから先さらに天塩川に沿って北上を続けるのであるが、じつはこのルートが開かれるまでに十四年の歳月を要しているのである。幌延で天塩川と別れ、サロベツ原野の湿地帯を縫って南稚内（当時の稚内）が全通したのはなんと大正十五年（一九二六）九月二十五日のことであった。南と北とから、原野をはさみ打ちするように工事は進められた。

しかし、鉄道は北辺の地稚内、つまり今の南稚内にはすでにそれより四年も早く、大正十一年（一九二二）十一月一日に通じていたのである。現在の天北線がそれである。

今でこそローカル線に甘んじているが天北線はその当時、道北、いやそれよりさらに北の樺太《カラフト》と道央を結ぶ重要なルートであった。北海道の鉄道にはつきものの話だが、工事には多くの政治犯その他の囚人が動員され、過酷きわまる強制労働によって進められたという。かつて音威子府の宿で、脱走してきた囚人や遊女をかくまい、内地へ何人も逃がしてあげたという老婆の迫真の話を聞いて深く胸を打たれ

❾

❿

⓫

❾神居古潭の駅舎は
休憩所をかねた小公園に……
❿現在の名寄駅舎
⓫開業当時の旭川駅
街は名寄より寂しかった

たことがあったが、こういう歴史的事実は後世の人間にはズシンと重くのしかかる。

さて、その宗谷本線の起点である旭川駅についても少し記しておこう。

真籠助雄首席助役にお会いして話を聞くことができた。

旭川駅の開業は明治三十一年（一八九八）七月十六日のこと。駅舎は三十七年（一九〇四）十一月一日に早くも改築されている。これより一年早い三十六年（一九〇三）の夏に、徳冨蘆花はこの地を訪ねているが、そのころは、今度訪問した名寄よりも寂しいくらいの街だったと書いている。駅に残る記録では、明治三十二年（一八九九）で人口六七六七人、乗降客五百十一人とある。

しかし、旭川は明治三十三年（一九〇〇）に師団が設置されてから急速に発展していった。だから、蘆花が最初に訪れたころもそれなりににぎわっていたはずだが、まだまだといった状態だったのだろう。二度目の訪問では、その発展ぶりに目をみはっている。

現在の旭川は、いうまでもなく札幌に次ぐ道内第二位、道北の中心都市である。駅の規模も、職員二百七十人、乗車客一日八三〇〇人、収入一一〇〇万円とけたちがいに大きい。

雄大な狩勝峠を越える

蘆花一行の北辺行脚は、まだ続く。交通事情の悪い当時にあって、妻や幼女を連れての旅行としてはこれは破格に精力的なことといっていいのかもしれない。

旭川に二夜《ふたよ》寝て、九月二十三日の朝釧路へ向う。釧路の方へは全くの生路である。

なんと次の行程は、道東の釧路である。旭川から現在の富良野線で富良野へ出てそこから狩勝峠を越えて帯広、池田と経由し、釧路に入ったのだった。このルートは、石川啄木が小樽を追われて傷心無念の思いを抱いて明治四十一年（一九〇八）一月にたどった道でもある。それから二年八カ月後に今度は蘆花が通った。

しかし、同じ旅行でも二人の心情には天と地ほどの開きがある。啄木の場合は厳寒のさ中の都落ち、かたや蘆花は秋冷の候に妻子をともなっての物見遊山、当然といえば当然だが、二人の作物は景観というものが表面の装いの変化のみならず、見る人の心象によっていかようにもそのたたずまいを変えるということの好例ともなっている。しばらく蘆花のガイドにしたがうこととしよう。

　昨日石狩嶽に雪を見た。汽車の内も中々寒い。上川原野を南方へ下って行く。水田が黄ばんで居る。田や畑の其処此処に焼け残りの黒い木の株が立って居るのを見ると、開け行く北海道にまだ死に切れぬアイヌの悲哀《かなしみ》が身にしみる様だ。下富良野で青い十勝岳を仰ぐ。汽車はいよいよ夕張と背合わせの山路に入って、空知川の上流を水に添うて溯《さかのぼ》る。砂白く、水は玉よりも緑である。此辺は秋已に深く、万樹霜を閲《けみ》し、狐色になった樹々の間に、イタヤ楓は火の如く、北海道の銀杏なる桂は黄の焔を上げて居る。旭川から五時間余走って、汽車は狩勝駅に来た。石狩十勝の境である。余は窓から首を出して左の立札を見た。

　狩勝停車場
　　海抜一千七百五十六呎《フイート》、一二
　狩勝トンネル
　　延長参千九呎《フイート》六吋《インチ》
　釧路百十九哩《まいる》八分《ぶ》

旭川七十二哩三分
札幌百五十八哩六分
函館三百三十七哩五分
室蘭二百二十哩

三千呎《フイート》の隧道《とんねる》を、汽車は石狩から入って十勝へ出た。此れからは千何百呎の下りである。最初蝦夷松椴松の翠《みどり》に秀であるいは白く立枯るる峯を過ぎて、障るものなき辺《あたり》へ来ると、軸物の大俯瞰図のするすると解けて落ちる様に、眼は今汽車の下りつつある霜枯の萱山から、青々とした裾野につづく十勝の大平野を何処までもずうと走って、地と空と融け合う辺にとまった。其処に北太平洋が潜んで居るのである。多くの頭が窓から出て眺める。汽車は尾花の白く光る山腹を、波状を描いて蛇の様にのたくる。北東の方には、石狩、十勝、釧路、北見の境上に蟠《わだかま》る連嶺が青く見えて来た。南の方には、日高境の青い高山が見える。汽車は此等の山を右の窓から左の窓へと幾回か転換して、到頭平野に下りて了うた。

このシーンは、まさしく『熊の足跡』全編中の圧巻である。狩勝越えは、信州の姨捨越え、九州の矢岳越えと並んで三大峠越えといわれた大景観だからむりもないが、それにしても簡にしてよく雰囲気を伝えている。

狩勝峠が新線に切り換わってからもうひさしい時間が流れた。急勾配に果敢に挑んだ蒸気機関車もすでに姿を消し、鉄道マンの苦闘も昔語りとなった。

十勝の麓の町新得の駅前には、鉄道マンの苦闘をたたえた「火夫の像」が町の人によって昭和五十六年（一九八一）七月に建立された。旧線は長く貨物の実験線として利用されたが、それも終わり、今は放置されたままである。草に埋もれてはいるが駅から向かって右へ伸びているのがみてとれる。町のはずれ、旧線のすぐ脇にかつてここを往来したD51の95号機がポツンと寂しく飾られている。

狩勝越えも、早くも遠い過去の話となった。

池北線の開通にめぐり合い釧路へ

当分は槲《かしわ》の林が迎えて送る。追々大豆畑が現われる。十勝は豆の国である。旭川平原や札幌深川間の汽車の窓から見る様な水田は、まだ十勝に少ない。帯広は十勝の頭脳、河西《かさい》支庁の処在地、大きな野の中の町である。利別《としべつ》から芸者雛妓《おしやく》が八人乗った。今日網走線の鉄道が淕別《りくんべつ》まで開通した其開通式に赴くのである。池田駅は網走線の分岐点、球燈、国旗、満頭飾をした機関車なども見えて、真黒な人だかりだ。汽車はここで乗客の大部分を下ろし、汪々《おうおう》たる十勝川の流れに暫くは添うて東へ走った。時間が晩《おく》れて、浦幌で太平洋の波の音を聞いた時は、最早車室の電燈がついた。此処から線路は直角をなして北上し、一路断続海の音を聞きつつ、九時近くくたびれ切って釧路に着いた。車に揺られて、十九日の欠月を横目に見ながら、夕汐白く漫々たる釧路川に架した長い長い幣舞《ぬさまい》橋を渡り、輪島屋と云う宿に往った。


これで知られるように、徳冨蘆花はたまたま鉄道の開通した日にその起点を列車で通過しているのである。この日、池田から淕別（現在の陸別）まで網走線（現在の池北線）が開通した。池田駅のはなやいだ様子が文面からも見てとれる。

記録によると、網走線池田―淕別間が開通したのは明治四十三年（一九一〇）九月二十二日のこと。

蘆花が通り合わせたのが二十三日で、一日のズレがある。蘆花が日付けを間違えたとは考えにくいから、察するに、開通式は開業一日後の二十三日に行なわれたのだろう。

池田駅で岩本洪助役から話を聞いた。

池田駅は、根室本線の開通時、明治三十七年（一九〇四）十二月十五日にすでに開業しており、池北線が通じた時点ではかれこれ六年が経過しようとしていたわけだが、まだそれほど人が多く住みついていたのではないらしい。駅ができてから発展したようだが、このころは十勝発祥の地といわれる隣りの利別のほうが賑わっていたようである。開通式に出向く芸者が八人、利別から乗ったというのがこの間の事情をよく物語っている。池田が利別を凌《しの》ぐようになったのはこの池北線開通後のことである。以後池田は鉄道の街として発展、最盛期の昭和二十九年（一九五四）には人口一万九〇〇〇人の五分の二が鉄道関係者だったという。

今、池田は周知のようにワインの街である。この経緯は有名だから、ここに記すまでもあるまい。昭和三十四年（一九五九）に改築された池田駅前に設けられた噴水もまた、ワイングラスに形どられている。現在この駅の乗車客は一日平均約七百人、収入約四十五万円。鉄道にもはやかつての盛況はない。

道東の最果ての街・釧路

あくる日飯を食うと見物に出た。釧路町は釧路川口の両岸に跨《また》がって居る。停車場所在の側は平民町で、官庁、銀行、重なる商店、旅館等は、大抵橋を渡った東岸にある。

道東きっての大都会釧路は、この当時から相当の活況を呈していたものらしい。しかし、蘆花はこういう都会にはあまり興味を示さない。用事をかかえていたためもあるが、釧路見物にあてた時間は到着翌日の午前中だけであった。

　釧路駅の開業は明治三十四年（一九〇一）七月二十日のこと。蘆花は十年目に入ったところでここに降り立ったわけだが、根室本線がさらに東へ足を伸ばしたのは大正六年（一九一七）に入ってからだから、この時点では終着駅だった。文字どおり、啄木のいう〝さいはての駅〟だったわけである。

　じつは、この釧路駅は鉄路が東進を開始した際場所を移動している。それが現在の駅の位置である。啄木や蘆花が降り立った駅は、現在地より五百メートルほど離れた場所にあった。もちろん、今は跡形もなく、六階建ての大きなビルが建っている。市の「厚生年金会館」である。そして、啄木の歌を刻んだ碑によって、ここがかつて駅だったことを知ることができるのみである。

　現在の釧路駅は昭和三十六年（一九六一）に改築されたもので、これは三代目の駅舎とか。三十四代目北野駒之進駅長以下二百七十七名の職員がいる。乗車客一日三六〇〇人、収入九百三十万円。管理局の夏堀さんの話では、やはり客は減少気味とのことだった。残念ながら昔の記録はほとんど残っていない。

知人を訪ねて白糠から茶路へ入る

　蘆花が次に訪ねたのは、なんと茶路である。旧知のM氏に会うためであった。こんなことでもなければわざわざ訪問するようなところではあるまい。

　北太平洋の波の音の淋しい釧路の白糠駅で下りて、宿の亭主を頼み村役場に往って茶路に住むと云うM氏の在否を調べて貰うと、先には居たが、今は居ない、行方は一切分からぬと云う。兎も角も茶路に往って尋ねる外はない。妻児を宿に残して、案内者を頼み、ゲートル、運動靴、洋傘《かさ》一柄《いっぺい》、身軽に出かける。時は最早午後の二時過ぎ。茶路までは三里。帰りはドウセ夜に入ると云うので、余はポッケットに懐中電燈を入れ、案内者は夜食の握飯と提灯を提げて居る。

「身軽に出かける」といいながら、このものものしさである。鉄道が通じていないと、たちまちこう不便になる。蘆花は道中、水戸の出身という、白糠の小料理屋の主人でもある案内者に導かれて道すがらいろいろと見聞しながらやっと茶路にたどりつく。そして、とある民家に立ち寄ってM氏の消息をたずねたら、その人は妻とともに前年、釧路に越してしまったという。

普通なら、ここでガックリくるところだろう。しかし、情報の稀薄な当時にあっては、消息がわかっただけでも儲《もう》けものだった。

白糠の宿に帰ると、秋の日が暮れて、ランプの蔭に妻児が淋しく待って居た。夕飯を食って、八時過ぎの終列車で釧路に引返えす。

蘆花が歩いた道は、いうまでもなく後の白糠線である。しかし、この白糠線が茶路まで敷設されたのは昭和も三十年代の終わり、三十九年（一九六四）十月七日のことだった。そして、昨五十八年（一九八三）十月二十二日、赤字ローカル線のトップを切って二十年に満たない短い生涯を終えてしまったことはまだ記憶に新しい。そのあとは、白糠町営のバスが引き継いだ。

最終日には全国から別れを惜しむファンがやって来てフィーバーとなったが、あいにくの雨だった。その前後はいい天気だったそうで、白糠駅の岩佐侃助役は、「まさしく白糠線の涙雨でしたよ」と表現した。一つの線が姿を消すということは現場の人にも辛いことだったにちがいない。

起点の白糠駅は、開業が釧路と同時である。ここも釧路同様、過去の記録をほとんど留めていない。わかっているのは昭和四十四年（一九六九）に駅舎が改築されたことぐらい。現在は、三十六代森本寛駅長以下十八名、一日の乗降客約七、八百名、収入約二十九万円といった規模の駅である。

バス転換後の経営は順調という。

北海道屈指の都会札幌にもどる

釧路で尋ぬるM氏に会って所要を果し、翌日池田を経て淕別に往って此行第一の目的なる関寛翁訪問を果し、滞留六日、旭川一泊、小樽一泊して、十月二日二《ふた》たび札幌に入った。

ここで初めて明らかにされたのだが、じつは蘆花の北海道旅行の第一目的は関寛に会うことだった。中央で知られた医学者で、引退後、淕別に入植し、この地で生涯を終えた人である。

札幌入りした蘆花と家族は、ここに三泊、この間に発展いちじるしい札幌をあちこち見てまわった。

札幌駅が開業したのは、明治十三年（一八八〇）十一月二十八日である。いうまでもなく、新橋―横浜間、神戸―大津間の官設鉄道に続き、日本で三番目に開通した幌内鉄道手宮―札幌間の駅としてであった。蘆花が訪れた時点でもうすでに三十年の歴史を有していたのである。

札幌を中心とする北海道の鉄道は、幌内鉄道から民間の北海道炭礦鉄道を経て明治三十九年（一九〇六）十月一日に国有化されたから、明治四十三年（一九一〇）当時は鉄道院に一本化されていた。

駅舎は、開業当初はまったくの仮設備だったが、明治十五年（一八八二）一月に二代目がデビューした。建坪七十二坪、白壁の洋風建築の美しいもので、偉観を誇ったといわれている。その後、跨線橋がつけられたり増改築が行なわれたが、明治四十一年（一九〇八）十月に火を出し、西側半分が焼失してしまった。

これを機に駅舎は全面的に建て替えられることとなり、明治四十一年（一九〇八）の十二月、今度は木造二階建て、八百三十八坪のルネッサンス様式の堂々たる駅舎が誕生した。蘆花が乗り降りしたのは、この三代目の駅舎である。この駅舎は北海道第一の都市にふさわしくあかぬけたもので、その後も長く北の玄関口として土地の人に旅行者に親しまれた。そして使命を終えて昭和三十二年（一九五七）五月二十九日新駅舎にバトンタッチした。それが四代目で、つまりは現在の駅舎である。

駅に残る記録では、開業年の明治十三年（一八八〇）一日平均乗車人員五十四名だったものが、徐々に増えて、明治四十三年（一九一〇）ころには九百～一〇〇〇名にもなっていた。現在はそれが五万三

⓬

⓭

⓮

⓬札幌駅２代目駅舎
⓭蘆花が降り立った３代目駅舎
⓮現駅舎は４代目

〇〇〇人にもふくれあがり、終日たいへんなにぎわいを見せていることは周知のとおりである。札幌駅の現勢については多言を要しまい。飛行機や自動車の影響を受けているとはいえ、今も交通の要衝であるという事実に変わりはない。

余等は其日の夜汽車で札幌を立ち、あくる一日を二たび大沼公園の小雨に遊び暮らし、其夜函館に往って、また梅が香丸で北海道に惜しい別れを告げた。

こうして徳冨蘆花は、ようやく北海道の地を離れた。帰途弘前へまわり、板柳を訪ね、秋田、米沢、福島を経由して帰京した。一カ月余におよぶ大旅行であった。

（『旅と鉄道』No.52〈'84夏の号〉／No.53〈'84秋の号〉）

…………………………

鉄道網がまだ発展途上にあった明治時代の末期、一カ月にもわたって、それも妻と五歳の幼女を連れて北海道を旅行するというのは大変な難事だったにちがいない。そういう時代に、徳冨蘆花が北海道、それも道東の釧路にまで足を延ばしたのは、淕別《りくんべつ》（現在の陸別《りくべつ》）に住む旧知の関寛《せきゆたか》翁を訪ねるためだった。

だが、蘆花は関寛のもとにこの旅では最長の五泊もしていながら、「釧路で尋ぬるM氏に会って所要を果し、翌日池田を経て淕別《りくんべつ》に往って此行《このこう》第一の目的なる関寛翁《せきかんおう》訪問を果し、（以下略）」とわずか数行で片付けている。これは、なぜだろう。

この『熊の足跡』は大正二年（一九一三）三月に刊行された『みみずのたわこと』に収録されたが、じつはこの本の中に、それも『熊の足跡』の前にその名もずばり『関寛翁』と題する一文も収録されており、このなかで蘆花は関寛との出会いから死別するまでの交友を詳細に綴っているのである。

本編でも、『熊の足跡』にしたがってこのことについては簡単に記すにとどまった。そこでこの解題では、この欠落した部分を補うことに主眼をおいて関寛のこと、蘆花との交友の経緯、関寛が開拓した凔別のことなどについてを『関寛翁』をもとにして記すことにしたい。

『関寛翁』は、「明治四十一年四月二日の昼過ぎ、妙な爺さんが訪ねて来た。北海道の山中《やまなか》に牛馬を飼って居《お》る関という爺《じじい》だと名のる（以下略）」という書き出しで始まる。関寛は、北海道に戻ってから、蘆花の「農とも読書子ともつかぬ中途半端な」生活を非難する長文の手紙をよこす。その後、湘南に住む父の話で、この関寛なる男がもとはといえば関寛斎と名乗った医者であることがわかる。ともにトルストイに心酔していたこともあり、蘆花と関寛翁は少しずつ交友を深めてゆく。そして、「北海道も直ぐ開けて了う、無人境《むにんきょう》が無くならぬ内遊びに来い遊びに来い」と促されて凔別行きを思い立つのである。

関寛は、天保元年（一八三〇）、千葉県の上総（現在の東金市）に生まれ、十八歳で佐倉の順天堂に入門して漢方医の佐藤泰然に師事、銚子で開業した後長崎に留学して蘭学を学んだ。その後、三十三歳で徳島藩の御典医に招かれるが、明治維新後は海軍省の病院長を務める。だが、明治六年（一八七三）には官位を棄てて平民になり、徳島で開業医になった。貧しい人からは治療費をとらないなど、仁に徹した医者だったという。詳細は割愛するが、未開の地の開拓を夢見て凔別に入植したのは明治三十五年（一九〇二）、七十二歳の時である。反骨精神の横溢した硬骨漢であった。

蘆花が訪ねた時、関寛は八十一歳になっていた。だが、それでもなお意気軒昂で五泊する間に精力的に凔別を案内したり、関寛の息子である餘作と又一、私淑する管理人夫婦や若い林学士、測量技師、アイヌ人など開拓に従事する人たちを紹介した。そして、大正元年（一九一二）十月十五日、後事を息子に託して八十二歳で服毒自殺を遂げた。

こうして関寛は果てたが、その後淕別は大火に遭い、凶作に見舞われながらも着実に入植者が増えていったという。この淕別に最初に鉄道が通じたのは、『熊の足跡』にも書かれているように、明治四十三年（一九一〇）九月二十二日、蘆花が訪ねるわずか二日前のことであった。この日、池田と網走を結ぶ網走線の一環として池田―淕別間がまず開通した。当初、関寛の功績を讃えて駅名を関にしようとの申し出がなされたが、関寛が固辞したために淕別になったという。以後、網走線は一年後の明治四十四年（一九一一）九月二十五日に野付牛《のつけうし》（現在の北見）、さらに一年後の大正元年（一九一二）十月五日に網走と延伸して全通、網走本線になった。その後、長い間にわたって網走へのメインルートとして重要視されてきたが、昭和三十六年（一九六一）四月一日にその地位を名実ともに石北本線に譲って池北《ちほく》

⑮

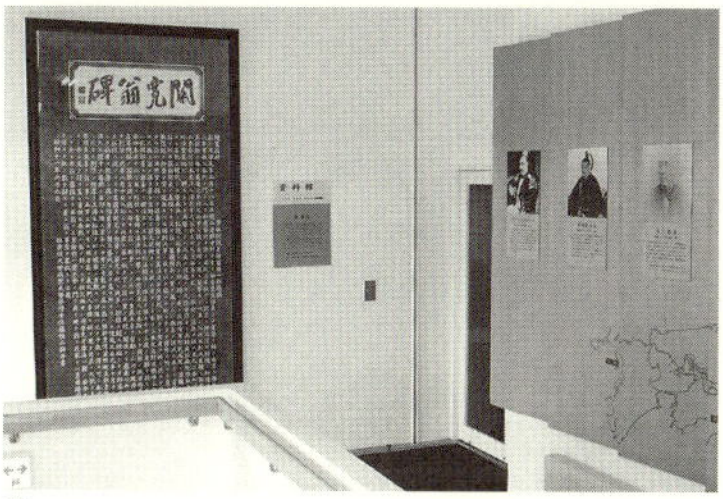

⑯

⑮旧ふるさと銀河線陸別駅
多目的施設「オーロラタウン93りくべつ」
として平成5年に改築された
鉄道の駅としての使命は終えたが道の駅があり
また「関寛斎資料館」も設けられている
（写真提供／陸別町）
⑯「オーロラタウン93りくべつ」の中にある
「関寛斎資料館」の展示室
医者として、陸別の開拓者として
大きな足跡を残した関寛斎の
歩みと業績をたどることができる
（写真提供／陸別町）

⑰

⑱

⑰「オーロラタウン93りくべつ」の前の広場に立つ関寛斎の歌碑「憂き事の又もや来る露の身の葉すゑに残る心地する身に」の歌が刻まれているこの歌を最後に残して関寛斎は自裁した（写真提供／陸別町）

⑱関寛斎の招きで陸別を訪れたことを記念して「オーロラタウン93りくべつ」の前の広場に平成12年に建てられた徳冨蘆花の文学碑（写真提供／陸別町）

線になり、さらに平成元年（一九八九）六月四日にはＪＲから分離されて第三セクター鉄道の北海道ちほく高原鉄道ふるさと銀河線として再出発した。だが、ご多分にもれず旅客離れに歯止めがかからず、今年平成十八年（二〇〇六）四月二十一日をもってついに廃止されてしまった。

じつは、北海道ちほく高原鉄道では少しでも利用客を増やそうと様々の手を講じてきた。その一つが駅の活性化である。陸別駅も中間の拠点駅として町と共同で再開発が進められ、平成五年（一九九三）四月十二日に「オーロラタウン93りくべつ」という、観光・物産館やオーロラハウスという宿泊施設を併設した複合施設に生まれ変わったのである。そして、嬉しいことにこの中に関寛を顕彰して「関寛斎資料館」も設けられた。関寛翁に関する写真や史・資料を展示した博物館である。

陸別では、関寛翁の事績を偲ぶよすがはこれだけにとどまらない。関寛翁顕彰会の手になる、関寛斎が詠んだ歌を刻んだ「白里歌碑」という歌碑も駅前広場にある。しかもこれは、没後百年を迎える平成二十四年（二〇一二）まで毎年一基ずつ建てられるという。陸別町が、関寛斎を今なお開拓の祖として崇めていることがこれでうかがえよう。

最後に、陸別にはもう一つ関寛翁と徳冨蘆花の交流を伝えるモニュメントがあることに触れておこう。そのものずばり、徳冨蘆花の文学碑が平成十二年（二〇〇〇）十月十五日に陸別駅前に建立されたのである。刻まれているのは、『関寛翁』の（二）の冒頭の一文である。少し長いがここに引用して本稿を締めくくることにしよう。なお、陸別には信常寺の跡地に蘆花の歌碑もある。

北海道十勝の池田駅で乗換えた汽車は、秋雨寂しい利別川の谷を北へ北へまた北へ北へと駛って、夕の四時淕別駅に着いた。明治四十三年九月二十四日、網走線が淕別まで開通した開通式の翌々日である。

今にはじめぬ鉄道の幻術、此正月まで草葺の小屋一軒しかなかったと聞く淕別に、最早人家が百戸近く、旅館の三軒料理屋が大小五軒も出来て居る。開通即下のごったかえす淕別舘の片隅で、祝の赤飯で夕飯を済まし、人夫の一人に当年五歳の女児鶴、一人に荷物を負ってもらい、余等夫妻洋傘を翳してあとにつき、斗満の関牧場さして出かける。

国木田独歩の『空知川の岸辺』

山林に自由存して　いまもなお――

函館本線
札幌駅
砂川駅
空知太駅
滝川駅
歌志内線
歌志内駅

明治に生き　明治に死んだ典型的な明治の文豪

国木田独歩は、明治四年（一八七一）八月三十日（ほかにもいくつか説があるが）に生まれ、明治四十一年（一九〇八）六月二十三日、まだ三十六歳の若さで亡くなったから典型的な明治時代の文人である。

そのせいか、同じく明治に生まれ明治に死んだ（それもともに肺結核という当時不治といわれた病いで）石川啄木と比較されることが多いようだが、実際には両者の気質は相当に異なっている。一生を貧窮のうちに送らねばならなかった啄木はとにかく生きるということが先決で、どちらかというと自己の生活に則した作品が多い。これに対し、独歩はいかにも明治の青年らしく多情多感で、人生も波瀾に富んでいたが作品もまた人間と自然、というより人間もまた大自然の一部だという観点からとらえた実験的なものが多い。

明治三十五年（一九〇二）、独歩三十一歳のときに七年前の体験を素材にして書かれ、雑誌『青年界』に連載発表された小説『空知川の岸辺』もまたそうした性格の濃い作品である。今、私はこの作品を小説と書いたが、実際には紀行文といってもいい類のものである。事実、紀行文全集といった企画では必ずといっていいくらい登場する。今ここで、小説か紀行文かを論ずる必要も余裕もないが、あえていうなら私はやはり小説だと考えたい。空知川沿岸を訪ねてから七年たって書かれたという、この七年という時間の中で当然このモチーフが客体視され小説的に構成されていったであろうことが容易に想像されるからである。

しかし、だからといってここに書いてあることの中に虚構があるというのではない。あくまでも事実に則している。ただ事実のとりあげ方に小説家としての選択がかなりなされていることは否めない。

独歩には、明治二十六年（一八九三）二月三日から明治三十年（一八九七）五月十八日までの四年余のことを綴った『欺かざるの記』と題する日記がある。これは熱心なクリスチャンだった独歩が、人に読まれることを意識して書きとめた自己の内面の赤裸々な告白の記である。この、日記文学の白眉ともいわれる『欺かざるの記』中に当然北海道ゆきのことも書かれているが、ここには『空知川の岸辺』には書かれなかった実に多くの、そして大事なことが書き込まれているのである。

その中の最たるものが、当時恋愛のただ中にあった、後年独歩の最初の妻となった佐々城信子のこと、およびその両親とのことなどである。

このことについては後にいやでも触れることになろうから、ここではひとまずはしょることとして、以上のような点を頭に入れた上でわれわれもまた『空知川の岸辺』を探索することとしよう。

希望と絶望のなかでの北海道ゆき

余《よ》が札幌に滞在したのは五日間である、わずかに五日間ではあるが余はこの間に北海道を愛するの情を幾倍したのである。

『空知川の岸辺』は、文語調でこう格調高く滑り出す。明治の人だから文語調というのではない。独歩はそれ以前に口語体の作品をいくつも発表している。大自然そのままといってもよかった厳しい北海道の風土を追想したとき、自ずと文語調が一番ふさわしい表現方法として独歩の胸中に定着したのであろう。そのことは次に続く文章からも感じとれる。

我国本土のうちでも中国のごとき、人口稠密の地に成長して山をも野をも人間の力で平らげつくしたる光景を見慣れたる余にありては、東北の原野すらすでに我自然に帰依《きえ》したるの情を動かしたるに、北海道を見るに及びて、いかで心躍《おど》らざらん、札幌は北海道の東京でありながら、満目《まんもく》の光景はほとんど余を魔《ま》し去ったのである。

明治二十八年（一八九五）当時の、まだ十分に原野のたたずまいを残した札幌の景観が目に浮かぶようである。

独歩がはじめて北海道に足跡を記したのは九月十八日未明、函館の地であったが、これに先立つ八日、『欺かざるの記』にはこういう記述がある。

八月三十一日より今日に至るまで、過ぐる九日間に於て、わが生涯の方向は全く一変せり。北海道行を決したるは三十一日なり。以後引き続きて種々の事起りぬ。信子嬢が萱場氏に対って、われと信子嬢とが関係を公言しての希望を斥けたるも此の間なり。

独歩が佐々城信子を知ったのはこの年六月九日のことである。これより先独歩は『国民新聞』の記者として日清戦争に従軍し、戦場からその状況を弟収二に宛てた手紙の形式で発表した通信（死後『愛弟通信』としてまとめられる）が一躍人気を呼び名をあげた。

信子の父で医師の本支、母で日本基督教矯風会幹部の豊寿という社交好きな二人が催した従軍記者をもてなすパーティに独歩も招かれ、ここではじめて十七歳の長女信子を知ることとなった。以後二人の仲は急速に進展するが信子の両親は猛反対、やむなく二人は塩原行を決行する。九月十一日、まず信子が女学校時代の友人遠藤よき、独歩のライバルだったが今は理解者となった萱場三郎に連れられて先発、一日遅れて独歩もあとを追った。これより先独歩は、信子に山林に自由を求めて北海道に移住、農業を営むことを話し、その承諾を得ていた。

塩原を訪れた佐々城本支がやっと二人の仲を認めたため、信子は十六日帰京、それを見送ったあと独歩は土地の選定をするべく単身北海道へと向かった。

独歩が北海道へ渡った背景には以上のような事件が実はあり、独歩の胸中はさまざまに揺れ動き、希望と絶望が交錯するという状態にあったのである。

追想はかくも人の心を沈めるものなのであろうか

函館からさらに船で室蘭に向かいここに一泊したあと札幌入りした独歩は、九月十九日から二十五日の朝までここに滞在、この間に知人や関係者と会って下準備をする。

札幌を出発して単身空知川の沿岸に向かったのは、九月二十五日の朝で、東京ならばなお残暑の候でありながら、余がこの時の衣装《ふくそう》は冬着の洋服なりしを思わば、この地の秋すでに老いて木枯しの冬の間近に迫っていることが知れるであろう。

目的は空知川の沿岸を調査しつつある道庁の官吏に会って土地の撰定を相談することである。しかるに余はまったく地理に暗いのである。かつ道庁の官吏ははたして沿岸いずれの辺に屯《たむろ》しているか、札幌の知人何人も知らないのである、心細くも余は空知太《そらちぶと》を指して汽車に搭《とう》じた。


これによりこの旅が、単に文筆家の酔狂な旅行なぞといったものではなく、独歩がいかに真剣に新天地の開拓を夢みていたかが分かろうというものだ。

空知川といい、また空知太という。いうまでもなくアイヌ語のあて字だ。ソー＝滝、ラプッチ＝水の上から落ちる、プト＝川口、という意味だそうである。この空知川、実は石狩川の支流である。

新天地を拓くといえば、前途に不安を抱きつつも、その心情は前向きで明るいものに違いない。にもかかわらず、この『空知川の岸辺』が全体を通して一貫して重く、かつ暗いのはなぜだろう。九月下旬の北海道という季節がそうさせたのか、それともたまたま天気が悪かったことによるものか。

それもある。だが、いかに寒冷の地とはいえ、九月のこの地はまだ晩秋とか初冬とはいえない。作者の心に、信子とのことが重くのしかかっていたからであろう。

先に、この小説は実体験から七年の歳月を濾過《ろか》してから書かれたと述べたが、実はこの間に国木田独歩には信子との恋愛の完成、結婚、そして離婚といった大事件がごく短期間に出来し、その試練を経て榎本治子という女性と再婚、ようやく家庭的な落ち着きを得たころに筆が起こされたのである。だからこそ信子のことはいっさい触れられていないのだが、しかし、こうした体験を経たあとだけに、追想したときは実際よりもっと重々しい出来事としてとらえられたのかも知れない。

石狩の野は雲低く迷いて車窓より眺むれば野にも山にも恐ろしき自然の力あふれ、ここに愛なく情なく、見るとして荒涼、寂寞、冷厳にしてかつ壮大なる光景はあたかも人間の無力とはかなさとを冷《あざ》笑《わら》うがごとくに見えた。

今や石狩地方は、いやもう北海道のほとんどがすっかり拓かれ、こうした車窓風景はよくも悪くも望むべくもなくなった。電車の軽快な震動に身を任せつつ移り行く石狩風景を眺めてみて、かつてはこうだったなどと、私にはどうしても思えなかった。空知地方に入ってみて、果たしてどの程度に明治が残っているものやら……。

自分の一生を象徴したような車中

蒼白なる顔を外套の襟に埋めて車窓の一隅に黙然と坐している一青年を同室の人々は何とみたろう。人々の話柄は作物である、山林である、土地である、この無限の富源よりいかにして黄金を握《つか》みだすべきかである、彼らのある者は罎詰の酒を傾けて高論し、ある者は煙草をくゆらして談笑している。そして彼ら多くは車中で初めて遇ったのである。そして一青年は彼らの仲間に加わらずただ一人その孤独を守って、独りその空想に沈んでいるのである。彼はいかにして社会に住むべきかということは全然その思考の問題としたことがない、彼はただいつもいつもいかにしてこの天地間にこの生を托すべきかということをのみ思い悩んでいた。であるから彼には同車の人々を見ることとほとんど他界の者を見るがごとく、彼と人々との間には越ゆべからざる深谷の横たわることを感ぜざるを得なかったので、今しも汽車が同じ列車に人々および彼を乗せて石狩の野を突過ごしてゆくことは、ちょうど彼の一生のそれと同じように思われたのである。ああ孤独よ！　彼はみずから求めて社会の外を歩みながらも、中心じつに孤独の感に堪えなかった。

もしそれ天高く澄みて秋晴拭うがごとき日であったならば余が鬱屈《うつくつ》もおおいにくつろぎを得たろうけれど、雲はますます低く垂れ林は霧に包まれどこを見ても、光一閃だもないので余はほとんど堪ゆべからざる憂愁に沈んだのである。

二十四歳の都会青年国木田独歩は、こういう心境を抱いて、同室の乗客と同化することなく空知へと入って行った。憂悶にとらえられさらでだに心は重かったのに天気までもがそれに加担するようにどろんとしていたので、余計に孤独が増したのである。あたかも自分の一生を象徴しているように思われたというのである。

あくまで空知川に最も近い空知太を目指して……

この当時の石狩、空知地方の鉄道事情を少し調べてみよう。

残念ながら、明治二十八年（一八九五）の時刻表が手元にないので、一年前の二十七年（一八九四）に発行されたものと一年後の二十九年（一八九六）のものでみてみる。

このころ、鉄道は手宮から空知太まで通じていて、さらに途中の岩見沢から室蘭までの現在の室蘭本線ももう開通していた。独歩もまたこの線で道央へとやって来たわけだ。岩見沢からはほかに幌内まで伸びており、この手宮―幌内間が北海道最初の鉄道である。

砂川からは歌志内へと鉄道は分岐し、石炭輸送のかたわら、旅客輸送も行なわれていた。開通したのは明治二十四年（一八九一）七月五日で、この間の運賃は十三銭だったという。砂川から一駅東にあたる空知太が開駅されたのは、それより少し後の二十五年（一八九二）二月一日のことで、だから独歩はわずか三年半後にこの地を踏んだことになるわけである。

この当時、手宮から札幌を経て岩見沢から室蘭へと向かう列車が朝一本だけあり、岩見沢止まりが一本、午後には札幌ゆきが一本あるきりだった。そして岩見沢─空知太間には午前と午後は各一本、砂川─歌志内間も同様である。

独歩が乗った列車は手宮を五時五十分に発車して札幌着七時三十四分の列車だっただろう。三十分停車して八時五分に札幌を出たこの列車は岩見沢に九時五十四分に到着する。ここで乗り換えて十時十五分発の列車が砂川に着くのが十一時四十分。十分停車して五十分発、そして空知太着が十二時二分である。以上が明治二十七年（一八九四）のダイヤで、二十九年（一八九六）になると少し変わる。手宮発六時二十分、札幌着八時。札幌発八時二十分、岩見沢着十時岩見沢発十時十五分、空知太着十一時五十五分とほんの少しだが短縮されたのである。独歩が乗ったときのダイヤがどちらだったかは今となってはよくわからない。

汽車の歌志内の炭山に分るる某《なにがし》停車場に着くや、車中の大半はそこで乗換えたので残るは余のほかに二人あるのみ。原始時代そのままで幾千年人の足跡をとどめざる大森林を穿《うが》って列車は一直線に走るのである。灰色の霧の一団また一団、たちまち現われたちまち消え、あるいは命あるもののごとく黙々として浮動している。

ここに出てくる「某停車場」が砂川だということは説明を要しまい。ここが目的ではなかったため、独歩は駅名なぞ気にもとめなかったのだろう。あくまで独歩は、空知川に最も近い、終着駅空知太を目指したのである。

車内で知った未開地空知川

砂川を出たあと、同じ客車内にたった一人残った客から独歩ははじめて声をかけられる。どうやら山師といった類の男らしい。


「空知太まで行くつもりです」

「道庁のご用で?」彼は余を北海道庁の小役人と見たのである。

「イヤ僕は土地を撰定に出かけるのです」

「ハハア。空知太はどこらをご撰定か知らんが、もう目星いところはないようですよ」

「どうでしょう空知太から空知川の沿岸に出られるでしょうか」

「それは出られましょうとも、しかし空知川の沿岸のどこらですかそれが判然しないと……」

「和歌山県の移民団体がいる処で、道庁の官吏が二人出張している、そこへ行くのですがね、ともかくも空知太まで行って聞いてみるつもりでいるのです」

「そうですか、それでは空知太にお出《いで》になったら三浦屋という旅人宿《やどや》へ上がってごらんなさい、そこの主人《あるじ》がそういうことに明るうございますから聞いてごらんなったらようがす、どうもまだ道路が開けないのでちょっとそこまでの処でもたいへん大廻りをしなければならんようなことがあって慣れないものには困ることが多うがすテ」


四十がらみの山師は、こう親切に独歩に教えてくれたのである。これを聞いた独歩は、ますます心細くなっていったことだろう。

孤島のような空知太から馬車に乗って

間もなく汽車は蕭条《しょうじょう》たる一駅に着いて運転を止めたので余も下りるとこの列車より出た客は総体で二十人くらいにすぎざるを見た、汽車はここより引返すのである。

かくして独歩はようやく目的地空知太に降り立った。しかし、想像していたとはいえ、はやりたつ青年を迎えてくれた駅はおそろしく寂しいところだった。

❶

❷

❶当時の空知太停車場
❷現停車場跡
独歩が降り立ったころの面影すら見ることはできなかった

ただ見るこの一小駅は森林に囲まれている一の孤島である。停車場に附属するところの二三の家屋のほか人間に縁あるものは何もない。長く響いた気笛が森林に反響して脈々として遠く消え去《う》せた時、寂然としていうべからざる静けさにこの孤島は還った。

明治二十七年（一八九四）の時刻表によると、十二時二分に着いた汽車は十分後の十二時十二分に引き返す。二十九年（一八九六）のそれだとやはり十分後の十二時五分に発車する。どちらにしても、汽車までもが長居は無用とばかり、汽笛と煙を残して早々に去って行ってしまうほどに寂しいところなのだ。

三輛の乗合馬車が待っている。人々は黙々としてこれに乗り移った。余も先の同車の男とともにその一に乗った。

（中略）

三輛の馬車は相隔つる一町ばかり、余の馬車は殿《しんがり》にいたので前に進む馬車の一高一低、凸凹多き道を走ってゆく様がよく見える。霧は林を掠めて飛び、道を横ぎってまた林に入り、真紅に染まった木の葉は枝を離れて二片三片馬車を追うて舞う。御者は一鞭《いちべん》強く加えて

「もう降りるぞ！」と叫けんだ。

「三浦屋の前で止めておくれ！」と先の男は叫けんで余を顧みた。余は目礼してその好意を謝した。車中何人も一語を発しないで、皆な屈托な顔をしてもの思いに沈んでいる。御者は今一度強く鞭を加えて喇叭《らっぱ》を吹きたてたので軀《からだ》は小なれども強力《ごうりょく》なる北海の健児は大駈けに駈けだした。

こうして独歩は、山師の教えてくれた三浦屋にひとまず入ったのである。

空知太は全くの徒労となった

三浦屋に着くやさっそく主人を呼んで、空知川の沿岸にゆくべき方法を問い、詳しく目的を話してみた。ところが主人はむしろ引返えして歌志内に廻わり、歌志内より山越えしたほうが便利だろうという。

「次の汽車なら日の暮までには歌志内に着きますから今夜は歌志内で一泊なされて、明日よくお聞きあわせになってその上でお出かけになったがようがす。歌志内ならこことは違って道庁の方もいますから、その井田さんとかいう方の今いる処もたぶん解るでしょう」

こういわれてみるとなるほどそうである。されども余は空知川の岸に沿うて進まば、余が会わんとする道庁の官吏井田某の居所を知るに最も便ならんと信じて、空知太まで来たのである。しかるに空知太より空知川の岸をつたうことは案内者なくてはできぬとのこと、しかもその道らしき道の開けいるにはあらずとの事を、三浦屋の主人より初めて聞いたのである。そこで余は主人の注意に従い、歌志内に廻わることにきめて、次の汽車まで二時間以上を、三浦屋の二階で独りポツ然と待つこととなった。

空知太まで来たのは全く徒労だった。こんなことなら砂川で乗り換えて歌志内へ直行していればよかった。

余は悶々として二時間を過ごした。そのうちには雨は小止になったと思うと、喇叭の音が遠くに響く。首を出してみると斜めに糸のごとく降る雨を突いて一輌の馬車が馳《は》せてくる。余はこの馬車に乗りこんでふたたび先の停車場へと、三浦屋を立った。

汽車の乗客は数うるばかり。余の入った室は余一人であった。人独りいるは好ましきことにあらず、余は他の室に乗換えんかとも思ったが、思い止まって雨と霧とのために薄暗くなっている室の片隅に身を寄せて、暮近くなった空の雲の去来《ゆきき》や輪をなして回転し去る林の立木を茫然と眺めていた。かかる時、人はおうおう無念無想のうちに入るものである。利害の念もなければ越方《こしかた》行末の想いもなく、恩愛の情もなく憎悪の悩みもなく、失望もなく希望もなく、ただ空然《くうぜん》として眼を開き耳を開いている。旅をして身心ともに疲れはててなおその身は車上に揺られ、縁もゆかりもない地方を行く時はおうおうにしてかくのごとき心境に陥るものである。かかる時、はからず目に入《い》った光景は深く脳底に彫《え》りこまれて多年これを忘れないものである。余が今しも車窓より眺むるところの雲の去来や、樺《かば》の林やちょうどそれであった。

空知太発午後四時三十七分（または四時十二分）、砂川着同五十二分（または二十四分）、砂川発五時五分（または四時三十五分）、歌志内着五時五十分（または五時二十分）、雨空の下はさぞ薄暗かったことだろう。何ともうら悲しい北辺の旅ではある。

いかなればわれ山林をみすてし

汽車の歌志内の渓谷に着いた時は、雨まったく止みて日はまさに暮れんとする時で、余は宿るべき家のあてもなく停車場を出ると、さすがに幾千の鉱夫を養い、幾百の人家の狭き渓《たに》に簇集《ぞくしゅう》している場所だけありて、宿引きなるものが二三人待ち受けていた。その一人に導かれ礫《いし》多く燈《ともしび》暗き町を歩みて二階建の旅人宿に入り、妻女の田舎なまりをそのまま、愛嬌も心からしく迎えられた時は、余も思わず微笑したのである。

こうして独歩はこの日歌志内に宿泊、親切な宿の主人から話を聞く。そして翌二十六日朝九時、宿の十四になる息子の案内でいよいよ空知川の沿岸へと向かうのである。深林を貫く思ったよりは大きい道を辿って道庁の役人とも会うことができた。しばし打ち合わせ。この間にたっぷりと未開の原野の厳しさを聞かされ、つぶさに観察してふたたび引き返す。『空知川の岸辺』の最後はこう結ばれる。

余はついにふたたび北海道の地を踏まないで今日に到った。たとい一家の事情は余の開墾の目的を中止せしめたにせよ、余は今もなお空知川の沿岸を思うと、あの冷厳なる自然が、余を引きつけるように感ずるのである。

なぜだろう。

この旅のあと、独歩は明治三十年（一八九七）四月に二十二編の詩を発表した。『独歩吟』と題されたこの中での代表作の名を「山林に自由存す」という。

山林に自由存す

われ此句を吟じて血のわくを覚ゆ
嗚呼《ああ》山林に自由存す
いかなればわれ山林をみすてし

ではじまる四連の四行詩である。この詩をつくるとき、独歩の頭の中には、空知川沿岸の景観が激しく去来したことであろう。

空知太駅も　三浦屋も……

さて、現在の空知地方はどうなっているだろう。

空知川を渡ったところに位置するのが滝川市である。ここに三浦華園というホテルがある。このホテルの前身が三浦屋だということは容易に想像がつく。滝川駅から歩いて五分ほどのところだ。だが残念ながらここはもとの三浦屋の位置ではない。私は、今の滝川駅が往時の空知太駅だと思い込んでいたが、これも違っていた。

結論からいうと、空知太駅も三浦屋も、とっくの昔に消滅してしまっていたのである。

一夜、三浦華園に宿をとった私は、四代目で滝川市議の光正さんから『滝川市史』を借り、ホテルのパンフレットをもらい、それらを徹底的に読んでみてそのことを知った。

それより前に砂川駅を訪ね、そこで『砂川市史』を見てある疑問を抱いていたが、それも氷解した。その疑問とは次のようなことである。砂川市にはじめて和人（つまりは日本人）が定着したのは明治十九年（一八八六）のことで、そのときの戸数は一、人口は男三人女二人の計五人だったという。そしてその当主こそが初代三浦屋の主人で山形県人三浦米蔵だったのである。

米蔵一家は、道路工事関係者に物資を供給するために空知川の左岸（つまり砂川側）に住居を設けたのだが、渡し舟の認可ももらって、その序《ついで》にここに二階建ての建物を造って旅館を経営した。独歩が訪れたのもまさにここで、つまり三浦屋は空知川の畔にあったのだ。もっとも米蔵は明治二十五年（一八九二）三月、四十九歳の若さで世を去ったから、独歩をもてなしたのは二代目で養子の庄作である。三浦屋はその後明治三十一年（一八九八）秋、石狩、空知両河川のはんらんによって跡形もなく流されてしまった。独歩が寄ってわずか三年後のことだ。つまり、『空知川の岸辺』が書かれたときにはもうなかった。独歩ははたしてこのことを知っていたかどうか。

三浦屋は大正三年（一九一四）に現在地に移って、昭和四十八年（一九七三）に改築、五十五年（一九八〇）に増築されて今日にいたっている。

一方、空知太駅はどうか。明治二十五年（一八九二）二月一日に開設されたことは前述したが、上川線が明治三十一年（一八九八）七月十五日に旭川まで通じ、滝川駅が出来るにおよんで信号場に格下げとなり、それでもずっと存続したが昭和三十一年（一九五六）に廃止されてしまったという。

こうしたことを頭に入れたところで、この夜、私はこれらの跡地をさまざまに想像しつつ寝入ったのである。

かくも時は歴史的跡地を変えてしまうものなのか

翌朝、私はすぐに滝川駅を訪ねた。日曜で休日だったのに、首席助役の川谷内さんが出勤してくれた。今年の三月、室蘭から赴任したばかりだとのことで滝川のことはあまり御存知ないようだったが、実に熱心につきあっていただいた。ひとしきり滝川駅のことを聞いたあと、川谷内さんの車でいよいよ空知太駅や三浦屋の跡を訪ねることになった。

空知太駅跡は空知川の鉄橋から一キロほど砂川寄りのところ、三浦屋跡は国道十二号線にかかる空知大橋を渡り滝川公園に向かって十五メートルほどのところと、調べはついていた。

私たちはまずこの滝川公園に直行した。なぜならここには、国木田独歩の石碑があるからである。空知大橋を渡ってすぐ左折、土手の上の舗装路を一キロほどさかのぼったところに公園はあった。休日ともなれば結構にぎわうという、よく整備された公園である。その中心部に「空知川の岸辺」と書かれたどっしりした石碑は、確かにあった。独歩が無駄足をしてわずか数時間立ち寄っただけなのに、この地の人はかくも独歩を慕い、誇りに思っている。私は改めて歴史のめぐりあわせということにしみじみと思いをいたしたのである。

空知大橋のたもとはかなり広い河原だが、もはやその辺りはかつて人間が住んでいたという痕跡を全く留めていない。三浦屋がどの辺にあったのかを探ることはもう不可能である。今はただ、三浦華園のパンフレットに載せてある一葉の写真でしか、往時をしのぶよすがはない。それによると、堂々たる木造の二階屋だったのだが……。

そして空知太駅跡——

これは比較的簡単に見つかった。大橋から砂川へ向かってすぐのところ（この付近の地名は今も空知太だ！）から右へ入ると、函館本線に向かって未舗装の道がまっすぐ伸びていて、線路に突きあたる手前でなだらかに左折、行きついたところがそうだった。深林をきり拓いたとおぼしき広場がほんの少しあるだけで、ここにも人間を感じさせるものは線路以外ほとんどなにもなかった。ここもまた滝川駅の駅長室にかかっている一枚の写真で当時をしのぶのみである。

時間は非情にも、歴史的跡地をどんどん変えていってしまう。

だがひとつだけ、〝昔〟が残っていた。私はそれを滝川へ戻る車の中から発見した。それはそのとき私の目の前にあった。道である。独歩を乗せた馬車が疾駆したであろうあの道！　周囲は拓かれてしまったにしても、この道筋だけはかすかに当時の面影をとどめていたようである。

独歩は今なお空知川の地に生きていた

川谷内首席助役に別れを告げた私は、バスで赤平へと向かった。空知川の右岸を快適に走る。かつて独歩が行こうとして果たせなかった左岸にも、もう立派な道がついている。鉄道ももちろん通じている。根室本線が滝川―富良野間を結んだのは、大正二年（一九一三）十一月十日のことだった。

歌志内から宿の子供の案内で森林にわけ入った独歩が辿り着いたのが赤平だとされている。赤平駅から四キロほど空知川を上った地点に歌志内入口という標識がある。ここに小公園があり、「国木田独歩曾遊地」と彫られた石碑が立っている。ここから眺める空知川は、じつに素晴らしい。独歩もまたこれを眺めたであろうか。

ここから歌志内へはバスで二十分ほど。まさしく独歩が往復した道である。立派に整備されていて、ここもまた昔をしのぶことはむずかしい。深山幽谷といった趣はもうどこにもないのだ。

そして、歌志内――

現在ここの人口は九八二九名、それでも、立派に市である。炭鉱景気でにぎわう最盛期には四万五〇〇〇人もの人がいたという。昭和三十六年（一九六一）ころのことである。

砂川市にしても同じこと。昭和三十八年（一九六三）に三万三〇〇〇人だった人口が現在は二万五〇〇〇人に減った。しかし、歌志内ほどではない。

このことは、炭鉱だけに依存した歌志内の盛衰が、それだけ激しかったことを雄弁に物語っている。もはや、石炭は新しい時代のエネルギーとしての命脈を絶たれてしまったのだろうか。

❸

❹

❸独歩が気にもとめなかった砂川駅
❹歌志内駅

独歩はこの歌志内で二泊した。宿の主人に世話になり、その息子に案内してもらって目指す道庁の官吏に会えたにもかかわらず、なぜか独歩は旅館の名を書きとどめなかった。

歌志内駅でたずねたが、わからない。その歌志内駅は、昭和九年（一九三四）に改築されたとはいえ、その位置は全く変わっていない。でも、今年三月に赴任したばかりの新谷直和助役は一つのヒントを与えてくれた。

「駅を出て右手の洋品屋さんをたずねてみなさい」

と……。

中年の婦人と隣りの店の四十前後の主人、それに今年七十五になるという洋品店の老爺までもが参加して、わいわいがやがや——、かくてついに旅館名は判明した。

その旅館の名は、石川旅館。この洋品店のすぐ裏側で、何と現在は食品店の倉庫がそこに建っていた！

明治二十八年（一八九五）から数えて八十六年。その歳月は、この辺境の地をもすっかり変えてしまっていた。

駅を出てまっすぐ、そこからすぐにはじまる公園の山の中腹に、三段構えの、植木にかこまれた堂々たる石碑がある。その表面に刻まれているのは、あの、国木田独歩の「山林に自由存す」の詩である。

ここでもまた独歩は、慕われ大切にされて、その存在を立派に主張し続けていた。

独歩の旅はたったの二泊三日だったけど、空知地方に残したその足跡はとてつもなく大きいものだった。

（『旅と鉄道』No.42〈'82冬の号〉）

……………………………

二十四歳になったばかりの国木田独歩が北海道を訪ねたのは、この未開の地の開拓を夢見てのことであった。明治二十八年（一八九五）九月のことである。だが、この夢はついに実現することがなかった。

独歩の夢は挫折したが、石狩川の支流空知川の周辺はその後着実に開かれていった。独歩が二泊した、もう一つの支流ペンケウタシュナイ川が流れる歌志内の発展も目覚ましく、独歩が訪ねた頃七〇〇〇人に満たなかった人口は、明治四十年代に入ると一万人を突破、大正二年（一九一三）には二万人に達した。

この発展を支えたのは、いうまでもなく〝黒いダイヤ〟と呼ばれた石炭である。この地方の石炭の採

❺

❻

❺芦別付近を流れる空知川
根室本線はほぼこの川に沿っている
沿岸は開けたが
まだ至るところに美しい自然を残している
❻歌志内公園に立つ「山林に自由存す」の歌碑
そのたたずまいは25年前とほとんど変わらない
（写真提供／歌志内市）

掘は独歩が訪ねる前の明治二十一年（一八八八）頃に始まったらしいが、盛んになるにつれて人口も急増した。人口がピークを迎えたのは戦後の昭和二十三年（一九四八）で、四万六〇〇〇人を数えたという。だが、その後はご多分にもれず炭鉱が衰微、それにつれて人口も減少した。

本編をまとめるために取材した昭和五十六年（一九八一）当時、九八二九人だった人口は、その後も減少を続けて今年平成十八年（二〇〇六）五月末にはわずかに五二七七人になってしまった。全国の市の中では最少の人口だという。

歴史に「もし」は禁物というが、かりに独歩がここ歌志内に入植し、その後も長生きしてこの推移を目の当たりにしたらどんな感慨を抱いたことだろう。

ところで、歌志内の地名はペンケウタシュナイ川に由来する。そして、この「ウタシュナイ」に「歌志内」という漢字を充てて「うたしない」としたのは、じつは明治二十四年（一八九一）七月五日に岩見沢から砂川を経てこの地へと線路を延ばした北海道炭礦鉄道である。鉄道の場合、地名を駅名にするのが一般だが、その逆に駅名が地名になったというのは珍しい。ちなみに、「ウタシュナイ」というのはアイヌ語で「砂のある沢」という意味だそうである。

北海道の鉄道は、周知のように明治十三年（一八八〇）十一月二十八日、小樽の手宮―札幌間開通を経て、明治十五年（一八八二）十一月十三日に手宮―幌内《ほろない》間が全通した幌内鉄道から始まった。維新政府の出先機関である開拓使が建設した官営鉄道であった。その後、途中の幌内太《ほろないぶと》（後の三笠）から分岐して郁春別《いくしゅんべつ》（後の幾春別）までが明治二十一年（一八八八）十二月十日に開通したところで、一年後の二十二年（一八八九）十二月十一日に北海道炭礦鉄道に譲渡された。岩見沢―歌志内間は、この北海道炭礦鉄道が自ら手がけた最初の路線であった。開業と同時にもちろん旅客も運んだが、その社名のとおり石炭の運搬がその主な目的だったことはいうまでもない。だが、その北海道炭礦鉄道は日露戦争後の明治三十九年（一九〇六）三月三十一日に公布された鉄道国有法によって同年の十月一日に鉄道作業局（後の国鉄）に買収された。そして、これによって砂川―歌志内間が明治四十二年（一九〇九）十月十二日から歌志内線になった。

歌志内線は、その後も長く歌志内地方の炭鉱から産する石炭の輸送を主力とする路線として活躍したが、国鉄からＪＲ北海道に分割されて一年後の昭和六十三年（一九八八）四月二十五日に廃止され、九十七年に及ぶ歴史を閉じた。歌志内市同様、この地の鉄道もまた炭鉱の盛衰と無縁ではありえなかった。

なお、本編取材当時、砂川市の滝川《たきかわ》公園に「空知川の岸辺」、歌志内市の歌志内公園に「山林に自由存す」、赤平《あかびら》市の独歩苑に「国木田独歩曾遊地」の三基の碑が建てられていたが、これらは今なお変わらぬ姿でそこにあるそうである。

開明期のリーダー　福沢諭吉

明治の巨星は「汽車」の名づけ親だった

近代文学に多大な影響を与えた福沢諭吉

お札《さつ》のデザインが新しくなった。そして、最高額の一万円札で福沢諭吉が登場した。

福沢諭吉は、いうまでもなく幕末から明治にかけての開明期を代表する大思想家である。教育家でもあり、ジャーナリストでもあった。日本の歴史のうえに燦然《さんぜん》と輝く巨星といって過言ではない。政治の中枢に入ることを拒否し、終始、野にあったが、日本の近代化に果たした功績の大きさははかりしれないものがある。一万円札の顔としては、まことにふさわしい。

その福沢諭吉を文学者というカテゴリーでとらえることには、あるいは異論があるかもしれない。諭吉はその生涯に尨大《ぼうだい》な量の著作物を残したが、その中で文学と呼んでもいい作物は、明治五年（一八七二）、奇しくも鉄道開通の年に発表した小説『かたわ娘』だけである。これとて、当時の女子がまゆげをそったりおはぐろにするという旧習を廃しようという意図で書かれた啓蒙的内容をもったもので、文学作品としては決してすぐれたものではない。

しかし、福沢諭吉が名文家であることはまぎれもない事実である。幼少のころから文章修業をこころがけ、いかにして読みやすくわかりやすい文を書くかに腐心した。また、今日一般に使われている言葉の中で、諭吉が外国語からの翻訳などで造りだしたものが無数にあり、それらは文学のうえにもすっかり定着してしまっている。後述することになるが、諭吉は明治二年（一八六九）、子どもや女性向けに平明な文章で綴った『世界国尽《せかいくにづくし》』という地理の本を出版したが、これなど声にだして覚えやすいように全編七五調で貫かれている。これこそは後年、島崎藤村が文学者としてのデビューを飾ることになった新体詩の、ルーツとされているものである。

このように福沢諭吉の思想や文章は日本の近代文学のうえに大きな影響をおよぼしている。かりにも近代文学を論じようとする場合に、諭吉を避けて通ることはとてもできない。福沢諭吉の初期の文章は御多分にもれず文語体だが、読んでみて決して生硬でなく、じつにリズミカルだしわかりやすい。文語体から口語体へ移るころの、いわば過渡期の文体としてあたりまえといってしまえばそれまでだが、明治十八年（一八八五）、山田美妙、尾崎紅葉らによって起こされた言文一致運動にも大きく影響しただろうことは疑いのないところだろう。

こうみてくると福沢諭吉もまた一個の立派な文学者であり、こと鉄道描写にかぎっても著述の中からレールファンを驚喜させるような格調高い記述を無数に書き残してくれているのである。それらは鉄道史的にみても貴重なものが多い。

今回は、福沢諭吉の作品から鉄道についての記述を拾ってみることとしよう。

つてを求めてアメリカへ渡る

福沢諭吉の来歴についてはよく知られているところである。天保五年（一八三四）、大分・中津藩の下級武士の次男として大阪の蔵屋敷で生まれ、翌年、父百助《ひゃくすけ》の死により家族とともに中津へ行き、そこで十八歳まですごした。安政元年（一八五四）、中津の藩風をきらい長崎へ遊学し蘭学と取り組む。そして翌二年（一八五五）大阪に赴き緒方洪庵の適塾に入った。

諭吉はここで、全国から集まった優秀な塾生とともに徹底的に蘭学を学ぶのだが、途中兄の死により帰郷して家督を相続することとなる。しかし、向学心やみがたく、母の同意を得てふたたび上阪、洪庵のひきたてもあって塾長にまで昇進する。このころから日本の政治情勢が急速に転回しはじめ、日米修好通商条約が締結された安政五年（一八五八）の十月には諭吉もその激動に揺れる江戸へと足を伸ばし、築地鉄砲洲にあった中津藩の中屋敷で蘭学塾を開いたのであった。これが慶応義塾の起源である。

万延元年（一八六〇）、幕府は修好通商条約を批准するため、全権団をアメリカへ派遣した。オランダから買い入れた小型の蒸気船「咸臨丸《かんりんまる》」を、日本人自らの手で操縦して太平洋を乗り切った。正使が新見《しんみ》豊前守《ぶぜんのかみ》正興、艦長が木村摂津守《せっつのかみ》喜毅《よしたけ》、指揮官が勝海舟という陣容で、諭吉は摂津守の従僕という形で首尾よく一行の中に加わることができた。というと、一行に加えられるのは大変なことだったことのように思えるが、事実は生命の保証のない洋行に進んで行きたがる人はなかったらしく、つてを求めて頼みこんだものの、ものずきな男だといった評価を受けて比較的かんたんに許可になったらしい。このへんのところは『福翁自伝』におもしろおかしく語られている。

福沢諭吉はもちろん、この初めての洋行で日本よりはるかに進んだ文物に接し眼を見開く思いをしたわけだが、後年の進路はこの体験によって決定されたといってもいい。洋学といえば蘭学一辺倒だった日本で、諭吉は世界は英学主流で動いていることを痛感したりもするのである。帰国後『華英通語』という辞書を翻訳出版、これが諭吉最初の出版となった。

その後、幕府の外国方に雇われ、文久二年（一八六二）、今度は正式の随員としてヨーロッパに行くことになった。ここでもいろいろ収穫を得たが、二度にわたる洋行で当時第一級の西洋事情通となったことはいうまでもない。この経験が諭吉に『西洋事情』を書かしめた。慶応二年（一八六六）のことである。

福沢諭吉は翌年にも再度アメリカに行くが、それを最後に幕府が倒れ、維新後は新政府にもつかず慶応義塾の塾務に専念、その活動の中から『文明論之概略』『学問のすすめ』などの名著が次つぎに生み出されることとなった。その後の福沢諭吉の活躍については多くを語る必要はないだろう。

名著『西洋事情』で「蒸気車」を紹介

福沢諭吉が『西洋事情』を著したのは旧幕時代の慶応二年（一八六六）だったことは先述したが、この本の初編巻の一で諭吉は「蒸気機関」「蒸気船」に続き「蒸気車」の一項を設けて、鉄道のことを解説している。

『西洋事情』はいうまでもなく、長い間の鎖国で盲目同然だった当時の日本人に文字通り西洋の事情を伝えることを目的として書かれた本だが、その狙いがうけて飛ぶように売れたという。

諭吉はまず「蒸気機関」のところで、「蒸気とは湯気なり。」と説きおこし、そのしくみについて言及、「英国人ワット初めて蒸気機関を大成し、」「大小の工作皆蒸気を用いざるものなし。」と記したうえで「蒸気機関ひとたび世に行われてより、世界中、これがために工作貿易の風を一変せりと云う。」と結んでいる。

次いで「蒸気船」に移り、蒸気機関を応用してアメリカのフルトンが発明したことが語られるが、この蒸気船については、嘉永六年（一八五三）ペリーが浦賀にやってきて日本人を驚かせて以来すでになじみのあるものだったし、咸臨丸も蒸気船だったしで、読者もある程度の知識はもっていたにちがいない。

諭吉の筆はいよいよ「蒸気車」へと進む。

❶

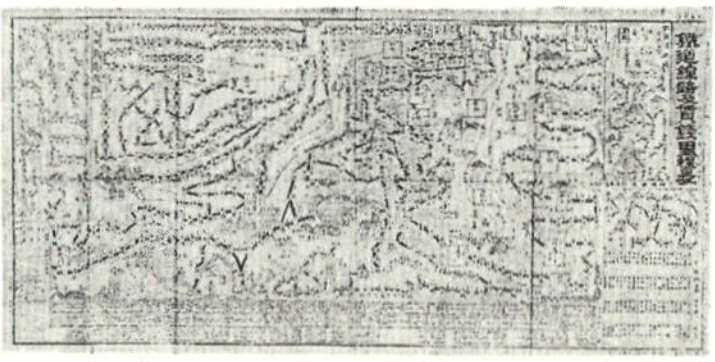

❷

❶明治５年鉄道開業風景
（写真提供／交通博物館）
❷明治25年発行の『日本全国鉄道線路図』
もうこのころは
かなりの鉄道線が敷かれている

蒸気車とは蒸気機関の力を借りて走る車なり。車一両に蒸気を仕掛け、これを機関車と名づく。機関車一両をもって他の車二十両ないし三四十両を引くべし。一両の車に人数二十四人を容るその製作重大堅牢、四個の鉄輪にて走るが故に尋常の道を行くべからず。必ずこれがため道を平にし、車輪の当る所に巾二寸厚さ四寸ばかりの鉄線二条を填めて、常にこの上を往来す。これを鉄道と云う。

日本で初めて鉄道が開通するのは明治五年（一八七二）五月七日、品川―横浜（現桜木町）間のことであるから、諭吉のこの文章はそれより六年も早いわけで、これは当時の人を驚かすに十分だったにちがいない。

続いて、

鉄輪をもって鉄道を走る。車重大なりといえどもこれを動かすことはなはだ容易なり。この車を蒸気力にて引くが故に、その迅速なること蒸気船の比類にあらず。

と、こう蒸気車の特徴が説明される。それから諭吉の体験が語られる。

文久壬戌《みずのえいぬ》の秋、余輩魯西亜《ロシア》の彼得堡《キエフ》より仏蘭西《フランス》の巴里斯《パリス》に至るとき、その道程日本の里法にて七百五十里余あり。この道を二十一時の間に走れり。休息の時刻はこれを除くこの蒸気車ははなはだ疾《はや》きものにあらず。英国にて最も急行の車は一時に五十里余を走る。

この時代、鉄道に乗ったことのある日本人は数えるほどしかいなかったわけで諭吉もさぞ鼻高々といったところだったろうが、そうした感情を抑えてさらりと書きながらしているあたり、心にくいものがある。

ここでは、これに続いて蒸気車の来歴も述べられている。よく知られた歴史的事実ではあるが、記述がおもしろいし、日本では初めて紹介された文献の一つなので少し長いが引用することとしよう。

蒸気車の発明も大抵蒸気船と同時代なり。ただしこれを実地に用いたるは蒸気船よりもおそし。千七百八十四年ウィルレム・ムルドック初て蒸気車を製したれども、軽小の玩具のみ。爾後二十年の間、これを改正するものなく、千八百二年に至りてリチャルド・トレフヒチック機関の工夫を大成したれども、なおこれを実用に施さず。千八百十二年英国人ジョージ・ステフェンソン蒸気車を造りて石炭を運送せり。これを蒸気車の初めとす。ただしいまだ鉄道あらず。千八百二十五年同人の工夫にてストックトンよりダルリントンの間に鉄道を造れり。日本の里法にて二三里なるべしすなわち世界中第一着の鉄道なり。

（後略）

ヨーロッパへ赴き初めて鉄道に乗る

さて、それでは福沢諭吉の蒸気車初体験とはどんなものだったのだろうか。

諭吉は、『西洋事情』の初編を書きあげたあと、慶応三年（一八六七）にふたたびアメリカに行ったが、帰国後、滞米中不届きの所業があったとして謹慎を命じられる。そして、この謹慎の間に完成させたのが『西洋旅案内』という本である。この一書は過去三度の洋行を踏まえて見聞したことをわかりやすく解説したガイドブックである。実体験をもとに書かれた日本初の海外旅行案内であるという点で画期的なものだが、この中に、

スエスより上陸し、百里ばかりの地続きを蒸気車に乗りて一日に越し、地中海に出る。この港をアレキサンデリヤという。

という記述がある。これが、諭吉が最初に乗った鉄道である。

この『西洋旅案内』は、もちろん翻訳物などでなく、諭吉の体験にもとづいているものだが主情を抑えて書かれているために、諭吉が初めて蒸気車を見て、そして乗ってどう感じたかについてはいっさい言及されていない。このあたり、いささかものたりない思いが残る。

後年、諭吉が亡くなる一年半ほど前の明治三十二年（一八九九）六月に、口述をもとにまとめられた

『福翁自伝』にもこのことは次のように述べられている。

それからヨーロッパに行くということになって、船の出発したのは文久元年十二月のことであった。このたびの船は日本の使節が行くというために、イギリスから迎船のようにしてきたオージンという軍艦で、その軍艦に乗ってホンコン、シンガポールというようなインド洋の港々に立ち寄り、紅海にはいって、スエズから上陸して蒸気車に乗って、エジプトのカイロ府に着いて二晩ばかり泊まり、それから地中海に出て、そこからまた船に乗ってフランスのマルセール、ソコデ蒸気車に乗ってリオンに一泊、パリに着いて滞在およそ二十日、……（後略）

これまたじつにそっけない。明治三十年代といえば日本でもほぼ全国に鉄道が普及して、もう格別珍しいものでもなかったからなにをいまさらといった感じがあったのにちがいない。しかし、『西洋旅案内』では、イギリスを説明する件《くだり》で、こと「蒸気車」に関して福沢諭吉の筆はにわかに活気づいてくる。鉄道発祥の国、しかも当時世界一の大文明国との思い入れがそうさせたものだろう。

この港（サザンプトンのこと―筆者注）には船の修覆場数所あり。洪大なる構なり。見物すべし。そのほか学問所も盛なり。世に名高き蒸気機関を工夫したるワットといえる大先生も、当地にて生れたる人なり。◯サウスアンプトンよりロンドンへは蒸気車にて一時《ひととき》の間に通行すべし。

こう書いたあとで次のように続けられる。

右の手続きにて、仏蘭西の飛脚船に乗れば仏蘭西の都パリスへ着し、英吉利《イギリス》の飛脚船に乗れば英吉利の都ロンドンへ着すべし。すでにパリス、ロンドンへ着すれば、両都の間百二、三十里、蒸気車と蒸気船に乗りてわずかに一日路なり、（中略）そのほか欧羅巴《ヨーロッパ》の諸国には蒸気車の路縦横にわたり、旅行するとて、杖、笠、草鞋《ぞうり》の用意にも及ばず、そのまま車に乗りて百里や二百里の道は一夜の間にも行かるべきことなれば、欧羅巴州の内にて遠国へ旅行するなどいうとも、実は江戸より近在まで歩行するほどの苦労もなし。（後略）

ここでは、イギリスだけでなく、全ヨーロッパにわたって鉄道が幅広く敷かれいかに旅行の便に供しているかがとうとうと記されているのである。

実際、この見聞は諭吉の思想形成にも大きな波紋を投ぜずにはおかなかった。

婦女子に愛読された『世界国尽』

そのことは後述するとして、諭吉が婦女子向けに企画し、明治二年（一八六九）の初冬に出版した『世界国尽』も概観しておこう。

この本が読みやすく覚えやすいように七五調で書いてあることは前にも書いたが、もう少しくわしくいうと、全体がまずアジア、アフリカ、ヨーロッパ、北アメリカ、南アメリカ、オセアニアの六ブロックにわかれている。おもしろいのは本の体裁で、各ページ上下二段にわかれていて、主文はこの下段におかれているのである。そして上段に風景や風物を配した絵が配され、補足の説明文が添えてある。

この中のイギリスの項に、蒸気車が当然登場する。

まず、名調子の主文から紹介しよう。

英吉利は仏蘭西国の北の海、独り離れし島の国、蘇格蘭《すこつとらんど》、阿爾蘭《いるらんど》、英倫《えんげらんど》の三国を合わせて合衆王国と威名耀《かがや》く一強国。人民二千九百万、百工技芸、牧、田畑、産物遺《のこ》る所なく、中にも多き鉄、石炭、蒸気器械の源は用いて尽きぬ無尽蔵、知恵極まりて勇生じ、水を渡るに蒸気船、万里の波も恐なく、陸地を走る蒸気車は人に翼の新工夫、飛ぶより疾《はや》き伝信機、瞬《またた》く暇に千万里、告げて答うる急飛脚、内と外との新聞を互に聞きて相伝う。百《もも》の都会の中心は庭武須《ていむす》河畔の論頓府《ろんどんふ》、広き世界に比類《たぐい》なき万国一の大都会、東西三里、南北は二里の間に立籠《たてこ》る軒端は櫛の歯を並べ錐《きり》を立つべき地もあらず。人口二百八十万。往来群集雲を成し、夜は三十六万の瓦斯《がす》の燈火《ともしび》燿きて晦日《みそか》の暗《やみ》も人知らず。昼夜絶えなき馬車の声、四海の波も音しずか、港に繋《つな》ぐ万国の船の遠望《ながめ》は森林、木の葉を散らす河蒸気、河に架けたる鉄橋を走る蒸気車矢の如く今朝見し友も夕には千里隔てる旅の空。（後略）

『世界国尽』はのちに、小学校の教科書にも採用されて、当時の子どもたちに広く愛誦されたという。この主文に添えて上段には次の説明がついている。

（前略）近来蒸気船は珍らしからざれども、日本人のいまだ見ぬ蒸気車というものあり。これは馬も牛も用いずただ蒸気の仕掛けにて走る車なり。その疾《はや》きこと実に人の目を驚かす。大抵一時《ひととき》に二十里も走るゆえ、東海道五十三駅《つぎ》などは一昼夜にて往返すべし。（後略）

そして、テームズ河に浮かぶ蒸気船や帆船と河を渡る蒸気車が大ビル群をバックに描かれた絵と、山地を走る蒸気車と線路に沿った電線の絵が添えられて理解を助けているのである。

『世界国尽』が、情報の乏しかった当時にあって、日本人が世界に眼を開くのに大きく貢献したであろうことは容易に想像できよう。

「汽」の字を導入、「汽車」の語源となる

福沢諭吉の鉄道体験は以上にみたとおりであるが、諭吉はそれをどうとらえ、自己の思想にどう投影していったであろうか。次にそれを調べてみよう。

そのてだてとしていま一度『西洋事情』に立ちもどることにする。

『西洋事情』は、初編に続いて外編が明治元年（一八六八）の夏に刊行されたが、この中の「世人相励み相競う事」という章で、諭吉はともに励みともに競うことによって世のためになる事業が達成できると説くのである。そして、その例証として次のように述べる。


右の如く天下武を貴び互に先を争いて富貴利達を求むるは、あるいは人生相励み相競うの趣意に似たれども、その実は時勢の弊にて、これを世の繁昌と云うべからず。文明の教えようやく行われ、人々徳行を修め智識を研《みが》くに至りて、世の形勢全くその趣を異にし、人自ら利達を求むれば、共に他人の利達を致し、人自ら富福を求むれば、自己の力を用いて他人の物を貪《むさぼ》ることなし。故に近世蒸気機関の仕掛けを大成し蒸気車鉄路の法を発明したるワット（下に略伝あり）ハルグリウス（紡績の機関を発明したる人）アルクライト（同上）ステフェンソン（下に略伝あり）の如き大家先生も、その発明によりて自ら高名利達を得、またかねて天下のために大利を起せり。これに加えてかかる大発明をかたわらより助けてその目的を達せしめし者までも、また自ら名利を得て共に天下の利益を致せり。

それから、蒸気機関を開発したワットと蒸気機関車を造ったスティーヴンソンの二人を特にピックアップし、その略伝をながながと記している。この二人に、いかに傾倒していたかがこれで知られよう。

『西洋事情』には、見落としてはならない重要なポイントが、もう一つある。それは、二葉の口絵のうちの一枚で、上に「蒸汽　済人　電気　伝信」の四文字が並び、真ん中に丸い地球の絵が描いてあるものである。地球をめぐる電柱の上を飛脚が走り、地球図の下に尖塔のそびえたつ街、野の上を飛ぶ気球、煙を吐いて走る蒸気車、同じく蒸気船があしらってある。

これでわかるように、福沢諭吉は「蒸気」をはっきりと西洋文明のシンボルととらえていた。そして、その具体的なものとして蒸気車と蒸気船が視野に入れられていたのだった。

なお福沢諭吉はこの口絵で、「蒸気」でなく「蒸汽」と表現している。後世、われわれは蒸気船を汽

❸

❹

❸『世界国尽』には
理解しやすいように挿絵が
❹「蒸汽　済人　電気　伝信」
が印された『西洋事情』

船、蒸気車を汽車と呼んで親しむことになるが、その語源はどうやらここにあるとみていいようである。諭吉は、この「汽」の字を『康熙字典』の中から拾いだしたという。それにしても「汽車」の名づけ親が福沢諭吉だったというのはなんとも楽しい。

ワットとスティーヴンソンに心酔

明治五年（一八七二）、新政府によって遂行された鉄道事業が緒につきだす前後から、福沢諭吉の教育活動、ひいては啓蒙活動も活気を帯びてくる。最初、新政府に懐疑的だったものが、予想に反して西洋文明を積極的に採り入れていくその進取の精神が諭吉の思想と共鳴する部分が多かったことも大きく影響している。鉄道事業など、まさに恰好の対象であった。

諭吉が、名著『学問のすすめ』初編を刊行したのが、この年二月のことである。以後、明治九年（一八七六）十一月までの間に十七編までが継続的に書き継がれ、のち一本にまとめられるのであるが、この本はベストセラーとなって一般に広く読まれた。その主題を一言でいうと「独立自尊」である。

それはさておき、この中の五編で福沢諭吉は次のような論評を展開している。

（前略）今の政府はただ力あるのみならず、その知慧《ちえ》すこぶる敏捷《びんしょう》にして、かつて事の機に後《おく》るることなし。一新の後、未だ十年ならずして、学校兵備の改革あり、鉄道電信の設あり、その他石室を作り、鉄橋を架する等、その決断の神速なるとその成功の美なるとに至っては、実に人の耳目を驚かすに足れり。（後略）

（前略）今政府に学校鉄道あり、人民これを一国文明の徴として誇るべきはずなるに、かえってこれを政府の私恩に帰し、ますますその賜に依頼するの心を増すのみ。人民すでに自国の政府に対して萎縮震慄《いしゅくしんりつ》の心を抱けり、あに外国に競うて文明を争うに遑《いとま》あらんや。故に云《いわ》く、人民に独立の気力あらざれば文明の形を作るもただに無用の長物のみならず、かえって民心を退縮せしむるの具となるべきなり。

鉄道に即して拾いだしたわずかこれだけの断片からだけでも、福沢諭吉がスタートしたばかりの政府をいかに高く評価していたかが読みとれよう。それとともに、これにしたがう人民の依頼心ばかりが強く無気力なのを嘆き、独立の気概を持つよう鼓舞しているのである。

そして、これに続けて福沢諭吉は文明の発生を、上《かみ》、つまり政府、下《しも》、つまり小民のどちらにも求めるべきではないと説く。その中間、つまり「ミッヅルカラッス」（ミドルクラスのこと―筆者注）から興すべきだというのである。このあたり、諭吉の論鋒にやや独断が認められるが、その「ミッヅルカラッス」の例として経済学者のアダム・スミスとともにまたしてもジェームズ・ワットとジョージ・スティーヴンソンをあげている。福沢諭吉は、よくよく蒸気機関と蒸気車の発明者がお気に入りだったのだろう。

「人間社会の運動力は蒸気に在り」

『学問のすすめ』にとどまらず、ワットは福沢諭吉が明治八年（一八七五）八月に刊行した『文明論之概略』でもアダム・スミスとともに再度登場する。つまり諭吉は、蒸気機関の発明がいかに文明の進歩・発展を促進したかということを強調したかったのである。巻の三第六章では知恵と徳義を説明するくだりで、知恵の例証としてあげられている。

（前略）ひとたび物理を発明してこれを人に告ぐれば、たちまち一国の人心を動かし、あるいはその発明の大なるに至っては、一人の力、よく全世界の面を一変することあり。ゼイムス・ワット蒸気機関を工夫して世界中の工業これがためにその趣を一変し、アダム・スミス経済の定則を発明して世界中の商売これがために面目を改めり。（後略）

徳義というのはあくまで一人の行ないで、そのおよぶ範囲はせまい、それに対して知恵は影響力が大きい、ワットを見よ、スミスを見よというわけである。
ここではスティーヴンソンは顔を出さないがこの文に先んじてやはり知恵の働きの結果として蒸気車も採りあげられている。

（前略）外物に接してその利害得失を考え、この事を行うて不便利なれば彼の術を施し、我に便利なりと思うも衆人これを不便利なりと云えばすなわちまたこれを改め、ひとたび便利となりたるものもさらにまた便利なるものあればこれを取らざるべからず。たとえば馬車は駕籠よりも便利なれども、蒸気力の用ゆべきを知ればまた蒸気車を作らざるべからず。この馬車を工夫し蒸気車を発明し、その利害を察してこれを用いるものは智恵の働きなり。（後略）

いやはや、まことにもって蒸気機関、および蒸気車は過分の扱いを受けたものである。
この考えをさらに決定的なものとしたのが明治十二年（一八七九）八月に出版した『民情一新』という本である。

福沢諭吉はまず、その緒言で次のように断言する。

しかるに千八百年代に至って蒸気船、蒸気車、電信、郵便、印刷の発明工夫をもってこの交通の路に長足の進歩をなしたるは、あたかも人間社会を顛覆するの一挙動と云うべし。本編はもっぱらこの発明工夫によりて民情に影響を及ぼしたる有様を論じ、蒸気船車、電信、郵便、印刷と四項に区別したれども、その実は印刷も蒸気機関を用い、郵便を配達するも蒸気船車に付し、電信も蒸気によって実用をなすことなれば、単にこれを蒸気の一力に帰して、人間社会の運動力は蒸気に在りと云うも可なり。千八百年代は蒸気の時代なり、近時の文明は蒸気の文明と云うも可なり。（後略）

そして、第三章で蒸気船車、電信、郵便、印刷の四項を詳細に解説するのである。それについては割愛するが、タイトルにその要旨はつくされているからこれを紹介しておこう。

蒸気船車、電信、印刷、郵便の四者は千八百年代の発明工夫にして、社会の心情を変動するの利器なり。

という次第で、福沢諭吉は三度にわたる洋行体験を通して、蒸気船や蒸気車が、電信や印刷、郵便と並んで、さらにはこれらの大本である蒸気機関が文明の発展にいかに大切なものかということを、借りものでなく完全に自分で消化しきった思想として表出したのであった。

二十世紀の入口で没す

しかし、時代は進む。過渡期にあればなおのこと、社会の進展は早い。新時代の文明を形成する最大の武器として蒸気機関を位置づけた福沢諭吉ではあったが諭吉はさすがにそれが永久に続くものではないことをも見とおしていた。そのことは先に引用した『民情一新』中の「千八百年代は蒸気の時代なり」という表現にもうかがえる。「明治」は文字通り昇龍の勢いにあったが、「西暦」はそろそろ一八〇〇年代の幕が降ろされ、二十世紀を迎えようとしていたのである。

人間の想像は限りなくして実行の区域ははなはだ狭し、駕籠に乗りて山路を行くは堪え難くして、平地に人力車ならばと思えども、その人力車もこれに乗れば遅々たるが如し。されば駕籠よりも人力車よりも幾倍か飛び離れたる汽車の便を取りたらんには、もはや不平はなかるべきやと云うに、決して然らず。汽車の速力一時間に二十哩《マイル》は最も鈍くして、四十哩六十哩のものにてもなお満足すべからず。すでに六十哩なれば八十哩を思い、ついに百哩百五十哩、いよいよ速くしていよいよ遅きを感ずるは人心の常にして、たとい風船を自在に御して一日に数千哩を走るも、これにて円満の速力と思う者はなかるべし。すなわち想像の働く所にして、人の想像は宇宙を包羅して到らざる所なく、開闢以来今日に至るまでかつて満足したることなきものなり。(後略)

これは、明治二十八年(一八九五)にまとめた『福翁百話』中の一文である。福沢諭吉は人間の想像、つまりは欲望は無限のものだとして、そのたとえに乗りものとそのスピードをもってきたのだった。

そして、諭吉は交通の分野で蒸気機関に代わるものとしての電気の応用を想定していた。『福翁百話』の二年前に発表した『実業論』に次のように記している。

実業の発達とともに器械の用法もまた盛なるべきは論を俟《ま》たず。（中略）そもそも従前の器械に用いたる動力は専《もっぱ》ら蒸気のみにして、一切の作業社会を支配したることとなれども、文明の進歩は蒸気に安んずるを得ずして、時としてこれに代わる電気をもってしまたその電気を起こすに蒸気力を用いしものが、近来は蒸気を廃して水力を代用せんとするに至りしこそ由々しき出来事なれ。（後略）

続けて、世界の大勢がすでに電気時代に突入したことを細かく例をあげて説明する。その中にすでに「電気鉄道」も入っている。

実際、日本もその後、欧米の列強を追って工業を急速に進展させていった。明治二十三年（一八九〇）には上野で開かれた内国勧業博覧会にアメリカ製の電車が出品され、その五年後には日本最初の路面電車が京都の街を走り始めた。福沢諭吉の読み通りに推移しだしたのである。

しかしこと鉄道に関するかぎり、蒸気機関、つまり蒸気車はその後も主役として長く働き続けた。そのことをここで改めて説明する必要はないだろう。ここまでは福沢諭吉も想像しなかったにちがいない。

日本の近代化に大きな足跡を残した福沢諭吉が没したのは、明治三十四年（一九〇一）一月二十一日のことであった。二十世紀の入口のところで姿を消したわけである。しかし福沢諭吉は、多大で多彩な業績をとおして今日にいたるもなお、その存在を誇示し続けている。一万円札がなによりも雄弁にそのことを語っている。

（『旅と鉄道』No.55〈'85春の号〉）

久しぶりに本編を読み返してみて、改めて福沢諭吉の慧眼に驚いた。今から百四十年近くもの昔、幕末から明治にかけての激動の時代、日本が開国を控えてまだ混沌としていた時代にしっかかとその行く末を見据えているのである。

私は、本編の冒頭で「お札のデザインが新しくなった。そして、最高額の一万円札で福沢諭吉が登場した」と書き、最後を「(前略)しかし福沢諭吉は、多大で多彩な業績をとおして今日にいたるもなお、その存在を誇示し続けている。一万円札がなによりも雄弁にそのことを語っている」と締めくくった。

そのお札のデザインが、平成十六年(二〇〇四)春に二十年ぶりに更新された。そして、千円札は夏目漱石から野口英世に、五千円札は新渡戸稲造から樋口一葉に変更された。しかし、一万円札の福沢諭吉はそのまま踏襲された。諭吉は、没後一世紀以上を経てなお、「その存在を誇示し続けている」のである。

本編では、鉄道の導入の必要性を説いた諭吉の功績を著作をとおして浮き彫りにしたが、読み返してみてこれに書き加えることはほとんどない。そこで、ここでは諭吉が著作物のなかで蒸気機関を発明したイギリスのゼイムス・ワット(ジェームズ・ワット)とともに敬愛の念をこめて熱く語った蒸気機関車を実用化したジョージ・ステフェンソン(ジョージ・スティーヴンソン)や、それに先駆けて発明したリチャルド・トレフヒチック(リチャード・トレヴィシック)について少し触れたい。これらの先覚者の事績をたどることで、諭吉が著作のなかでいわんとしたことがさらによく理解できると考えるからである。

スティーヴンソンは、イギリスでは「鉄道の父」と呼ばれている。議会の要請を受けて一八二五年九月二十七日、イングランド中東部のダーリントン（実際にはこれよりさらに北方にあった炭鉱）とティーズ川の河港ストックトンを結ぶ世界最初の鉄道であるストックトン・アンド・ダーリントン鉄道を完成させた技師である。この時、スティーヴンソンは「ロコモーション」（これが英語で「機関車」を意味する「ロコモティヴ」の語源になった。米語では「エンジン」）という機関車を製作し、自ら運転して処女列車の運行を成功させた。しかし、この鉄道はまだ完全なものではなかった。石炭や鉄鋼の運搬のかたわら旅客列車も走らせたが、「〝鉄の馬〟の牽く列車なんか危なくて乗れたもんじゃない」と危険視されたために客車は馬車に牽かせ、「ロコモーション」は貨物列車だけを牽いたという。

　スティーヴンソンは、その後再び議会の要請で、今度はイングランド中西部の貿易港リヴァプールと産業革命の発祥地、綿工業の盛んなマンチェスターを結ぶリヴァプール・アンド・マンチェスター鉄道

❺

❻

❺イギリスの鉄道発祥の地
ダーリントン駅の構内に掲示されている
ストックトン・アンド・ダーリントン鉄道の
歴史を紹介するパネルに図面を手にする
スティーヴンソン（右）の肖像も描かれている
❻ダーリントンの「鉄道博物館」に
保存されている「ロコモーション」
180年以上を経た今でも少し手入れすれば
動き出しそうなほど保存状態がよい

も手がけた。一八三〇年九月十五日の開業式当日、首相のウェリントン将軍などと同じ客車に乗っていた政敵のウィリアム・ハスキッソン議員が、途中給水のために停車した駅で後続の列車に轢かれて死亡するといったハプニングに見舞われたが、その後は順調に推移した。これが、今日では公共鉄道の始まりとされている。

スティーヴンソンは、その後も各地で鉄道建設に携わり、時には外国からの依頼も引き受けるなど終生を鉄道に捧げた。そんなことから「鉄道の父」と呼ばれることになった。

この時代、ジェームズ・ワットの発明した蒸気機関を応用して機関車を造る試みが盛んに行なわれたが、じつは最初に蒸気機関車を発明したのはリチャード・トレヴィシックである。「ロコモーション」より二十年も早い一八〇四年に製作した「ペニー・ダラン」が世界最初の蒸気機関車とされている。トレヴィシックは続いて、一八〇八年に「キャッチ・ミー・フー・キャン」(「つかまえられるものならつかまえてごらん」の意味)を製作したが、以後鉄道への情熱が冷めてしまい、鉱山で一山当てようとさっさと南米に移住してしまった。

この後一八一二年にジョン・ブレンキンソップが「プリンス・リージェント」を、一五年にはウィリアム・ヘドレーが「パッフィング・ビリー」を製作、スティーヴンソンもその前年に「ブルーチャー」を世に問うたが、いずれも実用には至らなかった。こうした、いわば蒸気機関車の発明競争ともいうべき時代を経て、初めてスティーヴンソンは鉄道を確立させることができたのであった。

トレヴィシックは結局南米で失敗、たまたま港で会ったスティーヴンソンの息子でやはり鉄道技師だったロバートの援助を受けてようやく帰国できたという。だが、トレヴィシックの資質は息子のフランシス、孫のリチャード・フランシス、フランシス・ヘンリーの二人に着実に受け継がれた。この二人の孫は、日本の鉄道の草創期に日本に招かれ、兄のリチャード・フランシスは明治二十六年(一八九三)

に誕生した日本最初の国産機関車860形の設計と製造指導を行ない、弟のフランシス・ヘンリーは同じ明治二十六年四月一日に開通した横川と軽井沢の間に横たわる天下の難所・碓氷《うすい》峠の鉄道建設に従事、日本初のアプト式機関車3900形の組み立てを指導、苦心の末に完成に導いた。兄弟ともに日本人を妻にし、そのうえ弟は帰化して日本人になったというほど日本贔屓だったという。蒸気機関車を発明しながら挫折した男の思いは、二代を経て極東の地で花開いたのである。このことを福沢諭吉が知っていたのかどうか、今となってはわからない。

明治開化期鉄道事情

鉄道の登場は〝旅〟を変えた

東北本線
上野駅
中央本線
八王子駅
勝沼駅
甲府駅
東海道本線
新橋駅
横浜駅
国府津駅
掛川駅
名古屋駅
大阪駅
鹿児島本線
植木駅

鉄道の登場が旅のスタイルを変えた

「降る雪や明治は遠くなりにけり」

この句は、先年、物故した中村草田男の作だが、ずいぶん以前から上の句がはずされ、詠《よ》んだ人の名前も忘れられて、「明治は遠くなりにけり」だけが慣用語として独り歩きをはじめ、明治が話題になるごとに使われてきた。明治という時代が遠ざかったことをこれほど端的、リズミカルに表現している語がほかにないからであろうが、実際、明治は悠遠の彼方に遠のいてしまった。

前回、文明開化をリードした福沢諭吉と鉄道の絡《から》みを調べたが、今回もひき続いて明治に焦点を当てて創成期の鉄道事情を浮き彫りにしてみようと思う。ただし、これまでのように人物を特定することをせず幅広く選ぶこととする。こうした作業を通じて、鉄道史を語るうえで見落とすことのできない、それでいて「遠くな」ってしまった「明治」をいくらかでも現代にたぐり寄せることができれば、この試みは意義あることになるだろう。

それというのも、鉄道の誕生と発達は旅のあり方を根本から変革してしまったからで、このことは当時、後世のわれわれが想像する以上に革命的な出来事であった。しかし、鉄道は誕生と同時に一気に発達したわけでなく、今から考えればかなりのスローペースで推移したから、旅のかたちもそれに合わせて段階的に変化した。この辺の事情を探るにはやはり多くの作家の多くの作物にあたるのが一番である。という次第で、明治の文献をあれこれ渉猟《しょうりょう》することになったのだが、この作業は予想以上に大変で、限られた時間でとてもすべてに眼をとおすことはできなかった。それともう一つは、鉄道の黎明期にはたまたま「文学」が旧時代と新時代の相克期にあって、このことはあらかじめ想像はしていたが、鉄道について言及したものが少なかったため思うほどの収穫をあげることができなかった。やむをえないこととはいえ、残念である。この点は今後もっと研究を進めて別の機会に補いをつけることとしたい。いずれにしても今回とりあげる作品は、私のきわめて独断的な選択になるものであり、またこれ以外にも捨てがたいものが多々あったが紙数の都合で割愛せざるをえなかったことをお断わりしておく。

鉄道開通前の鉄道知識

日本で最初に鉄道が開通したのは明治五年（一八七二）五月七日のことで、品川―横浜（現桜木町）においてであった。その後九月に入って新橋（現汐留）―品川間が通じ、十二日に明治天皇の行幸を得て開業式を行ない、十三日から新橋―横浜間の営業を開始した。一般にはこれが〝鉄道事始め〟とされており、鉄道記念日もこの九月十二日、つまり新暦で十月十四日に設定されている。

工事はエドモンド・モレル以下イギリス人技師の指導により行なわれ、機関車も客車もイギリスから輸入したものであった。

この当時、海外ではすでに発祥国のイギリスを始めヨーロッパ、アメリカなどではかなり普及・一般化していて、日本では相当遅れてスタートしたわけである。この間の動きについては前回の福沢諭吉のところで詳しく触れたが、諭吉らの啓蒙活動にもかかわらず、一般大衆の持っていた鉄道の知識はごく貧弱なものであった。

江戸末期の文学の主流は戯作であったが、このスタイルをそのまま明治に持ち込み、その限りでは近代文学の誕生に貢献することはできなかったものの、過渡期の橋渡し役として忘れられない存在である一群の戯作者の中で最も活躍したのが仮名垣魯文である。この魯文あたりが大衆に迎合するかたちで明治初期に盛んに開化の風潮を虚実とりまぜて描写した。その代表作の一つに『安愚楽鍋《あぐらなべ》』があり、その中で鉄道のことがほんのちょっと触れられている。これは鉄道開通前夜の明治四年（一八七一）四月から翌年春、つまり開通直前にかけて発表されたものである。

（前略）彼土《あっち》はすべて、理でおして行国《ゆく》がらだから、蒸気の船や車のしかけなんざア、おそれいったもんだ子《ね》。既にごろうじろ、伝信機《てれがらふ》の針の先で、新聞紙の銅板を彫《ほっ》たり、風船で空から風をもってくる工風《くふう》は、妙じゃァごうせんか。（後略）

（前略）魯西亜《おろしゃ》なんぞという、極《ごく》寒い国へゆくと、寒中は勿論、夏でも雪が降ッたり、氷が張《はる》ので、往来ができやせん。そこで彼《かの》蒸気車というものを、工風しやしたが、感心なものサネ。一体《いってえ》蒸気車と云《いう》ものは、地獄の火の車から考出《かんがえだ》したのだそうだが、大勢をくるまへのせて、車の下へ火筒《ひづつ》をつけて、そのなかで石炭をどん〳〵焚《たく》から、くるまの上に乗《のっ》ている大勢は、寒気をわすれて、遠道の通行ができやしょう。ナント、考えたものサネ。（後略）

魯文はどうやら、福沢諭吉の『西洋事情』や『西洋旅案内』を読んでそれをかなり下敷きにしたようだが、それでもまだ見たことのない鉄道についての知識はこんなものだった。明治四年（一八七一）といえば新橋―横浜間の工事はもう始まっていたが、魯文はこの時点ではまだ見ていなかったのだろう。

ところが、このあとに次のような記述がある。

（前略）あざけるやつらを耳目にふれず、大通りを馬喰町へかかッて、魚店《さかなだな》から左へまがり、横山町を直路《すぐじ》に、本町、室町、から〳〵わたるのヲが、日本橋。それから、高なわ十八町、牛の小便だら〳〵きゅうに、鉄道見物。（後略）

これはもちろん、まだ開通前のことだから正確には鉄道敷設工事現場を見物するということであり、物見高い江戸っ子の当時の一つの風俗だったことを示しているのである。

ともあれ、『安愚楽鍋』は開通前の鉄道についての大衆の認識を教えてくれる貴重な文献である。

❶

❷

❶開業まもないころの品川駅
駅舎右手すぐに海が見える
（写真提供／交通博物館）
❷『万国航海西洋道中膝栗毛』にのった
鉄道の挿絵

徐々に知られだした海外の情況

仮名垣魯文には、この『安愚楽鍋』に先立ち明治三年（一八七〇）九月から発表を始めたものに『万国航海西洋道中膝栗毛』というのがある。題名からも察せられるようにこれは十返舎一九の有名な『東海道中膝栗毛』のパロディで、登場人物もおなじみの弥次さん、喜多さんがロンドンの博覧会を見物するべく珍道中を繰りひろげるという話である。『安愚楽鍋』が風俗をなるべく正しく描写しようと試みたのに対してこちらはまったくのフィクション、魯文自身行ったこともない国ぐにのことをかなりいい加減に書いている。前記した諭吉の作物がその情報源になっていることはいうまでもない。

北「それじゃァここはまだ亜細亜洲《あじあしゅう》のうちで印度領《てんじく》だネ　通「そうサこの海が紅海の入口でむこうがあふりか洲サぜんてえこの入海のはてはあふりかとあじあの地つづきが百里ばかりあって蒸気車でなけりゃあ欧羅巴《ようろっぱ》へわたられねえのサ船でゆくのにゃあ喜望峰をめぐると号《い》ッて外をぐるりとまわるから大路だが六七年あとからその地つづきを堀割ッているそうだからそれがいよ〱できあがりゃァ内海から西洋へわたられるようになりやす　北「ハハアそしてこんどはやッぱり「スエス」という地所《ところ》で船を上陸《あが》ッて蒸気車に乗るのだネ

このあたり、いかにも福沢諭吉の受け売りで、得々と情報通ぶりをひけらかしているがどっこい、これには大きなミスがある。というのはスエズ運河は「六七年あとから」どころか、この本の書かれた前年、つまり明治二年（一八六九）の終わりには十年の工事を終えて開通していたからである。情報の入りにくい当時としては無理もないが、この辺が戯作の戯作たるゆえんだろう。

どっちにしても魯文に限らず海外の事情はなかなかつかめない時代で、そんなことからなにか書こうと思えばかなり想像をたくましくする必要があった。

明治も十年代に入ると洋行する人も増えてきたし、戯作に代わって政治小説が台頭、ヨーロッパの作品が盛んに翻訳・紹介され始めたからある程度正確な情況もわかるようになってきた。

福沢諭吉の門下で、のち小説家でもありジャーナリスト、そして政治家でもあった矢野龍渓は、紀元前のギリシャに材をとった有名な政治小説『経国美談』を書き上げたあと明治十七年（一八八四）にロンドンに遊学し、『龍動《ロンドン》通信』と題して書簡体の文を寄稿するが、これなど海外通信のはしりといってもいいものであろう。実際の見聞に基づく記述だけに迫力がある。この『龍動通信』によって当時、世界最大の都・ロンドンの有様を眺めてみよう。

拝啓去廿五日朝九時四十分仏京を発し彼の有名なる海峡ドヴバアとカレイの間を経て同日夕八時頃英京の中央と覚しきチアリン、クロッス停車場に着したり。巴里より当地に来て直に生ずる感を申さば諸兄の相像の外なるべし。初め巴里に在る時には英京は何事も巴里よりは一層壮宏なるべしと考え居たりし故か当地に着して見れば不潔なる事案外にて丁度地方より東京に来る者が汽車にて芝口高輪辺を見て是が東京カト案外の思いを為すと一般なり。初め停車場辺及び沿路の市街を汽車中より眺めし時は未だ英京にはあらざる可しと思われ候。（後略）

期待に胸ふくらませて入ったロンドンだったのに、案に相違して不潔だったのでがっかりしている龍渓の顔が眼に浮かぶようである。

海外の事情はこの龍渓を始め福地桜痴、末広鉄腸といった先覚的な人びとによって紹介され始め、明治の後半にはかなりの実態が知られるようになっていた。

新時代を象徴して走った汽車

その頃は汽車が今のように便利でなかった。運賃も高かった。で、この家族はこうして船で東京に行くことになった。東京から毎日来る小蒸汽は、その頃ペンキ塗の船体をところどころの埠頭《はとば》の夕暮の中に白くくっきりと見せて居た。

これは、明治四十三年（一九一〇）に発表された田山花袋の『朝』という短編小説の一節である。「その頃」というのは、花袋がまだ六歳だった明治九年（一八七六）家族とともに館林から東京へ移住した時のこと。明治九年といえば、鉄道創業以来四年目で、新橋―横浜間以外ではやっと大阪・神戸地区に開通したばかりであった。館林にはまだ鉄道の影も形もない。その代わり水路は発達していた。関東地方の大方の都市は川で東京と結ばれていて船による往来は頻繁《ひんぱん》だった。

その後、花袋は明治十四年（一八八一）から十五年（一八八二）にかけて本屋に奉公に出されたのだが、たまに使いに出ることがあった。回想記『東京の三十年』は、当時の情景を伝えてくれる貴重な一書である。

高輪の柳沢伯邸に行く時には、海を見ることと、その岸を走って来る汽車を見ることとが楽みであった。田舎に育った幼い私には、海も汽車もどんなにめずらしく思われたことであろう。帆や船や汽船の通っている上に白く大きく鳥の翼のように浮んでいる雲、それに私はどんなにあくがれて見入ったことか。また、その岸を縫って、品川の方から煤烟《ばいえん》を漲《みなぎら》してやって来る小さな汽車、それをどんなにめずらしがって見たことか。その時分には、日本には汽車はまだ東京横浜間の一線あるがばかりであった。「汽車は出て行くサイサイ、烟《けむり》は残るサイサイ、残る烟は癪《しやく》の種サイサイ」などという唄が流行《はや》って汽車は都会に住む人達に取っても、まだ眼新しいめずらしいものであった。その頃、フランスのあのピエル・ロチが日本に来て、この東京横浜間の汽車を罵倒して、むしろ憫笑《びんしよう》して、「日本にも汽車！　小さな小さな汽車！　がたがたと体も落つけて居られない汽車！」と言っているが、それほど小さなあわれな汽車であるが、それでもこの汽車の出来たのは、日本の政府に取っての最初の大事業であった。私は十間ほど間を隔てて立って、そして、その前を怪物のようにして、凄じい音響と煤烟とを漲らして通って行く汽車を眺めた。

田舎育ちの少年が東京へ出て、文明の象徴ともいうべき汽車に憧れの気持ちで見入っている姿が眼に浮かんでくる。これは、当時を回想するかたちで大正七年（一九一八）に書かれたので、花袋の記憶が薄れていたかしてちょっと正しくない記述がある。それは、このころ鉄道が東京―横浜間のみだったという点で、実際には関西にも誕生していたことは前にも述べた。もっとも東京地区で日本鉄道が上野―熊谷間を開通させるのが明治十六年（一八八三）のことだから、田山少年が眼にすることができた鉄道はやはりこれしかなかった。

鉄道をうまく利用した新しい旅

先に鉄道の開通は旅のスタイルを変革したと書いた。しかし、それはもちろん一息にそうなったということではない。東京―横浜間こそ開通したのは明治五年（一八七二）であっても、横浜以西に伸びるのは明治二十年（一八八七）七月十一日まで待たなくてはならなかった。それもやっと国府津まででである。東海道線が全通したのは、それよりさらに二年後の二十二年（一八八九）七月一日のことであった。

このころには鉄道は儲かるということで全国に鉄道ブームが湧き起こり、あちこちで私鉄が路線を拡げていたものの、それでもまだ局地的なものでしかなかった。

こんな状態だったから、明治時代の旅はそれまでの徒歩を中心にした前近代的なスタイルと鉄道を軸にした近代的なスタイルとがないまぜになった過渡的なものであった。

正岡子規、幸田露伴、饗庭篁村、大町桂月、徳冨蘆花、田山花袋といった多くの文人はこうした時代にあって鉄道を上手に利用して江戸時代には考えられもしなかったほど行動半径を伸ばし、新しい旅の美学を創り上げていく。この時代の人たちほど鉄道の恩恵を最大限に受けた人たちはいないかもしれない。

しかし、そうはいっても旅に出るというのはまだなかなか大変なことで、それ相当の困難は当然、覚悟する必要があった。明治期に書かれた紀行文の多くはこうした困難を克服しながらまとめあげられたものである。

たとえば、明治二十一年（一八八八）の大晦日から翌年の一月三十一日まで一カ月におよぶ旅行記をまとめた幸田露伴の『酔興記』。これなどは饗庭篁村の『塩原入浴の記』などとともに明治紀行文の先駆的作品だが、佐野から前橋、そして中山道を経て名古屋、京阪神とまわるのに鉄道を利用したのはわずかに浦和―佐野、高崎―横川、軽井沢―田中、名古屋―長浜の四カ所（帰途は四日市から横浜まで船）で、あとは昔ながらの旅である。

正岡子規が明治二十六年（一八九三）七月十九日に東北地方へと出かけたときは上野から白河までは汽車に頼り、あとは歩いたり人力車に乗ったり、その間にうまく鉄道をはさみこむという方法をとった。そして八月二十日東京に帰り着くまでに秋田にまで足を伸ばしたのである。芭蕉の『奥の細道』時代とは格段の違いといっていい。子規は『はて知らずの記』で出立の模様を次のように書いている。

松島の風に吹かれんひとえ物

一句を留別として上野停車場に到る。折ふし来合せたる飄亭一人に送らる。我れ彼が送らん事を期せず彼亦我を送らんとて来りしにも非ざるべし。まことや鉄道の線は地皮を縫い電信の網は空中に張るの今日椎の葉草の枕は空しく旅路の枕詞に残りて和歌の嘘とはなりけらし。されば行く者悲まず送る者歎かず。旅人は羨まれて留まる者は自ら恨む。奥羽北越の遠きは昔の書にいいふるして今は近きたとえにや取らん。

みちのくへ涼みに行くや下駄はいて

など戯る。瀛車根岸を過ぐれば左右の窓に見せたる平田渺々として眼遥かに心行くさまなり。

鉄道の発達が旅立ちをいたって手軽なものとし、遠隔地がぐっと身近になったことが簡潔に語られている。

旅は交通機関が便利すぎてもいけない

しかし、旅というものは、交通機関があまりに発達しすぎてもいけないものらしい。目的地に早く簡単に行き着けるということは、どうしても旅の抒情を削りとってしまう方向に作用してしまい、そのぶん感動が薄っぺらなものになってしまう。

旅のベテラン、饗庭篁村は早くも明治二十三年（一八九〇）に発表した『木曾道中記』でこのことに触れている。

鉄道の進歩は非常の速力を以《もっ》て鉄軌《レール》を延長《のば》し道路の修繕は県官の功名心の為に山を削り谷を埋《うず》む今ま三四年せば巻烟草一本吸い尽さぬ間に蝦夷《えぞ》長崎へも到りエヘンという響きのうちに奈良大和へも遊ぶべし況《いわ》んや手近の温泉場など樋をかけて東京へ引くは今の間なるべし昔の人が須磨明石の月も枴《おうご》にかけてふり売にやせんと冷評せしは実地となること日を待たじ故に地方漫遊のまた名所古跡一覧のと云う人は少し出立《でたち》を我慢して居ながら伊勢の大神宮へ賽銭あぐる便利を待ったが宜《よさ》そうなものという人もあれど篁村一種の癖《へき》ありて「容易に得る楽みは其の分量薄し」というヘチ理屈を付け旅も少しは草臥《くたびれ》て辛い事の有るのが興多しあまり往来の便を極めぬうち日本中を漫遊し都府を懸隔《かけへ》だちたる地の風俗を交《ま》ぜ混《こ》ぜにならぬうちに見聞し……（以下略）

句読点がないからいささか読みにくいが、ここには旅の本質にもかかわる哲学が込められているといっていい。

同じ明治二十三年（一八九〇）、もう一人の旅の作家、大橋乙羽も『新奥の細道』で次のように書いている。

故人破笠青鞋よく旅の憂苦をなめて、散る山桜花に腸《はらわた》をなぐり、秋風の物淋しきに心を痛めたるは酔狂に似たれども、味《あじわい》はまさにここなるべし。外国はいざ知らず、日本広しといえども六十余州汽車汽船に縮めなば、一丸の手鞠《てまり》ともなるべけれど、苦無くして得たる旅の眺めは楽もまた淡く、広重の五十三次、今初めて有がたく東海道の価値それここの事なり。五十年は愚か、二十年も前までは、初旅する者先ず草鞋喰いに足を痛めて松青き一里塚の辺《ほとり》に隣村遠きを怨みたる奥州も、今は足を汽車の外に伸ばさねば旅のようなる心地せぬこととはなりぬ。

こうした姿勢はこの時代の、特に風流を好む文人には共通のものだったようで彼らはそれこそ千里の道をものともせず時おり文明の利器を利用しながらじつによく旅をした。

旅にはいろいろな目的がある

ところが、旅というのは物見遊山だけが目的ではない。よんどころない用件でシブシブ出かけることだってなくはない。大急ぎで駆けつけなくてはならないことだってある。こんなとき交通機関が発達していればそのぶん楽になる。もっとも、交通機関が発達したおかげで新たに用向きが発生することもあるようだから便利になるのもよしあしである。

明治を代表する女流作家、樋口一葉などはかよわい女の身での徒歩旅行は辛いのかどうか、じつに正直に心情を書き綴《つづ》っている。明治二十八年（一八九五）五月に発表された『ゆく雲』の出だしは次のようである。

酒折《さかおり》の宮、山梨の岡、塩山、裂石《さけいし》、さし手の名も都人《ここびと》の耳に聞きなれぬは、小仏《こぼとけ》ささ子の難処を越して猿橋のながれに眩《めくる》めき、鶴瀬、駒飼見るほどの里もなきに、勝沼の町とても東京《ここ》にての場末ぞかし。甲府は流石《さすが》に大厦高楼《たいかこうろう》、躑躅《つつじ》が崎《さき》の城跡など見る処のありとは言えど、汽車の便りよき頃にならば知らず、こと更の馬車腕車《くるま》に一昼夜をゆられて、いざ恵林寺の桜見にという人はあるまじ。故郷《ふるさと》なればこそ年々の夏休みにも、人は箱根伊香保ともよおし立つる中を、我れのみ一人、あし曳《びき》の山の甲斐に峯のしら雲あとを消すこと、さりとは是非もなけれど、今歳《ことし》この度みやこを離れて、八王子に足をむける事、これまでに覚えなき愁《つ》らさなり。

中央本線はそれまでに甲武鉄道が八王子まで通じていたが、甲府へ達したのは明治三十六年（一九〇三）六月十一日のことであった。一葉は『ゆく雲』を書いた翌年十一月二十三日、二十四歳の若さで生を閉じたため「汽車の便りよき頃」をついに体験することはできなかった。

野州宇都宮の手前——石橋、雀宮の辺——を通る時のことだった。馬や車では何《ど》うも廉《やす》く乗れない——もう懐中には六十幾銭しか無い。——と言って足の疵は癒《なお》らない。痛くって堪らんし、疲労《つかれ》の抜ける間は無いので、直《じき》に鞋《わらじ》が上らなくなる。何《ど》う為《し》たものだろうと、ビクリ〳〵足を引摺りながら考え考え歩いて居た。

すると直《すぐ》往来の傍《わき》を勇ましい響を残して、汽車が疾風の如く通って行《ゆ》く。じっと僕は立停《たちどま》って見送ったものだ。実はね、その傲然として疾駆する様が冷酷の団凝《かたまり》でもある様に思ったね。そして乗って居る者が羨《うらやま》しくって詮様《しよう》が無かった。僕が五町も進まん中《うち》に彼等は宇都宮まで居睡《いねむり》を為《し》ていても行って了う。「アア金が欲しい！」とつくづく感じた。

これは明治も末期の四十一年（一九〇八）に発表された後藤宙外の『独行』と題する小説の一節である。この作品には自伝的要素が多分に入っているといわれる。この部分が作者の実体験によるものかどうかはともかく、鉄道に乗るということはそれなりにおカネのかかることではあった。乗りたくても乗れない人がたくさんいたことも事実である。

早くも登場した汽車ぎらい

ここにもう一人、ユニークな作家を紹介しておこう。

それは明治文学史に一時代を画した硯友社の頭目、尾崎紅葉のことで、この人はなんと旅行ぎらいの汽車ぎらいであった。それだけに、この時代の文人にしては珍しく旅に出ることが少なかったが、明治三十二年（一八九九）七月、ついに信越、佐渡へと長途の旅路に着くことになった。それは二年前から執筆に入った『金色夜叉』が、評判を呼んだにもかかわらず神経衰弱のため中断され、医者や新潟の親戚のすすめもあって思い立ったものでのちに『煙霞療養』という題で発表された。紅葉はこの中で次のように書いている。

> 抑《そもそ》も己《おのれ》の出億劫と云うのは、不精の故であるのか、繁用の故か、閉戸読書の癖《へき》ある故か、臆病の故か、父母在《いま》すが故か、妻子《つまこ》の可愛《かわゆ》き故か、杖頭《じょうとう》に挂《か》くる物無き故か、山水を楽まざる故かと謂うに皆非なりで、己の最も好まぬのが、汽車に乗るので、其の甚だしい事は、既に停車場《ステエシヨン》に入るさえ不快を感ずるくらい、三十分間以上車内に据《すえ》らるるのは一種の苦痛なるのである。然《さ》ればと謂《い》って、此便を仮らずに百里の道を行くほどの酔興も無い、新潟なる親戚は己の病を聞いて、来訪を勧むること再三に及ぶのであった。

こんなふうだから、紅葉が決死の面持ちで旅立ったであろうことは容易に想像がつくのであるが、皮肉にもこの旅は出発するなり雨で、上野駅に行ったら水害のため田口（現妙高高原）以北は不通であった。

明治も三十年代ともなると鉄道は日本全土にわたってかなりの程度に普及しており、なおまだ盛んに

❸

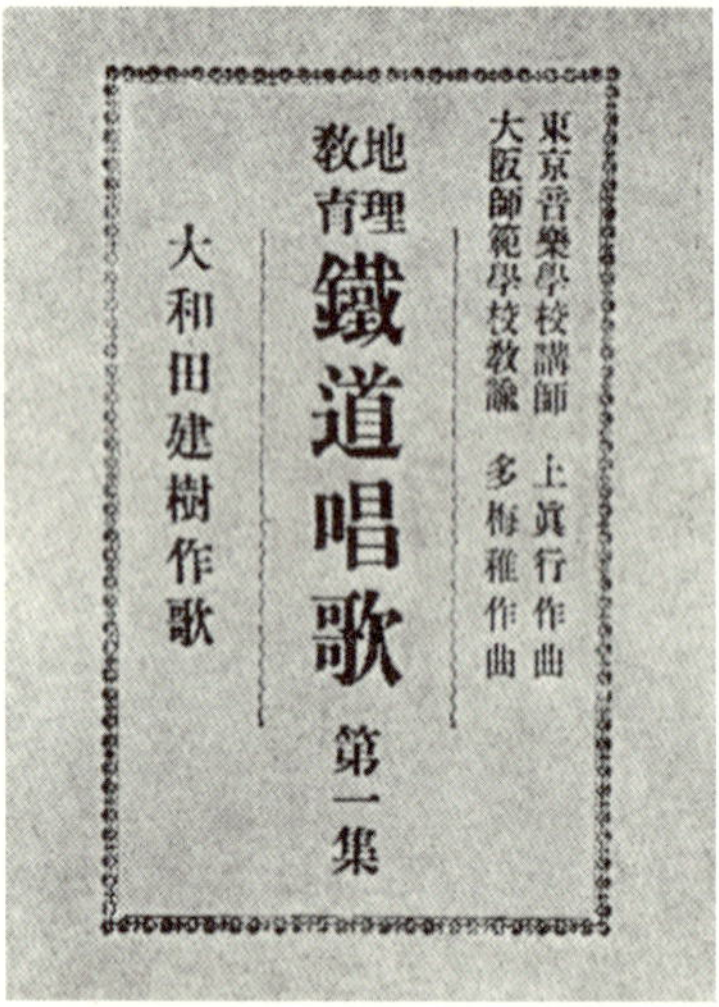

❹

❸鉄道ブームが湧き起こり
このような案内も……
❹明治33年に出版された『鉄道唱歌第一集』

拡張中であった。それらは主に民間資本によるものだったが、もう別に珍しいものでもなんでもなく、紅葉のような汽車ぎらいが出現していたとしても不思議はない。

しかし、もちろん全体に鉄道の評判は上々で、旅行も鉄道の隆盛につれて盛んになっていった。

すっかり大衆のものとなった鉄道

こうした風潮を受けて一冊の本が出版された。明治三十三年（一九〇〇）五月のことで発行者は大阪の三木佐助という人だった。この本の名前は『地理教育　鉄道唱歌第一集』といい、作者は大和田建樹《たけき》である。

いうまでもなくこれが、

汽笛一声新橋を
はや我《わが》汽車は離れたり
愛宕の山に入りのこる
月を旅路の友として

に始まる「鉄道唱歌」の東海道編である。判型Ａ５判、たかだか三十数ページの薄っぺらな本で定価六銭。これが飛ぶように売れたという。

内容についてはいうまでもないことだが、当時の官設鉄道の新橋から神戸までを駅毎に七五調に詠み込んだもので、わざわざ冒頭に「地理教育」と断わってある。

盛んに宣伝したこともあってこの本はベストセラーとなり、全国津々浦々に浸透していった。作曲は東京音楽学校の講師だった上真行《うえさねみち》と大阪師範学校教諭多梅稚《おおのうめわか》の二人。はからずも競作の格好になり上真行はプライドも手伝ってこのことをいやがったというが、結果的には軽快でいかにも汽車に乗っているようなリズムを採り入れた若い多梅稚の曲のほうがよく歌われた。今も口ずさまれているのはこちらのほうである。

この成功に気をよくして、大和田建樹は引き続き第二集（山陽・九州編）、第三集（奥州・磐城編）、第四集（北陸編）、第五集（関西・参宮・南海編）と作詞した。またこれを真似たものがその後続々と発行されるなど、時ならぬ鉄道唱歌ブームが起こったほどであった。

鉄道は、今やすっかり日本に定着し、国民大衆のものとなって人びととの往来に大いに貢献するようになっていったのだった。

明治期のターミナル――新橋と上野駅

昨昭和五十九年（一九八四）十二月二十日、日本の中心駅東京駅が開業七十年を迎えた。東京駅が開設されたのは、大正三年（一九一四）のことである。明治五年（一八七二）の鉄道開通いらい四十二年が経過していた。

これを機に新橋駅はターミナルとしての地位を失い、それどころか電車の駅として明治四十二年（一九〇九）十二月十六日に設立されたばかりの烏森駅にその名前を譲って、旅客駅としての機能を停止してしまったのである。今、その跡地利用をめぐって各方面から熱い視線を集めている汐留貨物駅が、それまで殷賑《いんしん》を極めたかつての新橋駅であった。

東京駅は、この新橋駅と東北・北海道方面への玄関口・上野駅を結ぶかたちでその中間に造られた。その折、新橋はルートからはずれてしまい、東京駅に東海道から西日本へのターミナルとしての地位を譲り渡したが、上野はそのまま従来通りの上野であり続け、それは今日にいたるも変わっていない。新橋と上野と、この両駅は東京駅開業を境にその明暗をわけることになったわけだが、貨物駅に降格させられたとはいうものの、いやそれゆえにこそ、明治期の新橋は鉄道史のうえで忘れることのできない重要な存在である。

一方の上野駅も、東京駅が表玄関とするならばつねに裏玄関といった陰の存在ではありながらも、長い歳月にわたってさまざまの歴史を刻みつけてきた。

そんなことからこの両駅は、明治時代の文学のうえでもドラマの舞台として頻繁に登場する。駅はよく、人生の縮図とも目されて文学の格好の舞台にされるがターミナルともなればなおさらのこと。

これまでとはやや視点を変えて、今度はこの新橋と上野に焦点をあてて明治時代の鉄道事情を眺めてみることとしよう。

さまざまの人が出入りした新橋停車場

東海道線の振り出し、新橋の停車場。ここへ集まりて来る人々は千差万別、名誉に向かって走るのやら、利益に対《むか》って飛ぶのやら、名誉を堕《おと》して遠走りする人、利益を失って高飛びをする者、凶変に馳せるがあれば、慶事に行くがある。急用の旅客もあれば優悠の遊士もある。人目を忍ぶ落人の道行き、さては天下晴れての新婚旅行者。それ大臣も来れば乞食も来る。品川まで乗るのもここから、神戸まで通すのもここから。列車の出る毎に何百何千の人を載せ去って、列車の入る度に何百何千の人を運び来れば、水車春（ぽっとり）の方漕の水、出ただけは入り、入っただけは出る。その混雑は混雑の頂上であるが、それ程の混雑に打勝つだけの規律、これもまた規律正しくその頂上というべしだ。

これは、明治三十一年（一八九八）に発表された江見水蔭の『鉄道小説　汽車の友』という作品の冒頭「新橋停車場」の前半部である。開業から四分の一世紀を経たころの新橋駅の風俗がじつに見事に描写されている。

鉄道小説と銘打ってはあるが、実際にはこの「新橋停車場」をはじめ全編沿線や車内の様子を綴《つづ》ったもので、旅行案内とは少し異なったガイドブックといった内容である。タイトルの『汽車の友』というのも、車中の徒然《つれづれ》に読む本とでもいった趣旨からつけられたものらしい。

駅では、ことにそれがターミナルともなると、多くの列車が発着し、それに乗ったり、そこから降りたりするべくさまざまの人が集まってくる。こうした光景はむかしも今も少しも変わらないものだということをこの作品は教えてくれる。当時鉄道は、近代交通機関としては唯一のものだったから、大きな

❺

❻

❺開業当時の新橋駅（現汐留）
鉄道発祥の地とあってなかなか立派な駅舎だ
（写真提供／交通博物館）
❻新橋駅はその地位を東京駅に譲り渡し
名も汐留（貨物駅）と改まった

駅に群れ集う人間模様は今よりもっとドラマチックなものがあったにちがいない。

明治三十一年（一八九八）といえばまだ鉄道国有化以前で、新橋は官有鉄道の起点駅であり、その終点は神戸だった。明治二十二年（一八八九）に全通してちょうど十年というところである。このころには私鉄の山陽鉄道がすでに徳山まで開通し、なお西へ向かって足を伸ばしていた。この山陽鉄道は一部の列車を官鉄の大阪・京都まで乗り入れさせていたが、官鉄の列車はすべて神戸止まりだった。

一方、前述したように新橋―上野間はまだ結ばれておらず、赤羽へ出るのにさえ品川を経由しなくてはならないほどだった。だから新橋からたった一駅、品川まで乗る人もけっこう多かったのである。所要時分は八分だった。文中、「品川まで乗るのもここから、神戸まで通すのもここから」とあるのがこうした事情をよく物語っている。

「新橋停車場」ではこれに続いて、掃除夫が到着した列車から掃き取る砂土の量が多く、ある人がそれに眼をつけて譲り受け庭に運んだところ、二カ月で立派な築山が出来たというエピソードが語られる。乗客がはきものにつけて持ち込む砂がいかに多かったかということだが、これなどは今の時代にはまず考えられないことで、いかにも開化期らしい風俗だったのかもしれない。

新橋は馬車鉄道のターミナルでもあった

新橋から品川へ出るのにも人びとはよく官鉄を利用したと先に書いたが、いくら当時とはいえこれがすべてではもちろんなかった。列車本数は四時五十分の始発から二十三時二十分までほぼ三十分に一本の割で三十二本もあったが、途中に住んでいたり用件をかかえた人も多く、これらの人には無用のものでしかない。といってむかしながらに歩くしかないというほど時代は古くない。

濁れる河（筑後川—筆者注）を渡ると佐賀迄鉄道馬車がある。乗る。よく見ると品川と新橋との間を通ってよく脱線したそれのお古であった、紋章がそのまま残っている。B生が学校の行き返りに乗った馬車である。

　思いきや、筑紫のはてに
　品川の馬車を見んとは。

旧知に会う感がした。馬も同じ馬かも知れぬ。ひどく鈍《のろ》い。（後略）

『五足の靴』という題で明治四十年（一九〇七）に新聞に連載された紀行文の一節。題からも察せられるように、五人づれの文学者が順番を決めて綴ったものである。その五人とは、まず頭目が与謝野鉄幹、それに木下杢太郎、平野万里、北原白秋、吉井勇といった若手の歌人・詩人連。白秋の故郷柳河をあとに雨中佐賀へ向かうときに一行が乗ったのがこの馬車鉄道であった。ここで「B生」というのは平野万里のことである。

これからもわかるように、当時の東京には市街鉄道がもう走り始めていた。

馬車鉄道は、それまでの人力車、乗合馬車に代わるものとして明治十五年（一八八二）新橋―日本橋間でスタートした。二頭立ての馬がレール上の馬車を牽《ひ》いたという。新橋―品川間にこの馬車鉄道が走り出したのは明治三十年（一八九七）一月のことで、したがって江見水蔭が『汽車の友』を書いたころには平野万里が佐賀で再会した馬車鉄道が新橋駅前に乗り入れていたわけである。前者が東京馬車鉄道といったのに対し、こちらは品川馬車鉄道といったが、ともにターミナルは新橋だった。会社がちがったこともあって、「東京」が一三七二ミリ、「品川」が七三七ミリと軌間も異なり、相互乗り入れはできなかった。新橋が交通の中心地だったことを思えば、その必要もなかったのだろう。

都電の先祖にあたるこの馬車鉄道もまた、新橋駅の一つの風俗だったことがこれで知られよう。その後この馬車鉄道はこの二社が明治三十二年（一八九九）に合併し、一年後の三十三年（一九〇〇）には東京電車鉄道となり、三十六年（一九〇三）八月二十二日から路面電車が走り始めたのだった。その最初が新橋―品川間だったから、馬車鉄道はいちはやく九州へと払い下げられ、平野万里を驚かせたというわけである。

胸迫る停車場での別離のシーン

駅といえば、そこからまず連想せられるイメージは旅立ちの場だということであろう。そして、旅立ちというのはそれそのものが一つの情緒である。そんなことから古今の文学でもこのシーンは無数に扱われてきた。

若葉の梢打ち煙る四月の下旬、ある日の夕暮時分であった。新橋停車場《すていしよん》の乗降場《プラットホーム》には今しも東海道行の列車が横たわって、汽鑵車の吐き出す蒸汽《ゆげ》と煤煙との吹き靡く中を、荷物車を押す駅夫等が忙《いそが》わしげに往復している。一二等待合室は早や充満《いつぱい》の人込みで、眩しい電燈の光線《ひかり》の下に薄雲を靡かす煙草の烟《けむ》り、頭上を這うて窓外《そと》に逃れれば、颯《さつ》と吹き返す夕風に誘われて、蘭奢《らんじや》の香りの波が立つ。

田口掬汀作『女夫波』の一節。明治三十六年（一九〇三）、つまり馬車鉄道が電車に代わり始めたときの作である。新橋駅を描写したものはたくさんあるが、美文調でいかにも明治の作物という感じが強いのでこれを選んでみた。

これは母と子が新橋駅で別れ別れになるという作品で、母親が女中に託したわが子を見送るというのがハイライトシーンである。ところどころ拾ってみることとしよう。

時に右の入口で、改札報知《しらせ》の鈴《りん》が鳴り始めた、待合室は急に動揺《どよ》めき立って、狭い一本口に帽の影と女の頭とが累《かさな》り合って、神戸行き、神戸行き、と呼び廻る駅夫の声が、追い立てるように忙《せわ》しない。

改札口を通ってホームに出た乗客がぞろぞろと列車に乗り込む。見送りの人びともそれについて車室に入り、発車前の数刻を一分一秒も無駄にすまいと名残りを惜しむ。そしてやがて……。

後の改札口で小さな手提燈《あかり》を振り始める車掌は高々と呼子笛《よびこ》を鳴らした、前には応うる汽笛の信号《あいず》、続いて帛《きぬ》を裂くように蒸汽が噴出すると、長い列車は遠雷の轟きを運び、夕の靄《もや》を劈《さ》いて動き始めた。

時子は乗降場《プラットホーム》に佇立《たたず》んで、次第に小さくなり行く列車を視送っていたが、やがて三点の紅燈が機関《きかん》庫《ぐら》の彼方に隠れて了《しま》うと、長い溜息とともに頽然《ゆっくり》と頭《こうべ》を俛《た》れ、覚束《おぼつか》ない歩調《あしどり》で改札口を出るのであった。恐らく、その蒼白《あおじろ》く痩《や》せた頬は、涙の雨に洗われていたのであろう……

一度別れてしまえばいつまた会えるかわからない時代のこととて、やはり胸せまる別離のシーンである。これはもちろんフィクションだが、このころの新橋駅では似たような光景が日常行なわれていたであろうことは想像に難くない。

余談だが、四月下旬の夕暮れ時分という描写から推察するに、この列車は十八時ちょうど発の3列車、神戸ゆき急行だったと思われる。

人生を凝縮して詰め込んだ待合室

この3列車神戸ゆき急行はいわば花形列車であった。明治三十九年(一九〇六)に新聞に連載された二葉亭四迷の『其面影』には次のようなシーンが出てくる。

いよいよ出発の当日。隠居も見送りに立とうというのを達《たっ》て断って、時子と久兵衛さんとその外二三の懇親の人々に送られて、哲也が新橋停車場《しんばしステーション》へ来たのは夕《ゆう》の六時前であった。一行五名同日同時の出発の事とて、この見送人ばかりでも待合室はそれこそ林檎《りんご》を落す余地もない程で、しかも例の神戸行急行に乗るのであるから、その混雑はいうばかりもない。(後略)

この一節からは特にこの神戸ゆきが発車する前の待合室の雰囲気が読みとれるが、この待合室こそはまさしくさまざまの人生が凝縮されて詰め込まれた、いわば人生のるつぼといった趣を呈していたに相違あるまい。

何時《いつ》の間にかゾロ〳〵と人が入って来て、停車場の中は、他《ひと》を押しわけなければ自分の通る道がないくらいになった。紳士が多い。髯《ひげ》のある紳士が多い。石田君は、肩を縮めて待合室の方へ来た。婦人待合室で、高声《こうせい》に談《はなし》をする人があるようである。そっと覗いて見ると、婦人待合室には、婦人は居ない、男ばかりであった。その中に青白い平凡な顔をした、華族らしいのが、傲然《ごうぜん》として、傍へ来る人に会釈をしている。

一二等待合室も、一ぱいの人である。何人《なんぴと》の所有物であるか、大方人間の尻以上の貴重なものが入れてあるのであろう。腰をかける椅子の、ほとんど三分の二は鞄が載せてある。（中略）

隅の方へ寄った。そこの椅子には、大きな荷物が三個《みっつ》置いてあって、学生らしい人が二名《ふたり》腰をかけていた。石田君がその前へ立って、鞄をおろして太息《といき》を吐いたけれども、学生君は荷物を下そうともしなかった。しばらくするうちに、マッチを捜《さが》そうとして、一人の学生君は身を起した。どこからか切符が二枚出てきて石田君の足下《あしもと》へ落ちた。青ではない赤だ。学生君はあわててかの切符を拾《ひら》って、袂の中へ捻《ね》じ込んだ。

ここは一二等の待合室である。三等の待合室は別に設けられてある。赤切符を持ったものは、ここへ入るべきでない。まして、大《おお》なる三個の荷物をもって、当然の権利者である白もしくは青切符を持っている人の座席を奪うに至っては、たしかに不都合千万なることである。（後略）

少し長い引用になってしまったが、待合室の雰囲気がよく描き込まれているので取り上げてみた。これは明治四十二年（一九〇九）に発表された黒田湖山の『腰かけられぬ人』というユーモア小説の一節。「石田君」という人のいい若者が箱根へ旅行する行程をたどったもので、要領が悪いばかりに行く先々で損ばかりするという話だが、小説の性格上やや誇張があるのは事実だとしても、いつの世にも調子のいい人がいるということがよくわかる好短編である。

それはともかく、この小説からわれわれは新橋駅の待合室が一二等と三等に画然とわかれ、さらには婦人専用まで用意されていたことを知ることができるのである。さすがは日本一のターミナル、さぞや堂々とした駅舎だったことであろう。

鉄道の開通ではずみがついた上野の開発

さて、今度は北のターミナル、上野駅へと足を運んでみることとしよう。

この駅が開業したのは明治十六年（一八八三）七月二十八日のこと。半官半民の日本鉄道が熊谷までを開通させたときその起点駅としてであった。新橋駅に遅れること十一年である。いらいこの駅は先にも書いたように、新橋駅のように消滅することなく連綿として一世紀以上をターミナルとして歩み続けてきた。東北・上越新幹線の発着駅としてつい先ごろ三月十四日に装いを一新して注目を集めたことはまだ記憶に新しい。

この上野駅の明治時代のたたずまいはどんなふうだったのだろうか？

まず明治十九年（一八八六）から二十一年（一八八八）にかけて発表された須藤南翠の政治小説『緑《りょく》簑《さ》談《だん》』から拾いあげてみよう。

無レ端春困圧スニ詩腸ヲ一。即チ弄シテニ花枝ヲ一遣ルニ日長ヲ一。不レ恨マ池塘風雨ノ悪ムヲ。満襟留メ得タリ一般ノ香。

かく吟咏して残暉の山陰に没了するを忘れたりし、熱閙狂顚《ねつとうきようてん》の桃桜は梢の雪と下布《ふりし》きて、都門の紅塵わずかに治まり、閑邃幽棲《かんすいゆうせい》の新緑《あおばわかば》は雨の旦《あした》に色栄えて、雅客の詩腸またさらに騒ぐ首府東台の新風光、昨日までも満山を覆うと見てし白雲は、今日青雲の嶺とぞなりぬる。一瓢を携えて杖を二本杉に曳くは初郭公《はつほととぎす》の声またるる俳人なるべく、愛児を誘《いざの》うて歩みを日永の原に運ぶは、教育博物館の縦覧を終りしなるべし。全体より評する時は、花落ちて人まれに、人まれにして趣き静雅《みやび》なりと云うべし、根津の旧廓《きゆうかく》は毀《こぼ》たれて、向ケ岡《むかいおか》の麓より団子坂へ一帯の新花園の工事を竣《おわ》れり。日本鉄道会社の新線路は今や都府の半《なかば》を通じて、気笛の声やや盛んなり。(後略)

この部分は『緑簑談』の第一回、まさしく冒頭の部分であり、ということは明治十九年(一八八六)に書かれたわけだから、上野駅開業後三年の光景ということになる。

もともと上野という土地は上野の山を軸に下町の拠点といった場所ではあったのだが、ここに駅という人間の集散地が設置されたことで開発に一層のはずみがついたことがこの一文から読みとれるのである。

この年までに日本鉄道は前橋まで伸びており、さらには大宮からわかれて黒磯までを開通させていた。しかも、前述したように都内では官鉄の品川から渋谷、新宿を経由して赤羽の間にもすでに列車を走らせていた。現在の山手線の前身であるが、「日本鉄道会社の新線路は今や都府の半を通じて」というのはこの間のことを指しているのであろう。

それでも当時の上野はまだのどかだった

しかし、こう書くと上野一帯はいかにも活気に満ちた喧噪の地というように一面的に受け取られてし

まうかもしれない。事実そういう一面はあったが、上野に限らず新興日本の首府東京はまだまだ田園風情をそこここに留めたのどかな都であった。

明治二十九年（一八九六）に『今戸心中』を発表した広津柳浪は、そのなかで上野の情景を次のように描写している。

忍《しのぶ》が岡と太郎稲荷の森の梢には朝陽《あさひ》が際立って映《あた》っている。入谷はなお半分靄に包まれ、吉原田甫《たんぼ》は一面の霜である。空には一群《ひとむれ》一群の小鳥が輪を作って南の方へ飛んで行き、上野の森には鳥が噪《さわ》ぎ始めた。大鷲《おおとり》神社の傍の田甫の白鷺が、一羽起《た》ち二羽起ち三羽立つと、明日《あした》の酉《とり》の市《まち》の売場に新しく掛けた小屋から二三個《にん》の人が現われた。鉄漿溝《おはぐろどぶ》は泡立ったまま凍って、大音寺前の温泉の烟《けむり》は風に狂いながら流れている。

❼開業まもないころの上野駅構内
（写真提供／交通博物館）
❽日本で初めて走った１号機関車は
「交通博物館」で眠っている

一声《いっせい》の汽笛が高く長く尻を引いて動き出した上野の一番汽車は、見る見る中《うち》に岡の裾を繞《めぐ》って、根岸に入ったかと思うと、天王寺の森にその烟も見えなくなった。

今度は『今戸心中』から十四年後の明治四十三年（一九一〇）に書かれた森鷗外の『青年』を見てみよう。この作品では新橋駅も登場するが、上野駅界隈も頻繁に顔を出す。

あるそういう晩のことであった。両大師の横を曲がって石燈籠のたくさん並んでいる処を通って、ふと鶯坂《うぐいすざか》の上に出た。ちょうど青森線の上りの終列車が丘の下を通る時であった。死せる都会のはずれに、吉原の電灯が幻のように、霧の海に漂っている。しばらく立って眺めているうちに、公園で十一時の鐘が鳴った。巡査が一人根岸から上がって来て、純一を角灯で照して見て、しばらく立ち留まって見ていて、お霊屋《たまや》のほうへ行った。

この一文で見る限り、上野駅界隈は明治末期にいたるもまだどこかに田園の名残りを濃く留めていたことが理解せられるのである。しかし、『青年』ではそういうなかにあって世の中が着実に進歩していることを看取させるようなさりげない描写もはさみこまれている。

二人は初音町を出て、上野の山をぶらぶら通り抜けた。博物館の前にも、展覧会の前にも、馬車がいくつも停めてある。精養軒の東照宮に近い入口の前には、立派な自動車が一台ある。瀬戸が言った。
「汽車はタアナアがかいたので画になったが、まだ自動車の名画というものは聞かないね」
「そうかねえ。文章にはもうだいぶあるようだが」

このころ市街鉄道はもうすでに電車になって都内を縦横に走っており、『青年』でもさかんに登場するのだが、自動車というのはまだまだ珍しい存在だったのにちがいない。それを絵画に仮託して汽車と対比させたあたりさすがヨーロッパ仕込みの鷗外のセンスではある。

発車時刻が近づくと改札口が大混雑

『青年』からの引用をもう少し続ける。

二人は山を横切って、常磐華壇《ときわかだん》の裏の小さな坂を降りて、停車場にはいった。時候が好いので、近在のものが多く出るとみえて、札売場《ふだうりば》の前には草鞋《わらじ》ばきで風炉敷包《ふろしきづつみ》を持った連中が、ぎっしり詰まったようになって立っている。（中略）

「王子はあまり近過ぎるね。大宮にしよう」大村はこう言って、二等待合のほうに廻って一等の札を二枚買った。

時間はまだ二十分ほどある。大村が三等客の待つベンチのある処の片隅で、煙草を買っている間に、純一は一等待合にはいってみた。

当然のことながら上野駅にも等級別に待合室が設けられていた。しかもこちらは、新橋が一二等客は一緒の室だったのに対してどうやらこの二つもわかれていたらしい。

風炉敷包を持った連中は、もうさっきから黒い木札の立ててある改札口に押しかけている。埒《らち》が開くや否や、押し合ってプラットフォームへ出る。純一はとかくこんな時には、透《す》くまで待っていようとするのであるが、今日大村が人を押し退けようともせず、人に道を譲りもせずに、群集《ぐんじゅ》を空気扱いにして行くので、その背後について、早く出た。

狭かった（であろう）改札口に押しかけてわれさきにとホームへ出て列車に乗り込もうとする乗客の姿が彷彿としてくる光景である。

宇都宮の友に、「日光の帰途《かえり》にはぜひお邪魔する」と言ってやったら、「誘ってくれ、僕も行くから」と言う返事を受け取った。

それは八月も酷《ひど》く暑い時分のことで、自分は特に午後四時二十分の汽車を選んで、とにかくその友の所まで行くことにした。汽車は青森行である。自分が上野へ着いた時には、もう大勢の人が改札口へ集っていた。自分もすぐその仲間へ入って立った。

鈴が鳴って、改札口が開かれた。人々は一度にどよめき立った。鋏《はさみ》の音が繁く聞えだす。改札口の手摺へつかえた手荷物を口を歪《ゆが》めて引っぱる人や、本流から食《は》み出して無理にまた、還ろうとする人や、それを入れまいとする人や、いつものとおりの混雑である。巡査が厭《いや》な眼つきで改札人の背後《うしろ》から客の一人一人を見ている。ここをかろうじて出た人々はプラットフォームを小走りに急いで、駅夫らの「先が空《あ》いてます、先が空いてます」と叫ぶのも聞かずに、吾れ先と手近な客車に入りたがる。自分は一番先の客車に乗るつもりで急いだ。

こちらは明治四十一年（一九〇八）に発表された志賀直哉の有名な短編『網走まで』の冒頭の部分で

ある。

『青年』と『網走まで』と、時代もともに明治四十年代に書かれたものとはいえ、この上野駅の描写にはよく似た雰囲気が漂っていてそれだけ強く当時の上野駅の情景を後世のわれわれは感得することができるのである。しかし、よくよく考えてみると、このころからみて格段に大きくなり近代化されたとはいえ、今の上野駅にもこれに近い雰囲気が残っているような気がしないでもないがどうだろうか。もし新橋駅がターミナルとして存続していたらどうだっただろうと想像してみるのも楽しいことである。

鉄道史のうえで大きい存在の新橋・上野駅

駅丁が振り鳴らしたる鈴の音《ね》に夢を醒《さま》し、寝ぼけ眼《まなこ》をコスリながらあわてて傍《かたえ》に置きたる旅帽《たびぼうし》を冠り、左の小脇に外套を挟み、右の手には旅皮包《たびかばん》の穢《きたな》くよごれたるを重げに提げ、左の手には蝙蝠傘《こうもりがさ》と太やかなる杖を持って、同車の乗客とともに押し合いへシ合い飛び出したる有様は、さながら一番乗りの功名に先を争うに異ならず。車を下りたる旅客はそれぞれに皆その場を去りたれば、さしもに広きステーションも、車が着いてからわずか七八分ばかりの時間にてたちまちヒッソリとは成りにける。かの旅帽先生のみはまだ雇い車を見当たらざるか、それとも出迎えの者に会わざるにや、独り茫然として佇《たた》ずみしが、ステーションの正面を見上げ、ハハァーもう日本でもローマ文字やアラビヤ数字を一体に用ゆると見えるな……ムー日本紀元二千五百六十三年、明治三十六年、クリスト元年二千〇三年八月廿一日、ナルほど年月日をコウ大きく張り出しておくは調法じゃ、と口の内にて独語《つぶやき》ながらそこらあたりを見廻しユキ、ハテナここは上野のステーションであるはずだが、向こうに雁鍋《がんなべ》や岡村の看板が見えぬは不思議……もっともおれが東京を出てよりモウ満十五年になるから、普請も煉瓦に改まりここらの店も換《か》わったか知らぬが、それにしてもマサカ上野の公園までが引っ越した訳ではあるまいに、公園も見えぬは不思議ダ、と口小言を並べてかなたこなたと彷徨《さまよい》たるを見て、駅丁はコイツ初めて東京に来た漢《おとこ》と見て取り、貴君《あなた》は何所《どこ》へお出なさるのでと問えば、旅帽は落ちつきたる顔色《がんしょく》にて、イヤ余《わたし》はただいま車から下りてツイ近所へ参る者で御座るが、それにしてもここは上野のステーションで御座ろうな。イイエここは北ステーションで原《もと》は佐久間町の河岸と申した所で、上野はズット後《あと》で御座る……シテ貴君《あなた》のお出先はどちらで御座りますか。

きりがないのでこのへんでやめるが、これは福地桜痴が明治二十一年（一八八八）に書いた『もしや草紙』の出だしの部分。つまりは十五年後を想定して書いた空想小説である。十五年ぶりに東京へ舞い戻った主人公の浦島太郎ぶりをおもしろおかしく書き綴《つづ》ったものであるが、残念ながら桜痴の予想は出だしからして見事に狂ってしまった。

佐久間町に上野に代わる北ステーションなるターミナルは今にいたるもできなかった（もっとも近い位置に秋葉原駅はできたが）。上野駅は依然北のターミナルである。桜痴にとって惜しまれるのは設定を上野駅にしたことで、これがもし新橋駅だったらどうだろう。明治三十六年（一九〇三）までには無理だったとしても大正三年（一九一四）には南ステーションつまり東京駅ができたのだから当たらずといえども遠からずといった状態にはなっていたわけである。桜痴は明治三十九年（一九〇六）に亡くなり、ついに新設なった東京駅も凋落した新橋駅も見ることができなかったが、その着眼の正しさだけは讃えられていたにちがいない。

新橋駅と上野駅——。この二つは明治を代表するジャーナリスト福地桜痴の予想とは逆の形で推移した。そのまま発展を続けた上野駅はともかく、新橋駅は明治という開化期にのみ歴史の跡を残して消え去った。しかし、だからといって新橋駅の存在が薄いということではもちろんない。鉄道史のうえでも燦然と輝く巨星であることは、疑う余地のないところで、そのことは今日に残された数々の文学作品のなかに描写されているということだけでも立派な証《あかし》といえると思うのである。

汽車の車内は人生の縮図だ

ここまで明治時代における開明期の鉄道の状況を文学という側面から眺めてみた。最初が鉄道を利用しての旅行がそれまでの旅とどう変わったか、次が当時の二大ターミナルであった新橋、上野両駅のたたずまいについてである。

ここからは引き続いて、汽車の中、つまり車内の様子を文学作品の中から拾ってみようと思う。

今でもそういうことがいえるのだが、列車の車内というのはいわば人生の縮図とでもいった雰囲気があって、よく観察すればなかなか捨てがたい味のあるものである。

新橋―横浜間に陸蒸気《おかじょうき》が走り始めた当初は、鉄道はまだまだ高嶺の花で、そうそう簡単にだれもが乗れるというわけにはいかなかったが、明治も中期から後期になると次第に路線網も全国に広がり、それとともに料金も下がって一般化していった。今でこそ鉄道は斜陽化し、かつての勢いはあまりみられないが、この時代に鉄道が文化の進展に果たした役割は大きく、またその後も長い間にわたって交通機関の王者として君臨したことはここにあらためていうまでもないことであろう。

それにしても鉄道というのは不思議な存在である。多くの人が集まっては散り、散っては集まってくる。そして、その離合集散のなかからさまざまなドラマが生まれでる。そんなことから鉄道は近代文学がスタートした時点から重要な舞台としてよく使われた。

> うとうとして眼が覚《さ》めると女はいつの間《ま》にか、隣の爺さんと話を始めている。この爺さんはたしかに前の駅から乗った田舎者《いなかもの》である。発車間《ま》ぎわに頓狂《とんきょう》な声を出して、駆《か》け込んで来て、いきなり肌を抜いだと思ったら背中にお灸《きゅう》の痕《あと》がいっぱいあったので、三四郎の記憶に残っている。爺さんが汗を拭いて、肌を入れて、女の隣に腰を懸《か》けたまでよく注意して見ていたくらいである。

これは、明治四十一年（一九〇八）に『東京朝日新聞』に連載されて人気を博した夏目漱石の有名な『三四郎』の書き出しの一節である。九州の田舎を出て東京の大学に入った三四郎が、さまざまのことを学びつつ大人になるという話だが、早くも上京するときの汽車の中で珍しい体験をすることになる。ここでは、汽車の車中がドラマの発端にすえられて、以後の展開の象徴ともいうべき役を果たしているわけである。

汽車での出会いというのはもちろんたんなる偶然にすぎないが、それだけに運命的ともいえるわけで、こうしたドラマチックな要素が作家の興味を引くのか、小説には重要な場面でよく登場する。

「汽車」に仮託して警告を発した漱石

ところで、漱石といえばすぐに『坊っちゃん』に出てくる「マッチ箱のような汽車」が思い出されるが、これはいうまでもなく、四国は松山の道後温泉を走る軽便鉄道の列車である。軽便鉄道はこの小説が書かれた明治三十九年（一九〇六）当時は全国にわたってかなり普及していたものである。それはともかく、漱石には鉄道に関して無視できない描写がある。『坊っちゃん』に続いて明治三十九年（一九〇六）に発表された『草枕』の最後のシーンがそれである。

いよいよ現実世界へ引きずり出された。汽車の見える所を現実世界と言う。汽車ほど二十世紀の文明を代表するものはあるまい。何百という人間を同じ箱へ詰めて轟《ごう》と通る。情け容赦はない。詰め込まれた人間は皆同程度の速力で、同一の停車場《ステーション》へとまってそうして、同様に蒸気の恩沢《おんたく》に浴さなければならぬ。人は汽車へ乗ると言う。余は積み込まれると言う。人は汽車で行くと言う。余は運搬されると言う。汽車ほど個性を軽蔑したものはない。文明はあらゆる限りの手段をつくして、個性を発達せしめたる後、あらゆる限りの方法によって、この個性を踏み付けようとする。（中略）余は汽車の猛烈に、見界《みさかい》なく、すべての人を貨物同様に心得て走るさまを見るたびに、客車のうちに閉じ籠められたる個人と、個人の個性に寸毫《すんごう》の注意をだに払わざるこの鉄車とを比較して、――あぶない、あぶない、気を付けねばあぶないと思う。現代の文明はこのあぶないで充満している。おさき真闇《まっくら》に盲動する汽車はあぶない標本の一つである。

ここでは、すべての個性が「汽車」という文明の利器の出現によって画一化されてしまい、人間性が疎外されていく様子が辛辣《しんらつ》なタッチでつづられている。「汽車」というのはいうまでもなく蒸気機関車の引く列車のことであり、日本ではもう姿を消してしまったが、かつては「旅情の原点」とまでいわれて親しまれたものである。後世のわれわれは汽車ほど個性的な乗りものはないとまで思い込んでその雄姿に拍手を贈ったものだったが、しかしそのデビュー当時にこんな目で眺めていた人もいたのである。現代にあってはこの非個性化の推進役はさしずめ新幹線あたりだろうか。それとも鉄道はもはや対象外で、大勢の人を詰め込んで点と点を瞬時に結んでしまう大型の旅客機あたりがそうであろうか。

いずれにしろ漱石が、文明が進みすぎることから生じるいろいろな弊害を先取りして、「汽車」に仮託して警告したことは確かで、この文章が今の時代にあてはめてみても、ちっとも古臭く感じられないから大したものである。

密室構造になっていた明治時代の客車

漱石の鉄道観につきあっているうちに思わぬ道草を食ってしまった。漱石の文学者としての活躍は比較的おそく明治も後期に入ってからで、このころには鉄道もかなり普及していたからこのような見方をする余裕もあったのだろうが、もっと初期にはやはりありがたい乗りものであったことは間違いないところだし、漱石と同時代の人が必ずしも漱石と同じ考えかたをしていたわけではもちろんない。車内にはいろいろな個性を持った人が乗り合わせていて、人生の縮図を描き出していたことは前に述べたとおりである。

前にも取り上げたが、志賀直哉の『網走まで』(一九〇八)からもう一度その辺の事情がよくわかる部分を引用してみることとしよう。

先の客車は案《あん》の定《じょう》すいていた。自分は一番先の車の一番後のひと間に入った。後方《うしろ》の客車に乗れなかった連中がおいおいここまでも押し寄せて来た。それでも七分《ぶ》しか入っていない。発車の時がせまった。遠く近く戸を立てる音、その押え金を掛ける音などが聞える。自分のいる間の戸を今閉めようとした帽に赤い筋を巻いた駅員が手を挙げて、

「こちらへいらっしゃい。こちらへ」と戸を開けて待っている。ところへ、二十六七の色の白い、髪の毛の少い女の人が、一人をおぶい、一人の手を曳いて入って来た。汽車はすぐ出た。

これでわかるかどうかちょっと疑問だが、同じ車内といっても、この頃と現在とではそのたたずまい

には大きな違いがある。それは現在の客車がどんな形のものであれ通路を持っているのに対し、明治時代のそれは客室がそれぞれ仕切られていて、密室のようになっていたことである。ひと部屋には長い腰掛けが二列あって向かい合って坐るようになっていた。発車間ぎわになると、駅員が外からドアを閉める仕組になっていて、走行中内側から開けることはできなかった。そもそもイギリスで初めて鉄道が誕生したときそれまでの主役だった馬車が当然、参考にされたが、そんなことから客車の構造も馬車に似ていたのである。

こうした客車の特色は一度乗ったが最後、次の駅に汽車が着いて駅員がドアを開けてくれるまでは、つまり走行中は完全に密室状態に置かれることで、その間どんな人と乗り合わせるかによってずいぶん雰囲気が変わるという点にあった。いやな人と一緒になろうものなら、それだけで旅が不愉快なものになってしまう。この作品も当時のエリートである学生の「自分」が乗った客室に入ってきたのがあまり風体のよくない子づれの若い女だったことから最初はいやな思いをするが、宇都宮まで行く間に、亭主に会いに網走まで行くというこの女にだんだん同情を寄せるという主題の物語である。時代はグッと下がって大正時代になるが、芥川龍之介の『蜜柑』という短編も似たようなテーマの小説であるが、これが大勢の客が乗り込んでいる現在のような客車だったら、こうしたドラマはあるいは誕生していなかったかもしれない。

画然と分かれていた列車の等級

明治時代には客車の等級は一等・二等・三等の三階級制であった。士農工商の身分制が廃止になって平等の世の中になっていたとはいえ、まだ江戸時代の名残りが強く、しかも鉄道も「乗りたければ乗せてやる」式の官僚的商売をしていたころのこの三つのクラスの差は歴然としていた。もちろん庶民が乗るのはもっぱら三等車であった。

走り飛ぶ汽車の中にて何程やきもきと物を思えばとて、手も脚も箱から外へは届くことなければ、夢に出す力こぶ、何の役にも立たぬむだ思いというもの、せめてはベンチに腰掛くる間だけも、見る間に変わり行く窓外の景色、結構な絵巻物に眼をすべらせて行くようなるこの面白さを味わうべきにと、喧《やか》ましき世間話を煩さがりて卜川《うらかわ》の耳を塞《ふさ》ぐに、なお募る乗合の雑談《ぞうだん》、株の上《あが》り下《さが》りを甲高声《かんだかごえ》が論ずれば米作の善悪《よしあし》を胴間声《どうまごえ》が語る、それにも交る婆様《ばばさま》のぐどぐど、海老茶《えびちゃ》のぺちゃぺちゃ、あちらでは赤子泣きこちらでは新聞を読む、人さまざまの三等列車、中にも子細《しさい》らしきが田の面《も》を見めぐらして、今年は雨多かりし湿気年《しけどし》のことゆえ、しいなはきっとたくさんに出来てあひるの豊年には違いなけれど、あの通り稲の頭《かしら》も垂れて下向いておれば半作以上は受け合いまする。あれがやりんぼのようにピンと上向いて立っているようでは、それこそ大変でございまするが、という。（中略）折から変わりやすき初秋《はつあき》の空、天半《てんぱん》に早風《はやて》起こって吹き払いたる雲の隙間に思い設けぬ富士が根の高々と現わるれば、これは大いなる拾いものとその美しさに嬉しさたまらず、この麓路《ふもとじ》二日三日行かんとたちまちにして汽車を下りぬ。

これは、明治三十八年（一九〇五）に書かれた幸田露伴の『土偶木偶』という作品の一節である。こうした情景なら今でもローカル線に乗ればいくらでもお目にかかることができるだろう。しかし、ここでおもしろいのはこのシーンは幹線であった東海道本線の三等車の車中ということである。当時の三等車の雰囲気がよく理解できる文章だといっていい。

いずれにしても三等車というのは庶民の乗りものには違いないわけで、それだけにさまざまの人生がごたごたに交じりあって乗り合わせていたわけである。
もう一つ三等車を描写した作品を上げておこう。

十一月十八日午後八時四十二分――M《エム》――町《なにがし》の方から来た汽車は谷中《やなか》の下を通り過ぎて、長い汽笛を鳴らした。

この列車の三等室に二人連れの女が乗っていた。一人は様子のいかにももの馴れた肉のしまった、眼のはッきりした強味のある、少し長い中高《なかだか》の顔で、眉の薄い、鼻の小さい口の大きく見える、青いと思われる程、色の白い女。も一人の方は、それよりは六つ七つ下の、ぽちゃぽちゃ肥って、色の浅黒い、調子の面白そうな娘。この二人は従姉妹《いとこ》同士である。

二人はM――町《なにがし》から乗ったのだが、汽車が広い平野をどこまでも走って行くばかりなので、やがて外の景色にも飽きてしまった。話も次第となくなった。東京に着く一時間も前頃からは、どちらからも口もきかず、汽車の動いてるか、などということも思わない程ただぼんやりして向かい合っていた。――車の中にも、どれを見ても、田舎の人で、目につくような面白いこともなかった。

水野葉舟という作家の『おみよ』と題された小説の一節。明治四十三年（一九一〇）に発表された。出だしの部分だが、汽車がちょうど終着駅上野に着く直前のシーンである。長旅にすっかりくたびれきった乗客の様子がよく描写されている。

郷愁を誘い込むコンパートメント式の車内

いったい東海道掛川の宿《しゆく》から同じ汽車に乗り組んだと覚えている、腰掛の隅に頭《こうべ》を垂れて、死灰《しかい》のごとく控えたから別段目にも留まらなかった。

尾張の停車場《ステイション》でほかの乗組員は言い合わせたように、残らず下りたので、函《はこ》の中にはただ上人《しようにん》と私と二人になった。

この汽車は新橋を昨夜九時半に発《た》って、今夕《こんせき》敦賀に入ろうという、名古屋では正午《ひる》だったから、飯に一折のすしを買った。旅僧も私と同じくそのすしを求めたのであるが、蓋を開けると、ばらばらと海苔《のり》が懸《かか》った、五目飯《ちらし》の下等なので。

〈やあ、人参と干瓢《かんぴよう》ばかりだ〉とそそっかしく絶叫した。私の顔を見て旅僧は耐《こら》えかねたものとみえる、吃々《くつくつ》と笑いだした、もとより二人ばかりなり、知己《ちかづき》にはそれからなったのだが、聞けばこれから越前へ行って派は違うが永平寺に訪ねるものがある、ただし敦賀に一泊とのこと。

若狭へ帰省する私も同じ処で泊らねばならないのであるから、そこで同行の約束ができた。

これは、泉鏡花の名作『高野聖』の中の最初の部分である。明治三十三年（一九〇〇）に発表されたこの『高野聖』の主題は、飛騨から信州へと抜ける山中で魔女と遭遇するという怪奇談だが、高野山の僧が体験したというこの話を「私」が時々、相の手を入れながら聞くという筋立てになっている。その二人の出会いが汽車の中だったというわけである。

汽車は漱石ではないが「現実世界」そのものであり、それに対するに僧侶の話はいわば夢幻の世界である。鏡花はこの夢幻を描き出すのにいきなりそこへ入り込むことをせずに現実を混在させることによって劇的効果をより高めようとしたのであった。

これほど際立ってコントラストの強い作品はそう多くはないが、汽車の車中というのは思い出話や回想談をするための格好の空間として、小説の上ではよく利用される。それというのも、乗っている間はほかにやることもあまりなく、しかもぶりょうを慰めるのに現実の話よりも過去の話のほうがよりふさわしい雰囲気に満ちているということなのだろう。ましてやそれが、現在のようにオープン式の客車でなく、コンパートメント式の車内だとたまたま乗り合わせた人同士の親近感は一層増幅するものである。

一等車（上等車）は豪華ホテルのバスの雰囲気

これまでは、庶民の乗りものである三等車の車内風景を眺めてきた。今度は華族とか政治家といった上流階級が利用した一等車の中をのぞいてみよう。

次に紹介するのは、前にも一節を引いた須藤南翠の『緑簑談』の続編の一部分。

書生が出《いだ》す新聞を片手に受くるその時には下等乗客は既に乗車し発車に二分を剰《あま》したり。書生は一個の革袋《かばん》を抱《いだ》きて中等客車に乗り遷《うつ》り、博智はまた新聞紙を握りしままにて中央の上等客車に乗込めり。夜はほのぼのと明け渡りぬ。汽車のきしりはやや速し。（中略）信濃坂の隧道《トンネル》を駆け潜《くぐ》りたる頃よりして、客車の中にも灯をともし外より光線を誘いけるが、中島状師と同車したるはいずれも外国人にして、知らざる人にもあらざれば談話に道を進むも知らず、とかくして国府津に着きたり。外国人等は函嶺《はこね》の温泉熱海なんどに往《ゆ》く者なれば、皆なこことよりして下車したれば、残るは中島一人のみ。酒匂《さかわ》の川を遡《さかの》ぼる汽車の歩みの緩《ゆるや》かなるに、是より奥は足柄越にて、上等列車に来るべき人のなければぶりょうに堪えず。（後略）

（前略）又巻きを棄てぶぜんとして眼を閉《とざ》せしまま後に拠《よ》り、心を沈静せんと思えば、その艶《えん》かんなる姿を幻じ、情緒は糸の如くみだれつ、眠るともなく覚《さむ》るともなく、光然惚如《こつじょぼ》暮靄《あい》に彷徨《さまよ》い、時計は針を何転したるか、汽車は幾里を長駆したるか、夢の如く現《うつつ》の如くまた幻の如くなりしが、空然車中に人来りぬ、その物音に驚かされ、かつ然として彼方《かなた》を見れば彼方も同じく此方《こなた》を見て、互いに瞳子《ひとみ》を合せたるは正《まさ》しく意中の人の幻影なり、正しく西詩の作者なり。博智はただきょ然たり、信徒艶子は眼を塞ぎて、徐《しず》かに蓮歩《れんぽ》を運びつつ、今中島が寄りたる席の隣りの方《かた》に着座せり。（後略）

三等車（この時代は下等車といったが）とくらべて一等車（上等車）の雰囲気のなんと堅苦しいことだろう。さしずめ下等車が男女混浴の大浴場だとするならば、上等車は豪華なホテルのバスといった趣がある。どちらがいいかはともかくとして、一等車の室内が一般的な意味での世間とは画然とわかたれていたことだけは確かである。

この時代、鉄道はなんといっても花形交通機関であり、まだまだ旅行も大衆化されてはいなかったか

❾

❾『緑簑談』にのった一等車のさし絵

ら貴人顕人の乗る一等客車に粋が凝らされたのは当然といえば当然のことではあったが、それにしても三等車とはえらい違いであった。

半端な客？　が利用した二等車（中等車）

ところで、客車にはもう一つ二等車（中等車）というのがこの時代にはあった。つまり三階級制だったわけだが、これは戦後になってからも長く続けられた制度である。後年、大の鉄道ファンだった内田百閒はこの二等車を、というより二等車の客を評して、成金が多くて半端だから大きらいだといったが、確かにどちらつかずの宙ぶらりんといった雰囲気はあったに相違ない。

この一・二・三等の客車はそれぞれ白・青・赤の帯で区わけされていた。切符もこの色別になっていたし、大きな駅では待合室さえもが別になっていたのだがこのことについては前に引用した黒田湖山の『腰かけられぬ人』の文章で理解していただけたことと思う。

この『腰かけられぬ人』から今度は二等の車内を描写したシーンを拾ってみよう。

汽車は動き出した。石田君の乗ったのは狭い車であったが、乗合は石田君を加えて三人であった。一人は二十四五の青年、会社か銀行へでも出ているものらしい、恐ろしく華美なチョッキを着て、イタリア編《あみ》の麦藁帽《むぎわらぼう》を冠っている。口金の煙草をふくんで、軽くマッチを摩った時に、小指の指環が眼についた。一人は丸顔の女学生、薄い黄の地へ銀の格子《こうし》を織り出したリボンと、コバルト色にいちごを染め出した襟が、際立って鮮かに見えた。白地の扇を開いて、真白い首を傾けながら風を入れていた。石田君が乗った時に、既にこの二人は乗り込んでいたのであるが、二人とも澄ました風をして、少し離れて坐っていたので、石田君は、ただ一人の青年と、ただ一人の女学生とが乗り合わせたものとのみ思っていた。

じつはこの若い男女は恋人同士であった。このあと二人は「石田君」を牽制しつつも盛んに甘い言葉をささやき合う。「石田君」もしばらくは我慢するのだが、ついにいたたまれなくなって一つ前の車両へと退散してしまうのである。すると今度そこで同席することになったのは、県会議員とおぼしき三人の地方紳士であった。「石田君」はここではわけ知り顔の政治談議に悩まされることになる。どうやらこの当時から二等車の客には半端な人が多かったようである。

現在では味わえない二等車の風俗

しかし、二等車の風俗がすべてこうだったというわけではもちろんない。現在ではこの二等車は廃止

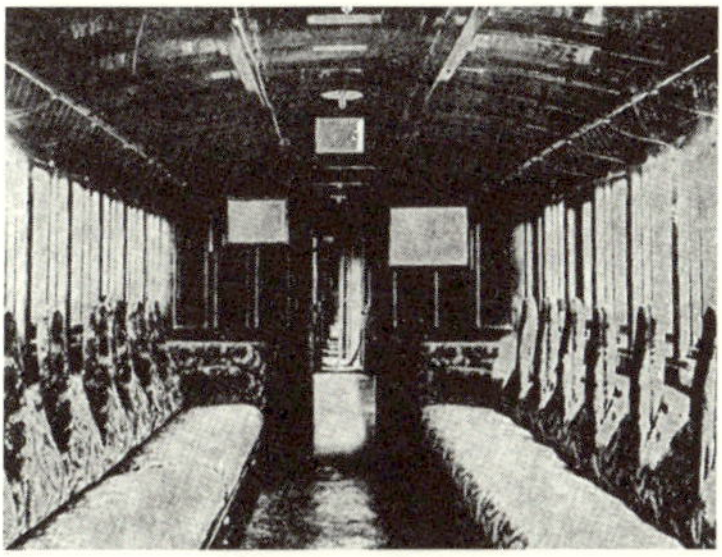
❿

⓫

⓬

❿⓫⓬上から一等・二等・三等車
車内設備の差は歴然
（写真提供／交通博物館）

になって、グリーン車と普通車だけになってしまったからその雰囲気を実感することはできない。その意味でももう一つだけ別の作品から二等車を書いた部分を取り上げてみることにしよう。

汽笛長鳴一道の黒煙を残して新橋を発しぬる列車は、早くも品川の停車場《すていしよん》に達しぬ。「駅丁」品川引品川引。中等室よりは一人の老人出《い》で去りしのみ。ヒラリヒラリと乗込むもの二三人。そが中に年は十八九でもあろうか、よも廿年には上《のぼ》るまじとぞ見ゆる洋装の美人あり。色は「クッキリ」と白き中に、何とのう淡紅《あかみ》を帯びたる桃の花を吉野紙にて二重《ふたえ》程包みたらん様なり。緑の烏髪《くろかみ》は其色艶々《つやつや》しく、房々と束《つか》ねたるを細くして、美しき頸《うなじ》の傍《ほと》りにわがねつ。眉は少しく濃き方にて、其間《あわ》い割合に狭きは怜悧《れいり》の質《さが》をあらわし、半ば笑いし薔薇《ばら》の様なる唇は、愛嬌づきたる中にキッとリキミありて、女子には有り難き決断に富むめり。大理石にて巧を凝らせしにやと見ゆる小さくして高き鼻に、跨《また》がり懸《かか》れる秋水の眼は細き方なれども、「キレ」長く、突然開きて見る時には随分太うなりて微妙《みみよう》の威容も含めり。衣服のとりなりは都雅《とが》艶麗《えんれい》にて、いかほど踏倒した処が貴女《きじよ》の価には充分の品格。先ず車中の人々に会釈し、窓の傍《ほと》りまでも送り来れる四五人の貴女等と握手、接吻、別意を表しける内に、汽車はコットコット動き初めぬ。美人は尚も窓外に顔を出《いだ》し……半身を出《いだ》し……ハンケチを振りしが、汽笛と共に停車場《すていしよん》は見えずなりしや、軈《やが》て窓を離れ……袴《はかま》をただし……徐《しず》かに座に就き、乗合の人々をズラリッと瞥見し、手《て》提《さげ》カバンの口を開きて何にやあらん小形の洋書を取り出《い》で、眼《まなこ》と共に膝に置きつつ黙読すめり。乗合の人々は十二三名もあるべし。官吏あり、紳士あり、書生あり、商人あり。服装《いでたち》も雑多《さまざま》にて、なかなか一々形容し得べくもあらず。其廿余の眼《まなこ》は、尽《ことごと》く件《くだん》の美人に注《そそ》ぎて離れず。おのおの種々の想像をいだき、さても美麗なる婦人も有ものかな、容顔《ようがん》とりなりの優にやさしき、某《それ》殿《どの》の姫御《ひめご》前《ぜ》にてや在《おわ》す。さるにても供人をも召連れず、中等とは人品《ひとがら》に似合わざるぞ。さては貴女に

てはあらざりき。歌妓《うたひめ》の輩《たぐい》にや。（後略）

少し長い引用になってしまったが、これは広津柳浪が明治二十年（一八八七）に書いた政治小説『女子参政　蜃中楼』の最初の部分である。この後も車中の描写が延々と続くのだが、きりがないのでこのへんでやめておく。

いずれにしても、現代ではまったく見られない風俗だということはわかってもらえたことと思う。

今と昔と――様変わりした鉄道事情

ところで、当時の汽車に人々はどんな気持ちを抱いて乗っていたのであろうか。鉄道はもちろん時代の先端を行く交通機関であったが、しかし、一世紀余を経過した今日から振り返ってみると、決してすべてに結構ずくめというわけではなかった。乗り心地といい、スピードといい、当然のことだが今ほどよくはなかった。とはいえ、それ以前にくらべれば旅行風俗を一変させるほどのインパクトを与えたことも確かで、それにつれて旅情のスタイルもまた変化したことは疑いのないところである。

次に引用するのは、明治四十三年（一九一〇）に上司小剣が書いた『木像』という小説の中の一節である。

『大阪が見える！』

汽車がまだ物静かな大和路を走っている時から、こういう言葉が度々一行の唇を漏れて、この頃少しずつ物を言い始めたお律の機嫌を取る種にした。亀の瀬隧道《トンネル》に入った時は、子供が皆怖がって大人にかじりついたが、直ぐ明るくなって鉄橋を渡ると、水田の色さえ異っているように見えて、『もう河内に入った』と福松は云った。春日山に連なる山々の姿が見えなくなった代りに、生駒の連山が奈良から見ていたとは反対の側を、近く眼の前に現わした。

汽車に飽いて来た子供の鼻を鳴らす度に『ソラ暗い暗い、怖い怖い』と云って先刻《さつき》の、隧道《トンネル》を思い出さしては威嚇《おどか》していたが、八尾、平野を過ぎると、いよいよ大阪の煙突が見えて来た。

『大阪が見える！』

子供も大人も皆新しい心持になった。

一家をあげて旅立って、目的地の大阪を目前にしての浮き浮きした気分が伝わってくるようである。しかし、この旅行はなにも遠距離のものではない。奈良から大阪まで、ほんのわずかの旅にすぎない。前の章で、引っ越しだということが語られ、見送り人が一年に一度は帰ってこいと言ったり、子供が汽車を珍しがるシーンなどが織り込まれているのだがそれにしても大げさな感激ぶりである。このことから察するに、たとえ引っ越しという特殊な旅行だったにもせよ、やはりこのころは奈良と大阪の間は遠かったのである。いつでも気軽に簡単に行き来できると思えば、こんな感慨はたぶん湧いてこないだろう。

こうした旅情というものは、つくづく時間距離と密接な関連があるということに気づく。今なら仙台から福岡へ引っ越してもこれほどの感慨はもたないだろう。

それでもこのころの「汽車」は、夏目漱石をして「現実世界」とまで言わしめ、乗客が非個性的になることに警告が発せられたが、漱石が今も健在で、時速二百キロ以上の猛スピードで走りまわる新幹線に乗ったとしたら果たしてどんな感慨をもったことであろうか。

思えば、この一世紀の間に鉄道もずいぶんと様変わりしたものである。こう、明治時代の鉄道風俗を眺めてみると、この当時の人がそれ以上はないというほどに文明の利器と感じ、その恩恵をありがたく享受していた様子がみてとれるのであるが、それがいまやあたりまえの存在になってしまい、それどころかクルマだの飛行機だのといった後発の交通機関に追いつかれて四苦八苦の体である。

日本の鉄道はそもそもは国の力によって誕生した。官設鉄道といったが、それに続いて半官半民の日本鉄道が登場し、その後、今度は山陽鉄道、九州鉄道などの民間資本が投入されて一段と飛躍した。現在の国鉄の基礎が築かれたのは、明治三十九年（一九〇六）の鉄道国有化によってである。以後、国鉄は交通機関の雄として長く君臨することになるが、八十年を経た今日ふたたび分割されようとしている。そうなると鉄道のたたずまいはまた少し違ったものになってくるかもしれない。そういうときにあたり、いわば原点ともいうべき明治時代の鉄道を振り返ってみるのも意義のないことではないだろう。そう考えて最後と、その前にさらにそれ以前の状況を知るべく福沢諭吉の文献を加えて、日本の鉄道の創成期のありさまを調べてみた次第である。

（『旅と鉄道』No.56〈'85夏の号〉／No.57〈'85秋の号〉／No.58〈'86冬の号〉）

……………………

本編は、季刊誌『旅と鉄道』の昭和六十年（一九八五）夏の号から冬の号まで三回に分けて掲載された。そして、これを最後に、私は八年間、通算三十一回に及んだ「文学の中の駅」「鉄路の美学　文学と鉄道」の連載を終えた。

これまでの、一人の作家の作品の中から鉄道模様を浮き彫りにするのと異なり、草創期の鉄道事情を複数の作家の目を通して眺めたのは、日本の鉄道の原点を文学の面から探ってみたかったからにほかならない。そして、それを連載の締めくくりにしようと考えた。

日本がそれまで二百六十余年も続いた幕藩体制に決別して新たな第一歩を踏み出した時代、それが明治時代であった。そして、近代化を急ぐ維新政府は挙って欧米の制度や文物を取り入れ、殖産興業の大義名分のもとに産業の育成に力を注いだ。鉄道は、まさにその尖兵であった。

日本の鉄道は、明治五年（一八七二）旧暦五月十七日、明治になって四年も経たないうちに早くも品川―横浜間に登場、続いて旧暦九月十二日には新橋―品川間が開業して新橋―横浜間が正式に開業した。蛇足だが、この明治五年という年は旧暦八月三日に学制が発布され、年末の旧暦十二月三日（新暦一月一日）を期して太陰暦（旧暦）から太陽暦（新暦。陽暦）に移行した年でもあり、明治のなかでもとりわけ重要な年である。ちなみに、旧暦五月十七日は新暦に直すと六月十二日、旧暦九月十二日は十月十四日にあたる。鉄道記念日が十月十四日に設定されているのはこれにちなむこと、また、ここにいう新

⑬

⑭

⑬平成15年４月
東京・汐留地区の再開発に合わせて
かつての跡地に忠実に復元された初代新橋駅
巨大なビルに挟まれていかにも窮屈そう
時代の推移を感じさせられる
⑭根岸線桜木町駅（初代横浜駅）近くに立つ
「鉄道発祥の地」の記念碑
日本の鉄道は品川と
ここ横浜間から営業を開始した

橋駅はすでに消滅した旧汐留駅、横浜駅は現在の桜木町駅であることは本編でも書いた。

こうして華麗に登場した鉄道は、日本人の旅行や移動に対する意識を根本から変えてしまった。陸上交通で人間の足より早いものは馬しか知らなかった時代に、陸蒸気《おかじょうき》が何両もの客車をしたがえて一度に大勢の人を運ぶようになったのだから、当時の人が目を見張ったとしても無理はない。

ところで、日本に本格的な近代文学が誕生するのは明治も十年代の後半に入ったあたりからである。明治初期はまだ戯作の世界であり、その後しばらくは欧米の作品を翻訳あるいは換骨奪胎した政治小説が主流で、日本独自の文学が形成されるまでにはしばらくの時間を必要とした。つまり、鉄道が登場してから十年ほどの間、近代文学はまだ生みの苦しみの中にあったわけである。だから、この間は鉄道は戯作や政治小説の中に少し顔を覗かせる程度で、作品の数も限られている。これはちょっと残念なことである。

⑮

⑯

⑮東京駅前に立つ井上勝の銅像
鉄道頭、鉄道局長、さらには鉄道局長官、
鉄道庁長官と一貫して明治初期から中期にかけて
陣頭に立って鉄道建設を推進
後に「鉄道の父」と呼ばれるようになった
⑯長い間にわたって
東北・上越方面の玄関として機能してきた上野駅
現在も使用されている駅舎は
昭和７年３月に建てられた

しかし、明治も二十年代に入ると、近代文学は見事に開花した。折しも鉄道も日本最初の私鉄・日本鉄道が明治十六年（一八八三）七月二十八日に上野―熊谷間を開業、以後東北へも足を延ばし始めた頃から鉄道建設ブームが起こり、次第に全国に広がりをみせるようになった。近代文学が、これに符節を合わせて鉄道を取り込むようになるのはいわば自然の成り行きであった。

田山花袋が上京して本屋の小僧になった明治九年（一八七六）、ということは新橋―横浜間が開通して四年ほど経った時代を回想した『東京の三十年』、正岡子規の『はて知らずの記』、饗庭篁村の『木曾道中記』、大橋乙羽の『新奥の細道』、与謝野鉄幹・木下杢太郎・平野万里・北原白秋・吉井勇の五人による『五足の靴』といった紀行文、夏目漱石の『三四郎』や『草枕』、幸田露伴の『土偶木偶』、後藤宙外の『独行』といった小説など、鉄道が一つの風物・風俗として人々の生活の中に溶け込んでゆく様子を生き生きと伝えてくれる。

あまり意識されることはないが、近代文学と鉄道の出会いは、一つの大きなエポックであった。本編で紹介した作家、作品はそのほんの一部にすぎないが、それでも明治の人がどのように鉄道を認識し、また利用していたかがわかってもらえよう。

日本に鉄道が誕生して百三十四年、国鉄がＪＲに変わってからでももう二十年になろうとしている。こういう時に、明治時代の鉄道を振り返ることにどれほどの意味があるのか、正直よくわからない。ここはただ、一つの郷愁の風景として本編を味わってもらえれば、それでいいことなのかもしれない。明治という時代は、それほどに遠のいてしまった。

あとがき

本書は、『文学の中の駅　名作が語る〝もうひとつの鉄道史〟』に続いて、季刊誌『旅と鉄道』に連載された「文学の中の駅」「鉄路の美学　文学と鉄道」の記事の未収録分を一冊にまとめたものである。これで、前著と合わせて連載した記事のすべてが収録されたことになる。

この機会に、すべての記事を二回、三回と読み返してみて、よくぞ中途で挫折しなかったものと、感慨を新たにした。当時の私は会社勤めの身、季刊誌だからできたことで、月刊誌だったらこうはいかなかったかもしれない。

今、書き上げるまでの手順を振り返ってみると、まず作家と作品を決める、次に該当する作品だけでなく、その作家のほかの作品も含めて徹底的に読み込む。私の書架にないものは国会図書館や地元の図書館などに繁々と足を運んで探し出し、鉄道にかかわりのある記述を抽出した。土曜、日曜、祝日をこの作業に充てたが、ここまででゆうに一カ月はかかっていたと記憶する。

第二段階は、自宅での作業である。抽出した鉄道描写シーンの取捨選択を行ない、その時代の鉄道の状況を調べたところで、おおよその構成を考える。ただし、この段階ではまだ執筆にはかからない。

第三段階は、当然ながら現地取材である。最後の『開明期のリーダー　福沢諭吉』と『明治開化期鉄道事情』だけはデスクワークになったが、ほかはすべて現地に赴いた。休日に出かけるので、いつも時間に追われながらの取材になったが、やはり現地でなくてはわからないことが多く、フィールドワークはどうしても欠かせなかった。「犬も歩けば棒にあたる」というが、現地を訪ねることで思いもよらない収穫を上げるといったことも一再ならずあった。

こうして、必要な資料がほぼ整ったところで、執筆に入る。これには原則として締め切りの最終週の土曜と日曜の朝から夕方までを充てた。当時はワープロもまだない時代だから、当然手書きである。ペラ（二百字詰め原稿用紙）で平均して一日三十枚、二日で六十枚というペース配分で取り組んだ。二日目の夕刻、最後の一行を書きおえた時は疲労困憊、右手が上がらない状態になることが多かった。だが、私にとってはこの瞬間こそはまさに至福の時であった。

それから二十余年の時が流れた今、あらためて思うのだが、いい作家、いい作品に出会えたことは幸運なことであった。悔いが残るとすれば、自分の力量が伴わなくて断念した作家が何人かいたことくらいである。

それにしても、この二十余年の日本の変わりようには驚くべきものがある。文学も変わり、純文学と大衆文学の境界が曖昧になった。鉄道も国鉄からＪＲに変わって激変した。町や村もたたずまいを大きく変えてしまった。そして、明治が、大正が、いや昭和さえもが激しい音を立てて遠ざかってゆく。

私の連載記事にしても、フィールドワークによってその当時の最新の動向をお伝えしたものが、それすらももう古いものになってしまった。この間の変遷については解題で極力補ったつもりだが、十分に意を尽くしたものになったかどうか、はなはだ心もとない。ご高評を賜れば幸いである。

あらためて、この素材を発掘してくれた編集部の清水範之氏と、再録を許可していただいた鉄道ジャーナル社社長兼編集長の竹島紀元氏に心からお礼を申し上げる次第である。

平成十八年七月吉日

原口隆行

原口隆行（はらぐちたかゆき）
昭和十三年（一九三八）、東京に生まれる。昭和三十八年（一九六三）、上智大学経済学部卒業。同年凸版印刷に入社。昭和五十七年（一九八二）、フリーになり、執筆活動に入る。雑誌『鉄道ジャーナル』『旅』『旅と鉄道』などに寄稿、現在に至る。主な著書に『時刻表でたどる鉄道史』『時刻表でたどる特急・急行史』『日本の路面電車Ⅰ・Ⅱ・Ⅲ』『鉄道唱歌の旅　東海道線今昔』『絵葉書に見る交通風俗史』（以上JTBキャンブックス）、『イギリス＝鉄道旅物語』『イタリア＝鉄道旅物語』（以上東京書籍）、『JR全車両大図鑑』『古写真で見る明治の鉄道』（以上編著。世界文化社）、『マニアの路面電車』（小学館文庫）、『ドイツ・ライン川鉄道紀行』（JTB）、『各駅停車の旅』（ダイヤモンド社）、『新幹線がわかる事典』（編著。日本実業出版社）、『文学の中の駅　名作が語る〝もうひとつの鉄道史〟』（国書刊行会）などがあり、ほかに共著も多数に及ぶ。

鉄路《てつろ》の美学《びがく》
名作が描く鉄道のある風景

二〇〇六年九月八日初版第一刷印刷
二〇〇六年九月十五日初版第一刷発行

著者　原口隆行
発行者　佐藤今朝夫
発行所　株式会社国書刊行会
東京都板橋区志村一―十三―十五　〒一七四―〇〇五六
電話〇三―五九七〇―七四二一
ファクシミリ〇三―五九七〇―七四二七
URL：http://www.kokusho.co.jp
E-mail：info@kokusho.co.jp
装訂者　東幸央
印刷所　山口北州印刷株式会社＋株式会社ショーエーグラフィックス
製本所　有限会社青木製本
ISBN4-336-04786-3 C0095